個人主體性的追尋：
現代主義與台灣當代小說

侯作珍 著

臺灣學生書局 印行

個人主體性的追尋：
現代主義與台灣當代小說

目　次

導　論

一、現代主義與個人主體性的追尋

　　戰後台灣的現代主義文學，在五〇年代末到七〇年代初曾經引領風潮，對台灣文壇造成重大的影響。現代主義（Modernism）作為西方現代化和工業文明的產物[1]，「橫的移植」來到台灣以後，必然會遭遇台灣特殊的歷史文化情境，產生和西方不同的面貌。而如何分析和評價台灣的現代主義，則是研究台灣文學不可忽略的問題。

　　從六、七〇年代到二十一世紀初，隨著不同時代社會思潮的轉變，許多專家學者亦對台灣的現代主義做出了不同的評價[2]。本書

1　現代主義盛行於十九世紀末到二十世紀中，是一個包含眾多藝術流派的綜合統稱。在內容意識上，它反抗現代工業文明對人性的宰制，強調表現獨特的自我，深入內心世界的開發；在藝術表現上，它否定傳統的寫實主義和浪漫主義的表現手法，顛覆語詞的使用習慣，勇於追求各種藝術形式的實驗。現代主義自五〇年代引進台灣後，被視為是促進文藝現代化的進步工具而大加提倡。

2　應鳳凰在〈十五年來台灣現代主義文學的再評價〉中，回顧了從 1967 年的陳映真開始，到 1972 年的關傑明、唐文標對現代詩的批評，再到八〇

首先回顧歷來學界對現代主義的評價觀點，在此基礎上展開本書的研究取徑，以「個人主體性」做為研究現代主義的核心視域，說明「個人主體性」概念的發展與現代主義精神的呼應，並闡釋主體的定義和現代主體的型態，以此建立統貫本書各篇文章的研究主軸。其次，再說明本書的架構和各篇文章的論述重點，最後將本書的研究發現做一總結。

（一）現代主義的評價與本書的研究取徑

　　目前學界常見的幾種對戰後現代主義的評價，可以陳映眞、葉石濤、彭瑞金、呂正惠、柯慶明、張誦聖、黃錦樹、陳芳明、邱貴芬等人爲代表，歸納出五種觀點：

1. 從本土的寫實主義傳統出發，認爲現代主義的「無根與放逐」脫離了台灣的歷史與現實，並盲目追求西方技巧，玩弄形式語言，成爲對西方文學的空洞模仿[3]。

年代的李歐梵、呂正惠和葉石濤，以迄九〇年代的柯慶明、張誦聖、彭瑞金、王浩威、施淑及陳芳明等人對現代主義的不同看法，指出他們各自偏向「社會性」和「文學性」的一端來評論現代主義。見《文學台灣》21期，（1997 冬季號）。

3　見陳映真，〈現代主義底再開發：演出「等待果陀」底隨想〉，《文學季刊》第三期，1967；葉石濤，《台灣文學史綱》第五章〈六〇年代的台灣文學：無根與放逐〉，（高雄：文學界，1993）。彭瑞金，《台灣新文學運動 40 年》第四章〈埋頭深耕的年代〉第二節和第五節對現代主義的評價，（高雄：春暉，2004）。

2. 認爲現代主義同時背離中國五四傳統和台灣本土傳統，轉向西方現代主義尋求出路，反映出戒嚴體制下知識份子的苦悶和疏離情境，以及現代化過程中的自我認同問題[4]。

3. 視現代主義爲傳統社會面臨現代性的衝撞，所形成的緊張或脫序的特殊現代性經驗之表達[5]。

4. 肯定現代主義文學的語言實驗和藝術成就，認爲現代主義已成爲當代通行文學符碼的一部分，不但鄉土作家和新興的都市作家皆受其影響，而且現代派作家在八〇年代也創作出更爲成熟的現代主義作品。戰後現代主義爲台灣的中文文學建立了起碼的文學標準，涵容各族群世代，得以跨越狹隘的本土，成爲本土現代主義的起源[6]。

5. 從後殖民視角來論述現代主義，認爲現代主義並非只是西方文學的模仿，亦無脫離台灣的歷史與社會現實，而是在台灣獨有的社會文化情境中，發展出一種特殊的在地特徵，例如對戒嚴體制壓

4　見呂正惠，〈現代主義在台灣：從文藝社會學的角度來考察〉，收入《戰後台灣文學經驗》，（台北：新地，1995）。

5　見柯慶明，〈台灣「現代主義」小說序論〉，收入《台灣現代文學的視野》，（台北：麥田，2006）。

6　見張誦聖，〈現代主義與台灣現代派小說〉，收入《文學場域的變遷：當代台灣小說論》，（台北：聯合文學，2001）；黃錦樹，〈本土現代主義的起源？——論台灣文學戰後現代主義世代〉，收入成大台文系編印《跨領域的台灣文學研究學術研討會論文集》,（台南：國立台灣文學館,2006）。

　　抑下的歷史記憶和欲望的挖掘、或是演繹異質時空來撕裂日常生活和攪亂線性時間，皆可視爲台灣獨特的現代性經驗的表述[7]。

　　以上這些觀點，都指出了台灣現代主義文學的某一個面向，從不同的角度，對現代主義文學進行褒貶。第一種觀點，涉及的是現代主義和台灣本土脈絡的關係。這種觀點認爲，現代主義並未深刻反映台灣本土之各種問題，其模仿西方和自我放逐的傾向，則是缺乏主體且與本土現實脫節的明證。相對於此，第二、三、五種觀點則認爲，現代主義與台灣本土獨特的歷史社會脈絡（戒嚴體制、社會轉型、文化翻譯的在地生成等等）有關係，因而發展出不同於西方的現代主義文學。

　　尤其是第五種觀點，強調並肯定了此種異於西方的現代性經驗，更由此建立現代主義的在地性，且將之納入本土文學的一環，可說是賦予了現代主義的社會性與本土性的「正當性」。至於第四種觀點則關注現代主義的美學價值，認爲現代主義作爲一種藝術形式，已經深入地內化到台灣文學的創作中，成爲戰後台灣文學各種陣營共同分享的技巧，乃是從文學性方面對現代主義的肯定；而後更延伸出超越狹隘本土的主張，將戰後現代主義視爲本土現代主義

7　見陳芳明，〈台灣現代主義的再評價〉，《孤夜獨書》，（台北：麥田，2005）；或詳參陳氏所著《台灣新文學史》第十三至十六章論現代主義文學部份，（台北：麥田，2011）；針對現代詩與現代小說的個別論述可參陳氏《現代主義及其不滿》，（台北：聯經，2013）；邱貴芬，〈「在地性」的生成：從台灣現代派小說談「根」與「路徑」的辯證〉，《中外文學》第 34 卷第 10 期，（2006.3）；邱貴芬，〈落後的時間與台灣歷史敍述：試探現代主義時期女作家創作裡另類時間的救贖可能〉，收入邱氏所著《後殖民及其外》，（台北：麥田，2003）。

的起源，亦與第五種觀點一樣，試圖從不同的角度將現代主義納入本土，擴充或重新定義本土的意涵。

可以看到學界對現代主義的評價，從批評其脫離本土脈絡，到承認其反映本土的特殊模式，甚至因此而擴展改造了本土的意涵，可說是經歷了正反兩面的辯證。而本書在前人研究的基礎上，亦認同現代主義是以一種獨特的方式回應現實，但另一方面則另闢途徑，以「個人主體性」的追尋過程，作為本書的研究視域。

因此，本書除了將現代主義和台灣特殊的歷史社會情境的互動關係，列為觀察的重點，最主要提出的問題意識，則是：台灣作家如何透過現代主義對「群體性」的反思，展開「個人主體性」的追尋和建立？其所建立的主體型態為何？倘若結合族群、性別和世代的研究角度，可以如何呈現現代主義文本的議題多元性？

換言之，本書想探討現代主義如何結合台灣的歷史與社會經驗，成為台灣作家表述個人主體價值的美學，並且把研究的焦點，放在「個人主體性的追尋」之過程上，探索其建立各式型態的主體內涵為何？此一過程是如何透過現代主義特殊的美學手法來進行，並反映台灣的族群、性別與世代經驗的差異？

（二）「個人主體性」概念的發展及其與現代主義的呼應

「個人主體性」的概念，是現代人最重要的概念之一，它是現代主義追求的價值，亦與西方主體性理論的發展有關聯。自古希臘以來，對於主體性問題的思考便不曾終止，但此時的主體尚未專屬於人。人成為主體是歷史的產物，是近代工業文明的發展使人的力量得以顯現的結果，因此將主體、主體性與人聯繫起來，是近代

才出現的概念，此概念認爲只有理性才能使人成爲主體[8]。笛卡爾（René Descartes, 1596-1650）的「我思故我在」便開啓了近代西方哲學對主體性的研究，建立了自我意識的主體哲學，成爲理性主義（Rationalism）的代表。近代工業文明即以崇尚人的主體性的理性精神爲依歸，並完成了以理性取代上帝的過程[9]。

然而理性精神之過度發展，卻助長了工具理性對世界的統治，使人的生存意義和價值遭到漠視。如同霍克海默（Max Horkheimer,1895-1973）和阿多諾（Theodor W.Adorno,1903-1969）所說，理性是用以生產所有其他工具的一般性工具，完全目的導向，和物質生產中的精確計算工作一樣危險，終導致人的物化。完全被文明包圍的自我，被瓦解爲非人性的元素，而那卻是文明起初努力要掙脱的[10]。這種以理性爲本的工業文明對個人主體的嚴重侵害，便是現代主體哲學和現代主義所要反省的對象。例如非理性主義（Irrationalism）與存在主義（Existentialism）的思潮，即試圖在非理性和人的生存中，去說明人做爲主體的存在。

非理性主義強調人的情感意志、本能衝動等非理性活動，以及它們在人的精神和物質存在中的決定作用，以此擺脱被絕對化的理

8　可參李楠明，《價值主體性：主體性研究的新視域》第一章〈主體性理論發展的歷史考察〉，（北京：社會科學文獻，2005），頁 9。

9　羅素（Bertrand Russell,1872-1970)曾指出，自法國大革命廢除了君臨一切的宗教後，便以理性爲最高存有，將理性神祇化。見羅素，《西方的智慧》，（台北：業強，1986），頁 106。

10　見霍克海默和阿多諾，〈啟蒙的概念〉，收入《啟蒙的辨證》，（台北：商周，2008），頁 55-56。

性給人帶來的異化,並重新發現人的本眞存在。將情感、意志和生命本能作爲基礎去說明人的存在,以叔本華（Arthur Schopenhauer,1788-1860）、尼采（Friedrich Wilhelm Nietzsche,1844-1900）的唯意志主義,和柏格森（Henri Bergson,1859-1941）的生命哲學爲典型代表[11]。尤以尼采提出的「權力意志」,追求原始本能的釋放和生命力的發揮創造,奠定了現代主體哲學的根基[12]。而在心理學的精神分析領域,則有佛洛伊德（Sigmund Freud,1856-1939）對潛意識和性本能的挖掘,也揭開了人類在意識和理性之外,關於欲望、夢境等深層心理的探索。

此外,存在主義揭示人的存在意義,並探究個人與他人及世界的關係,亦豐富了現代主體哲學的內容,例如「存在先於本質」的概念,指出在個人的具體存在之外,沒有更高的存在。因此,個人並不是上帝的創造物,依神意的指示而生活;個人也不是某種形上學體系的一環,其存在之意義必須來自這個體系的賦予[13]。個人的存在本身沒有任何固定基礎,也沒有固定的本質或內容。個人存在的內容,完全是個人基於自由意志進行選擇和行動,而不斷地被創造出來的。存在主義將人的存在視爲一個自由選擇的過程,一個不斷超越自身的創造過程,由此而彰顯人之爲人的主體性。

11　可參李楠明,《價值主體性:主體性研究的新視域》,頁 30。

12　可參李楠明,《價值主體性:主體性研究的新視域》,頁 36-37。

13　McIntyre, Alasdair. 2006 (1967). "Existentialism". In Donald M. Borchert ed. *Encyclopedia of Philosophy*. vol.3. New York and London: Thomson Gale, p.501.

　　從非理性主義和存在主義的思潮，我們看到個人主體性已由對理性的崇尙，轉變爲對理性的批判，並且強調個人從群體性（傳統宗教或道德體系）的束縛中解放，透過生命力本身和人的自我創造過程，去肯定個人主體的價值。現代主義汲取尼采哲學、佛洛伊德的精神分析和存在主義等思潮，其精神核心便是呼應著此種個人主體性的追尋與建立。

　　然而到了後現代主義（Post-modernism），又將主體性視爲現代操控文化的體現，因此徹底解構主體，例如布希亞（Jean Baudrillard,1929-2007）認爲主體已成爲「擬像」（simulation）；傅柯（Michel Foucault,1926-1984）認爲主體是由社會文化創造出來並控制人的概念，是話語和權力關係作用的結果。因此後現代的人們，多由否定的意義上去確證自己的主體性，從理性走向了虛無。以虛無破壞現有，或可永遠保持沒有中心的自由，但也容易與語言遊戲、享樂主義和消費文化掛勾，從而顯出了後現代的兩面性。

（三）「主體」的定義和「現代主體」的型態

　　本書所使用的個人主體性概念的理論依據，是以上述之現代主體哲學爲參照，並聚焦在現代主義所關切的「現代主體」之各種型態的探討。首先我們必須將「主體」做一定義。主體（subject）一詞，起源於拉丁文 subjectum，意指置於底下之某物、位在下方之支撐物，或底層，它因此具有本體、實體（substance）之意涵。在西方現代哲學裡，主體則是指位於人的各種感知、思想、情感等之下方或底層的那個存在，此存在進行感知、思考、感受、產生意識等。因此，主體即指自我（self）或心靈。這種用法在十八世紀得

到確立[14]。

　　同時也必須看到，人的主體不僅止於自我的思考和理性，亦包括欲望、感受和需要，因此主體具有兩種性質，一是理性的，一是欲望的。彼得畢爾格（Peter Bürger,1936-）在《主體的退隱》談及主體的兩極，曾指出其表現爲「同一的自我」和「自我的解體」，前者以加諸自身的強制來維持自我，後者則想要擺脫一切的強制，故常自相矛盾[15]，本書所探討的主體也同時包含這樣的兩極。

　　至於個人主體性，則是指人作爲活動主體的質的規定性，是在與客體相互作用中得到發展的人的自覺、自主、能動和創造的特性[16]。然而個人主體性在與客體互動以及面臨群體性的壓抑時，常常是湮沒不彰的，在日常生活裡，人們多半活在自我喪失和自我欺騙之中，順從社會期望與社會規範，作爲自我存在的方式，這便是一種自我喪失[17]。更有甚者，當物的客體性壓抑著人的主體性，此一狀況發展到極端就是「異化」，個人的主體性因而被壓制、扭曲

14　Thomas Mautner, "subject", A Dictionary of Philosophy, 1996, Oxford: Blackwell, p.413-414.

15　見彼得畢爾格（Peter Bürger）著，陳良梅、夏清譯，《主體的退隱》，（南京：南京大學，2005），頁218。

16　見郭湛，《主體性哲學：人的存在及其意義》（修訂版），（北京：中國人民大學，2011），頁23。

17　存在主義者把順從社會期望與社會規範的主體，視爲一種自我喪失和自我欺騙，齊克果稱之爲「公眾」（public），尼采稱之爲「群類」（Herd），沙特稱之爲「欺詐」(bad faith)。可參 Cooper, David E. 1998. "Existentialist Ethics". In Edward Craig ed. Routledge Encyclopedia of Philosophy. vol.3. New York and London: Routledge, p.504.

和摧殘，喪失了自主性，成為一種「自失的主體」。是故，人必須透過反思和追尋，意識到人可以對外物和客體的作用進行反撥，從喪失主體的苦惱中解脫出來，建立「自覺的主體」，這便是個人主體性在更高水平上的再發現與再覺醒[18]。

　　對異化問題的反映和個人主體性的追求，在西方浪漫主義文學中即已出現，而且更成為現代主義文學的重要內容。至於中國大陸和台灣的文學對於個人主體性的關注，從五四新文學和日治時期台灣新文學中可見端倪；戰後台灣興起的現代主義，則將個人主體性的追尋推至高峰。雖然現代主義抗拒的對象（群體性的內涵），在台灣與西方不盡相同，但追求個人主體性的精神卻是一致的。

　　現代主義以自我為世界的中心而建立「現代主體」，根據詹明信（Fredric Jameson,1934-）的說法，此乃是一個焦慮的中心化的主體（相對於後現代的非中心化主體），當它面對外界的變動時，便想縮回到自我裡，保持自我的完整[19]。因為現代主體若臣服於外界的控制，便成為「自失的主體」，唯有不斷抗拒並尋求超越，才是「自覺的主體」，才能保持自我的完整。本書所呈現的當代台灣小說中的現代主體，包含了自失與自覺的各種面向，而且不是只有中心化的主體這一種型態，還有其他主體型態的存在，因此產生了各式各樣的主體面貌，以及形形色色的抵抗群體的方式，相當值得探討。

18　可參郭湛，《主體性哲學：人的存在及其意義》（修訂版），頁 61-63。
19　可參詹明信，《後現代主義與文化理論》，（台北：合志文化，1994），頁 208。

　　歷來研究戰後現代主義的學者，雖指出現代主義對戒嚴體制、傳統道德和性別文化的挑戰，但並未詳及當中所展現的「追尋和建立個人主體性」的過程，亦缺乏對各種多樣化主體的型態與內涵之討論，以及對主體的反抗形式之分析，而且也甚少探究現代主義在新世代小說中是如何與後現代混融，並發展演變出獨特的風貌。此三點即為本書的研究旨趣及貢獻所在。

　　本書既以個人主體性的追尋為探討重心，故將觀察台灣當代小說如何藉由現代／後現代主義美學，去呈現現代主體中各種「自失的主體」和「自覺的主體」，從中不但可看到群體性對個人主體性的壓抑，也可窺見尋求超越之道和建立自覺主體的過程。書中所揭櫫的群體性內涵，並非僅有西方工業文明所謂的工具理性價值觀，還包括了單一的文化／國族認同、殖民／威權統治的暴力、僵化的道德與文明規範、固定的性別文化、以及後現代的集體平均化和庸俗化現象等等，凡此都是個人主體性欲彰顯所必須抗拒的對象。這些個人主體抗拒群體壓抑的過程，同時也反映了戰後台灣社會從六〇年代到二十一世紀初的變遷歷程。

　　總體言之，本書乃是從戰後台灣的現代主義出發，結合族群、世代、性別、身分認同和主體性建構等議題，探討台灣當代小說如何透過現代主義作為表述國族創傷、族群歷史、性別文化、世代差異和後現代主體困境的媒介，從而展開個人主體價值的追尋與建立。

二、本書架構與重點說明

除了導論之外，本書共分三卷，每卷各有一個主題，分別涵括兩篇論文，總共收錄六篇論文，乃是依族群、性別和世代的議題，對台灣當代小說中的現代主義與個人主體性的追尋過程進行研究。

卷一為「族群歷史與國族創傷的表述」，有兩篇論文，一為綜論，一為專論，重點放在外省族群和本省族群的歷史與國族經驗的書寫，包括六〇到八〇年代海外小說的離散書寫與身分認同的追尋，以及七〇到九〇年代本土異鄉人的書寫。

卷二為「性別文化與道德文明的超越」，也有兩篇論文，一為綜論，一為專論，皆以心理小說為研究對象，探討六〇至九〇年代心理小說中的情欲與道德衝突、性別文化和自我建構，以及李喬的心理小說對現代人的病理解剖。

卷三為「新世代自我困境的思索」，亦有兩篇論文，一為綜論，一為專論，皆以新世代小說為主，探討世紀末和二十一世紀初的後現代自我困境，以及對存在的思索和個人主體的追尋。

透過這六篇論文，本書呈現了戰後台灣現代主義在族群、性別和世代發展上的不同議題與多元風格之書寫，並清楚的勾勒出一條個人主體性的追尋與建立的軌跡，這應是現代主義最可貴、也最動人的價值之一。以下逐一說明各篇的論述重點：

第一篇〈流浪的中國人——台灣海外小說的離散書寫與身分認同的追尋：以六〇到八〇年代為探討中心〉，探討了外省作家白先勇、於梨華、保真、馬森、張系國、叢甦和聶華苓等的海外小說。小說中的主角常出現擺盪在祖國和居留國兩種文化之間難以調適的

困惑，因而產生了身分認同的迷惘，形成無根與放逐的「流浪的中國人」的創作主題，開啓離散書寫中身分認同的追尋歷程。在此歷程中，離散主體從早期漂泊離亂的時代受害者，漸漸轉變爲中西政治、社會與文化制度的批判者；由懷想祖國、回歸後的幻滅到不寄希望於祖國和居留國，在兩者間以客觀的角度建立存在主義式的批判性離散認同。因此，創造出離散主體的特殊價值性與一種具有批判性的離散文化，乃是台灣海外小說的離散書寫最大的意義所在。

第二篇〈家族之痛，國族之傷——論宋澤萊和舞鶴小說中「異鄉人」命運的傳承與轉化〉，則指出「異鄉人」形象並非外省作家所專擅，亦可以在本土作家關於歷史記憶和家族故事的書寫中找到。例如宋澤萊和舞鶴的小說便藉著刻劃經歷日本殖民傷痕的父祖輩「軟弱、無助或瘋癲」的異鄉人形象，以及國府威權時期和解嚴後的新一代異鄉人形象，而表現出某種反省超越此一廢人命運的努力。經由對不同世代異鄉人形象的觀察對照，可以看出異鄉人命運隨世代交替而發生轉變的過程。此一過程亦可視爲戰後台灣本土作家經由異鄉人書寫，對於異鄉人命運進行反省和轉化，進而摸索尋找自我主體價值的一種獨特歷程。異鄉人的邊緣經驗雖然看似消極無力，其實卻可以成爲一種反抗體制和保存自我的豐富動能來源。

第三篇〈文明的創傷與超越——戰後台灣心理小說中的情欲與自我建構〉，乃聚焦於戰後台灣盛極一時的心理小說創作，以白先勇、陳映眞、歐陽子、叢甦、聶華苓、施叔青、李昂、蘇偉貞和七等生，這九位作家的十四篇心理小說作爲探討對象。心理小說是現代主義常見的創作形式，著重人物內心和潛意識的活動，展現的是個人內心欲望和外在環境規約的永恆角力，而這種規訓與自由的衝

突常藉由某些書寫模式來呈現。本文以個人情欲和社會體制的各種衝突面向為例，分析戰後心理小說從六○年代到九○年代之中，如何透過情欲的書寫衝撞父權體制和性別文化框架，並以此完成自我的主體建構，從而超越文明的規訓與懲罰之創傷，由此亦可觀察出不同時代心理小說的情欲書寫之演變差異。在分析情欲書寫與自我主體性的關係的同時，也看到兩性不僅建構主體的方式有別，其主體在超越壓迫、解放重生的方式上也大相逕庭，然而這並非本質論式的截然二分。男性建構的愛欲化自我，與女性的分裂自我之重生、以及女性情欲自主人格的實現，展現了多樣化的性別主體，從中亦可看出作家的性別書寫位置之差異，以及兩性建構主體模式的分別。透過這些分析，能夠更清楚的呈現出心理小說在情欲探索、文明創傷、自我建構與性別差異等議題上所做的深度貢獻。

　　第四篇〈現代人的病理解剖室——論李喬的短篇心理小說《人的極限》和《恍惚的世界》〉，仍延續對心理小說的探討。心理小說在潛意識、夢、幻想和欲望方面的探索，以及內心獨白和意識流技巧的運用，對台灣的現代派和鄉土派作家皆影響深遠。本文以鄉土派作家李喬早期所創作的短篇心理小說為研究對象，指出李喬的心理小說具有現代人病理解剖的特質，它們其實反映了戰後台灣工業化初期的人的心理問題。李喬運用意識流和佛洛伊德學說中的「自我防衛機制」，塑造小說人物面對挫折時的逃避心理、病態行為和扭曲人格，揭示出這些病態人格背後的工業社會僵化的人生規範，例如對男性中年危機的刻劃。此外，李喬也揭示了偏差的父權價值／各種權力關係所帶給人們的身心傷害。李喬將台灣現代化的問題透過心理小說的技巧加以表現，落實了現代主義的本土化。他

的心理小說彷彿現代人的病理解剖室,促使我們對宰制人類自由的
僵化人生規範、父權價值與權力關係進行反省,這也正是李喬短篇
心理小說所寓含的深層批判。

　　第五篇〈自我困境與抵抗異化──現代主義在新世代小說中的
呈現〉,將現代主義的研究範圍擴展到新世代的創作,提出一項重
要的觀察,即九○年代後的新世代小說中,出現了現代主義和後現
代主義的某種有趣的混雜與結合。就主題而論,新世代小說中經常
出現的兩個主題──自我困境之反思;異化問題及抵抗策略──其
實和現代主義對於自我的關注與對異化壓迫的抵抗精神有許多交
集。就技巧而論,新世代小說並未全然拋棄現代主義技巧,而是將
之和後現代手法混用揉合。因此若從現代主義的角度切入解讀新世
代小說,將可發現新世代小說雖然受到後現代主義的影響,但並未
盲目附和後現代主義對自我與主體的根本解構,而是努力為自我尋
找新的出路,並未根本放棄對於某種主體性的深層信念。此外,新
世代小說對於使自我破碎化的異化問題並非全然消極以對,而是採
取了各種新策略進行抵抗,儘管這些抵抗可能顯得軟弱無力。簡言
之,如果從現代主義的角度加以解讀,則新世代小說實可視為對現
代主義的吸收改造與另類發揮。

　　第六篇〈世紀末的存在之思──論朱少麟的小說創作〉,則以
新世代作家朱少麟為例,探討存在主義在新世代小說創作中的發展
變化情形。朱少麟小說以融合存在主義和唯美主義的獨特方式,打
造出世紀末的存在之思,針對後現代社會的集體庸俗化和平均化現
象所造成的自我喪失,以及缺乏愛與溝通的疏離和冷漠的困境,提
出解救之道。小說人物以「追求藝術」和「擺脫身分」作為超越常

人世界的手段，完成自我價值的追尋，並以愛的救贖作爲自我實現的最高層次。同時又結合唯美主義，將美型男「唯美的紈絝子」形象注入顛覆世俗價值的意義，以身體之美反叛庸俗、以視覺感官的愉悅創造生活藝術，並挑戰性別界線，賦予雙性戀和男同性戀情欲的美感，突出了身體與性別解放的特質，從而造就了朱少麟世紀末的存在之思與前行代的存在主義的不同——既是愛與美的理想追尋，也是身體和性別解放的想望，存在主義因此獲得了不同的變貌。若從世代和性別的意義上來看，朱少麟小說的存在主義已不具有卡繆和七等生那種戰鬥的意志和思想的力量，而是以後現代自我的逃逸與幻想爲基礎，追求唯美的、身體的、視覺感官的愉悅。作爲一位新世代女作家，朱少麟以身體和藝術之美抗拒平庸和理性的束縛，有別於前人以男性化的思想論述爲抵抗的武器，爲存在主義開拓了具有新意的表現空間。

綜合以上六篇論文，本書提出幾項看法：

第一、現代主義中的離散書寫和異鄉人書寫，乃是戰後台灣族群的歷史記憶和國族創傷的獨特表述。不但外省作家藉此呈現「流浪的中國人」從六〇年代以來流亡海外的國族身分認同的迷惘，本土作家也以本土異鄉人的形象，抒發日本殖民的傷痕及對國府統治時期的虛無反抗。其中特別值得注意的是，不論外省或本土作家的創作都有一個共同趨勢，即小說中的主角均從早期刻劃的國族創傷受害者，逐漸轉化爲晚期（或是第二代）的解除身分認同與超越國族創傷的主角，並藉由尋求離散者和異鄉人邊緣批判的位置，表現出個人主體性的追尋與確立。此一轉變過程，同時也反映出台灣的現代主義與個人主體追尋精神的重要關連性。在國族分裂、殖民遺

害和威權統治的現實下，現代主義離散和虛無的表達方式，其實是以間接和折射的型態，更深沉地彰顯出創傷的沉痛和尋找主體價值的艱辛，並試圖以個體的力量，對外在體制提出質疑與抗議，建立具有邊緣批判性的反思主體。

第二、作爲現代主義文學重要類別之一的心理小說，對傳統道德、性別文化和工業文明所造成的情欲壓抑，以及對個人主體的種種傷害扭曲，有著深刻的反映，並且從不同的性別主體出發，細緻的刻劃出兩性主體從失落到建立的不同模式，對於僵化的性別框架和道德文明的體制束縛，起到了初步的衝撞和顛覆效果。而兩性所建立的性別主體雖有明顯差異，卻並非本質論式的絕對化。男性的愛欲化自我，與女性的分裂自我之重生、以及女性情欲自主人格的實現，也並無高低優劣之別，反而更豐富了性別主體的內涵。

第三、現代主義在九〇年代以後並沒消聲匿跡，持續地在新世代小說中發揮影響力，只是新世代小說已不再關注國族創傷和歷史經驗的表述，而是試圖以現代主義的個人主體追尋精神，去抗拒後現代社會的主體喪失和異化問題，並將之與後現代主義做了某種程度的混雜融合。此外，新世代小說中主體和抵抗的力量相對微弱，表現爲脆弱的自我和卑微的反抗，這一點既和現代主義的個人中心化主體有所差異，同時又呈現出現代主義與後現代主義的交錯混融，這也是新世代小說中的現代主義有別於前人的最大特色。

最後，回到本書對個人主體性的探索。綜合六篇文章的分析，會發現「現代主體」從自失的主體到自覺的主體的建立，是一個辛苦摸索的歷程。台灣當代小說中所描繪的自失主體，多半不堪外在體制和傳統觀念的壓迫，造成自我的扭曲、破碎與異化，例如台灣

海外小說中困惑於身分認同的離散主體、宋澤萊與舞鶴筆下的廢人父親、戰後心理小說中僵化性別規範下的兩性主體、李喬心理小說中的各種病態人格、新世代小說中的集體平均化和庸俗化的零散主體等等，這些失落的主體，充分反映出台灣社會的族群歷史、性別文化、文明規訓和後現代環境壓抑下的個人主體性的困境與創傷。

　　而台灣當代小說中所建立的自覺主體，主要可歸納為三種型態：第一種是中心化的、同一的、理性的主體，但卻重視靈肉的平衡，肯定情欲的重要而未將之貶低（例如馬森《夜遊》的女主角、七等生《思慕微微》中的男性愛欲化自我）。第二種是遊牧的、零散的、感官欲望的主體，抗拒理性和外在體制的收編，展現原始自然的生命力（例如舞鶴小說中的第二代廢人主角、聶華苓《桑青與桃紅》的分裂式自我）。第三種是擺盪在中心化和非中心化之間的微弱主體，既懷疑自我的同一性，又不願放棄對主體性的深層信念，因而具有矛盾和脆弱的特質（例如張惠菁、駱以軍等人的新世代小說中的自我形象）。這種主體型態，也是台灣新世代所塑造出來的獨特形象。

　　因此我們看到，當代台灣小說所呈現的主體型態是多樣而豐富的，從六〇年代到二十一世紀初，透過現代主義獨特的美學表述功能，不論是面臨國族失根的創傷及超越，還是兩性主體的失落與建立，亦或後現代情境下主體的消逝與追尋，當代台灣小說終能透過自覺主體的建立，在疏離和虛無中發揮其批判性，透顯出一種追尋個人主體價值的不懈努力，並且在台灣文學的歷史進程中融入了新世代的特色，持續發展出更為多元和繁複的面貌。

族群歷史與國族創傷的表述

流浪的中國人

—— 台灣海外小說的離散書寫與身分認同的追尋
：以六○到八○年代為探討中心

一、前言：放逐・離散・流浪的中國人與「無根的一代」

　　近年來，海外華文文學在全球化與後殖民和後現代的理論背景下受到了學界的關注，當放逐、移民和跨國遷徙已成為二十世紀後期的普遍狀態，海外華文文學中所描寫的海外華人的離散（diaspora，或譯「族裔散居」）內容便格外值得探討；現代人自覺或被迫遠離家國與土地，展開無根和漂泊的行旅，其間產生的命運懸置感與身分認同的追尋，可視為一種離散的現代性經驗，本文便從這樣的思考角度出發，探討六○到八○年代台灣海外文學中離散主體身分認同追尋的模式與過程，並從中闡明離散書寫的演變及價值。

　　六○年代的台灣文學被無根與放逐的概念所籠罩，同時也是離散書寫的起點。造成此一現象的原因之一，是國共兩岸分治的大陸

移民潮和留學風氣的影響。在國際冷戰結構中，台灣孤懸、狹小及落後的國際地位與政經格局在美援文化的激盪下，促成了留美和移民的時代熱潮[1]，留學生身為高級知識份子而去國或移民，在海外創作大量的文學，反映了擺盪在祖國和居留國之間「流浪的中國人」的文化衝突和身分認同的迷惘，成為「無根的一代」的文學。白先勇曾以「放逐」來概括年輕知識份子流亡海外、自甘放逐的處境，並指出中國的流放者不同於西方「失落的一代」和「憤怒的年輕人」要徹底推翻自己本有的文化傳統；中國的流放者被逐出樂土伊甸園，失去了繼承權，變成一無所有的精神上的孤兒，因此竭力尋找失樂園，希望重獲那給奪去了的中國文化遺產[2]，「放逐」自此成為概括六〇年代海外文學的基本母題，是較為廣義的用法。

　　若採嚴格的定義，放逐（exile）多半出於政治迫害之下的自願與非自願性流亡，個體在被迫的狀況下遠離故土，形成對故土和祖國政權的批判和抵抗，並將個人理想寄託於另一處烏托邦，例如在納粹政權和共產政權迫害下逃亡的作家所創作的放逐文學，已成為二十世紀文學的普遍現象。相較於西方的放逐者大多唾棄祖國的政權，中國的放逐者（一九四九以後台灣的大陸移民潮與六〇年代的

1　對六〇年代台灣留學生小說產生之社會背景的說明，可進一步參考蔡雅薰，《從留學生到移民：台灣旅美作家之小說析論》，（台北：萬卷樓，2001）。

2　見白先勇，〈流浪的中國人：台灣小說的放逐主題〉，收入《第六隻手指》，（台北：爾雅，1995）。

留學潮）則悲悼自己的命運[3]，沉浸在故土之思與失樂園的美化追逐上，從而產生與現實脫節的精神狀態；一九八九大陸六四事件之後放逐海外的作家才又接續了西方放逐文學的精神。

晚近的學者主張應以「離散」的概念取代放逐來看待六〇年代的海外文學，例如范銘如便認為放逐含有被迫離開與尋找烏托邦的意義，一旦被迫的情況解除，可以返國卻選擇留下不歸，就從放逐變成離散的狀態；放逐者希冀未來與某地，離散者卻緬懷過去和故鄉。六、七〇年代的留學生不是被迫去國，在要留要去之間有自主權，加上作品中的思鄉尋根愁緒瀰漫，較符合離散的詮釋概念[4]。林鎮山也用離散概念解讀白先勇和保真的小說，著重剖析小說中的離散人士「擁抱著不只一個以上的歷史、一個以上的時空、以及一個以上的過去與現在，還歸屬於此間與他地，又背負著遠離原鄉與社會的痛苦，成為異地的圈外人，而淹沒在無法克服的記憶裡，苦嚐失去與別離」的糾結情感[5]。離散本來指四散分離的猶太族群基於其共有的經驗在文化及宗教上持續的連結，現在則被擴大用來指稱那些跨越國境的移民或離居者在文化上（類似於猶太裔）的聯繫

3　見簡政珍，《放逐詩學：台灣放逐文學初探》，（台北：聯合文學，2003），頁8。

4　見范銘如，〈來來來，去去去：六、七〇年代海外女性小說〉，她贊成Amy K. Kaminsky 以嚴格的定義區別放逐與離散的用法，收入《眾裡尋她：台灣女性小說縱論》，（台北：麥田，2002）。

5　此段離散狀態的界定是林鎮山援用 John Docker 的說法，見林鎮山，〈飄萍與斷蓬：白先勇和保真的離散書寫〉，收入《離散‧家國‧敘述》，（台北：前衛，2006），頁113。

或溯源[6]，因此可泛指移居國外的族群經驗。離散主體對祖國懷有深刻的記憶與想像，支持祖國並渴望回鄉，常與居留國有格格不入的疏離感，而產生在過去／現在、他處／此處的身分認同（identity）[7]的搖擺。以此定義來檢視六○年代海外文學，確有其合理之處，故土之思與身分認同的迷惘確實是這些文學作品中揮之不去的陰霾，離散書寫也因此充滿失根徬徨的苦悶與哀傷。

　　但若從積極的層面來看，離散主體的跨國界與至少二重以上的文化體驗，雖造成身分認同的錯亂，也未嘗不能在差異性中有所反思與創造。霍爾（Stuart Hall）認為離散族裔的認同不是固定的，它永不完結，且永遠處於過程之中，必須經由差異與混種性來定義[8]；安恩（Ien Ang）也認為離散族裔應利用處於客鄉與原鄉之間

6　孟樊引 Gilroy 對離散的界定，見孟樊《後現代的認同政治》，（台北：揚智，2001），頁 133-134。

7　identity 一詞常見的翻譯有「認同」、「身分」、「屬性」等等，這些翻譯都各自傳達出原文的部分涵義，在不同的語境裡有不同的翻譯；台港學術界多譯為「認同」，但為避免「身分」等意義的流失，故本文在不同語境中以「身分」和「認同」交替使用，並以「身分認同」來表示「身分來自認同、而認同的結果也即身分的確定」之意涵。可參考孟樊，《後現代的認同政治》，頁 16-17。離散主體的身分認同往往受到「我是誰？」「從哪裡來？」「身居何處？」的交互影響而不斷改變；本文所使用的身分認同主要是指在最基本的層面上被密切的結合在一起的諸如國族、種族、族群、文化等等的認同。

8　可參考 Stuart Hall, "Cultural Identity and Diaspora," in *Identity: Community, Culture, Difference*, ed by Jonathan Rutherford (London: Lawrence & wishart, 1990).

複雜而富彈性的地位，不偏祖居留國或（眞實抑想像的）祖國，在兩者之間保持創造性的張力，建立批判性的離散文化[9]。

　　本文將觀察六〇年代到八〇年代海外文學（以小說爲主）的離散書寫，是如何從解決認同迷惘的困境來展開身分的追尋？離散主體認同迷惘的消解，就是身分重新定位的契機，從這個過程中可發現，離散主體從早期漂泊離亂的時代受害者，漸漸轉變爲中西政治、社會與文化制度的批判者，由懷想祖國、回歸後的幻滅到不寄希望於祖國和居留國，在兩者間以客觀的角度建立存在主義式的批判性離散認同，從而創造離散主體的特殊價值性與批判性的離散文化，當是海外小說的離散書寫最大的意義所在。

二、離散主體的身分追尋與認同迷惘的消解

　　六〇年代以降漫長的二三十年歲月中，描寫關於「流浪的中國人」的命運一直是台灣海外小說創作的重要題旨[10]，小說中去國不

9　見 Ien Ang 作，施以明譯，〈不會說中國話：論散居族裔之身分認同與後現代之種族性〉，《中外文學》第 21 卷第 7 期，（1992），頁 63。

10　例如保真在《邢家大少》自序中就曾說：「過去四年，我一直在寫『流浪的中國人』爲主題的系列小說……這樣一個題材，我無法置身事外……『流浪的中國人』不僅是小說的題材，實在也是我個人內心懸而未解的困惑：爲什麼我們會流浪？……這本小說是旅人的夢，因爲我們都曾幻想流浪的日子不過是夢罷了，夢醒時原來都在家裡。但這樣的幻想，豈不才是真正的夢嗎？」很能夠代表海外作家創作此題材的動機與心緒狀態。見《邢家大少》，（台北：九歌，1984），頁 3-4。

歸的留學生和移民，雖然身居異地，卻始終心念中國，無法融入當地的生活，成為異地的邊緣人。他們心中懷想的中國因兩岸政治分裂回不去，而台灣也不是一個理想的歸屬，空自懷抱對中國文化和原鄉的回憶，產生無家可歸的流浪感受，這種找不到身分認同的迷惘，使小說中的離散主體展開了身分認同的追尋，試圖以各種途徑消解認同迷惘的困境，以便尋找身分的定位。基本上有四種途徑：

（一）死亡幻想‧放縱‧瘋狂‧我即中國

白先勇《紐約客》系列的小說人物，背負著濃厚的家國情感與原鄉記憶，在面臨身分認同的迷惘時，常見以死亡幻想或自我放縱來了結餘生，最具代表性的如〈芝加哥之死〉的吳漢魂和〈謫仙怨〉的黃鳳儀。吳漢魂在美國拿到文學博士的第二天，反而感到無家可歸：

> 他不要回去。他太疲倦了，他要找一個隱密的所在，閉上眼睛，忘記過去、現在、將來，沉沉的睡下去。地球表面，他竟難找到寸土之地可以落腳。他不要回台北，台北沒有二十層樓的大廈，可是他更不要回到他克拉克街二十層公寓的地下室去。……芝加哥是個埃及的古墓，把幾百萬活人和死人都關閉在內，一同消蝕，一同腐爛[11]。

---

11 白先勇，〈芝加哥之死〉，收入《寂寞的十七歲》，（台北：允晨，2003），頁 247。

可見台北和美國都不是他認同的所在，他徘徊在密歇根湖畔而產生
死亡幻想，以此消解認同的苦悶。〈謫仙怨〉的黃鳳儀到紐約讀書，
決心拋棄從前的回憶，輟學到酒館賺錢，過著和男人調情的放浪生
活。她寫信給母親說：「淹沒在這個成千萬人的大城中，我覺得得
到了真正的自由：一種獨來獨往、無人理會的自由。……在紐約的
最大好處，便是漸漸忘卻了自己的身分，真的我已經覺得自己是個
十足的紐約客了。」最後還附註：「以後不必再寄中國罐頭來給我，
我已經不做中國飯了，太麻煩。」[12]黃鳳儀的選擇是遺忘中國的身
分和飲食文化，做個享受當下、沒有歷史記憶的紐約客，以放縱自
己來麻痺痛苦。

　　叢甦的〈自由人〉、〈野宴〉和〈中國人〉都在描寫身處美國
的中國人既融入不了美國社會，又找不到出路的徬徨與失落。〈自
由人〉中的主角自由人（Freeman，音譯費孟）原名古言泉，是一
個生活在紐約的沒有根的中國人，他想擺脫中國人的身分做個世界
人卻做不到，空有一腔理想，被左派革命組織吸收和利用，最後精
神失常而進了病院。他說：「像我這樣不完整的人，在這裡的中國
人裡面有很多，……中國人在一個異族的社會裡，老是有格格不入
的感覺，永遠沒有真實感，也永遠沒有紮紮實實生根的感覺。一晃
眼就是大半輩子過了，到死了還念念不忘家鄉的一棵樹，一塊石
頭。多少人到了頭髮灰白還不能真正打入這社會，不能完全接受這
個社會，也不能完全被接受，就在這麼不上不下、不前不後、半死

12　白先勇，〈謫仙怨〉，收入《寂寞的十七歲》，頁 321、323。

半活的狀態中拖日子。」[13]這段話說明了離散主體以「從哪裡來」
的記憶壓倒「身居何處」的事實，從對想像中的祖國的認同，得到
（替代性的）歸屬感，卻往往是在居留地被邊緣化的一種徵兆[14]。
因此在〈野宴〉中，一群留學美國和在美工作的中國人去郊遊野宴，
談起中國人在美國社會的感受是：

> 在這個社會裡，我們只不過是夾縫裡的人，是的，夾縫人，
> 邊緣人……生活在別人的屋簷底下，屋簷雖好，終究是別人
> 的，也好像是生活在大岩石夾縫裡的小草，遮風避雨，但是
> 假如有一天大石頭倒了，我們也不存在了……我們的命運不
> 在自己手裡……[15]。

這種離了祖國又難入居留國的夾縫邊緣之感，使離散主體的身分認
同充滿了迷惘與失落。〈中國人〉的文超峰學的是歷史，在西方工
業社會中有所學非主流的寂寞，加上身為中國人的無家感，他意識
到自己的存在充其量是邊緣的，自己是歷史、文化、時代、政治夾
縫中求生存的異鄉人，但最後他受到啟發，領悟到「中國是一種精
神，一種默契，中國就在你我的心裡，有中國人的地方就是中國，
有說中國話的地方就是中國，中國是億萬中國人對自由民主、人性

13　叢甦，〈自由人〉，收入《中國人》，（台北：時報文化，1978），頁 73-74。

14　見 Ien Ang，〈不會說中國話：論散居族裔之身分認同與後現代之種族性〉，
　　頁 62。

15　叢甦，〈野宴〉，收入《中國人》，頁 145。

理性的希冀和嚮往……」[16]此處離散主體對祖國的認同已經不侷限在家鄉的懷想或對中國的美化上，而是把理想價值的追求內化到中國精神的體現上，試圖由自己身上建立「我即中國」不假外求的中國意象，暫時不受身分認同問題的困擾。

（二）淡化或拋棄中國人的身分

　　另外一種試圖擺脫身分認同困擾的方式是淡化或拋棄中國人的身分，完全認同美國身分和美國社會，如叢甦〈野宴〉中的林堯成是歸化美國的電腦博士，觀念和作風都很美國化，他批評中國人的畫地自限：

> 中國人一天到晚自怨自艾，說美國社會不接受。其實自己根本不想被同化，怎麼能怪別人歧視？就說我們吧，一大夥中國人在一起一天到晚吱吱喳喳的，人家當然聽了就煩……我認為這是一種心理上的障礙，情感上的包袱，要是中國人不先把這個扔掉，一萬年也休想打入美國社會！[17]

林堯成沒有背負對中國感情上的包袱，所學也是熱門的電腦，因此非常適應在美國的生活。白先勇〈安樂鄉的一日〉中的偉成和寶莉也是融入美國生活的中國人，華裔美籍的寶莉受美國教育，被同學叫 Chinaman 以及母親灌輸她中國認同時，大叫：「我是美國人」、

16　叢甦，〈中國人〉，收入《中國人》，頁 240。
17　叢甦，〈野宴〉，收入《中國人》，頁 138。

「我不是中國人！」[18]身為中國移民第二代的寶莉已完全拋棄中國的身分認同。保真的〈邢家大少〉描寫一群從五歲到十幾歲就移民或留美的中國學生對中國身分的認同程度，年紀愈小跟隨父母來美者，中國的包袱就愈輕，例如邢家大少「麥克邢」五歲來美，在美國受教育成長，不會說中文，和美國同學以流利的英語交談：「我們美國人有一句諺語……」[19]已完全認同自己是美國人。但是這種淡化或拋棄中國人的身分而認同美國的中國人，往往因其斷根的行為而變成其他鄉愁深重的中國人批判質疑的對象。

（三）回歸的希望與幻滅心死

　　既然鄉愁難遣，離散主體便面臨了回歸與否的問題。於梨華《又見棕櫚又見棕櫚》的男主角牟天磊，花了十年在美國取得新聞博士，回到台灣，想找尋鄉愁的記憶，卻發現台灣已飛快的轉向美國化與現代化，台灣人的觀念、衣著和言行都是崇洋的，在台北飯店的舞廳中他有置身芝加哥舞廳的錯覺。台灣已變得陌生，於是牟天磊說：「在美國十年，既沒有成功，也沒有失敗。我不喜歡美國，可是我還要回去。並不是我在這裡不能生活得很好，而是我和這裡也脫了節，在這裡，我也沒有根。」[20]但是回美國教中文也不是牟天磊的志趣，昔日的師友邱尚峰勸他留在台灣開課辦雜誌，介紹歐美現代文學，替台灣做點有意義的事。牟天磊徘徊在去留之間，幾

18　白先勇，〈安樂鄉的一日〉，收入《寂寞的十七歲》，頁281。

19　保真，〈邢家大少〉，收入《邢家大少》，（台北：九歌，1984），頁117。

20　於梨華，《又見棕櫚又見棕櫚》，（台北：皇冠，1981），頁146。

番轉折；他在花東之旅找回了屬於台灣的淳樸自然的感動，邱尙鋒的意外之死也讓他決定說服崇洋的未婚妻，留在台灣。雖然小說最後並無交代他的說服是否成功，但回歸的意願出現在「無根的一代」的牟天磊身上，是解決身分認同問題的一個重要的轉變。尤其是經歷了一九七〇年代的保釣運動之後，海外知識份子的愛國心得以凝聚，回歸意識明顯地提升了，可惜保釣運動到最後又變質爲左派和右派的鬥爭，失去了原初的意義。

　　張系國《昨日之怒》便是描寫保釣運動如何凝聚海外知識份子的身分認同，但隨著保釣運動的變質和退燒，當初爲理想獻身的知識份子也飽嚐挫敗與幻滅。小說主角葛日新投入保釣運動，放棄了加州大學化學博士的學位，在街頭賣包子維生。保釣運動讓他見識到原本像一盤散沙的海外中國人不分年齡、性別、省籍而團結在一起，爲了崇高的理想放棄小我，然而熱潮退卻後大家又回到個人主義的社會，爲各自的事業或利益而努力。葛日新不願過著他所唾棄的功利美式生活：

　　　他不願意在美國找事。也許他應該回台灣去？畢竟那是他生
　　長的地方。可是他還能夠適應國內的環境嗎？他知道，他的
　　政治理想，他過去活動的記錄，都對他極端不利。他愛那片
　　土地，他無時無刻不夢想回去。只有在那片土地上，他能一
　　展所長，他才能問心無愧的生活。他唯一熱愛的是台灣，他
　　唯一所關懷的就是那片土地。爲了她，他可以放棄一切，甚

　　　　至自己的生命。[21]

保釣運動喚起海外知識份子對中國身分的向心力以及對台灣這塊
土地的熱愛，回歸台灣的意願比六〇年代強烈許多；雖然葛日新最
後在美國車禍身亡，似乎暗示著政治理想的虛幻以及對個人無情的
毀滅，但小說也藉由另一個主角施平回台灣的觀察，播下一些希望
的種子。施平在紐約的中文報館上班，憂心中文報紙未來會喪失讀
者，因為華埠新一代長成後不會再關心中國文化，對中國也不會懷
抱如老一輩的深厚感情。他對工作使不上力，對保釣運動的退潮亦
感失望，在一次回台灣的機會中卻有了新的體悟：「他太遲才發現
國內出現了許多新的雜誌，不少年輕人默默在耕耘著，許多新的東
西慢慢在成形。一股本土文化的力量漸漸在成長，這裡、那裡，到
處都冒出幾顆幼苗。這種新的傾向是施平在國外所不曾留意到的。
他因此感到無比興奮，買了一大堆書刊準備帶回紐約去詳細閱讀。
國內知識界並不如他所想像的古井無波。他開始明白，保釣運動時
種下的幼芽在海外雖已枯萎，在國內卻艱辛的慢慢茁長。這麼說
來，一切並未絕望。也許他灰心失望得太早了些？也許並不必妥
協，他仍可回來做一些事情？他看出有太多的事情值得做，只愁沒
有人做。自己的國家絕對需要他。」[22]保釣運動刺激了台灣鄉土文
學運動的發展，使得海外知識份子對民族未來努力的方向重新找到
了寄託。

21　張系國，《昨日之怒》，（台北：洪範，1979），頁 172-173。
22　張系國，《昨日之怒》，頁 290。

　　相對於某些知識份子在保釣運動之後燃起的回歸台灣的希望，另一群回歸大陸的知識份子卻得到幻滅心死、終至以美國爲安身立命之地的絕望。白先勇〈夜曲〉中描寫抗日勝利後留美的幾個年輕學生，個個懷抱理想，學成後要回大陸爲祖國貢獻所長：吳振鐸要行醫救中國人、呂芳要用音樂安慰中國人的心靈、高宗漢要替中國造鐵路、劉偉要替中國製造化學肥料。結果吳振鐸因故留在美國，事業有成；回國後的呂、高、劉三人卻在文革時期受盡折磨，皆未完成當初報國的心願。二十五年後呂芳再度回到美國與吳振鐸重逢，吳振鐸向她懺悔：「我現在是有名的心臟科醫生了，可是我一個中國人也沒有醫過，一個也沒有——」呂芳淡淡的笑道：「中國人的病，恐怕你也醫不好呢。」一句話道盡了荒謬的政治運動戕害無辜人民的慘痛心聲。呂芳最後和吳振鐸告別時的說話，充滿了對中國的失望與心死：「我現在生活很滿足，真的很滿足，我在裡頭多年夢寐以求的願望，終於達到了：又回到了紐約來。振鐸，我並沒有你想像那樣勇敢，有兩三次，我差點撐不下去了。可是——我怕死在那個地方。看到高宗漢那種下場，在自己的國家裡，死無葬身之地，實在寒透了心。」[23]經歷了回歸後的政治現實之幻滅，當初心懷祖國的知識份子業已夢碎，對中國不再存有幻想，甚至希望逃離中國；在異國定居竟然成爲夢寐以求的企盼，此時離散主體對中國身分已由認同轉爲批判[24]。

23　白先勇，〈夜曲〉，收入《紐約客》，（台北：爾雅，2007），頁 94。

24　此處離散主體的中國身分認同應該還包含血源、情感與文化上的認同，但對中國的政權與國家機器暴力則採取批判的態度，因此不願留在中國，亦不再執著於對中國的懷想。

　　另一個對中國身分從認同轉爲批判的例子是保眞〈斷蓬〉中的季浩年。季浩年在抗日勝利後到美國讀書和發展，成爲名教授，不再回中國。他對和中國有關的事物和話題一律避而不談，引起小說主角——來自台灣的唐姓留學生質疑他對中國漠不關心，沒有扛起國家苦難的重擔。季浩年嘲諷的說：「我不覺得我欠中國一份情，我何必難受呢？……對於那些背負著重擔的人，無論他們到哪裡，都是一個重擔。」因爲他領悟到近代中國從軍閥割據開啓的一連串混戰局面，都是人性的自利和好戰所招致，「其實天地何有不仁？天地叫你打仗嗎？」[25]季浩年認爲中國的苦難也有咎由自取的成分，並且質疑中國人自認的優越民族性，更以老華僑偷渡美國的例子指出中國人只能在別人的環境裡才能求生存，留在自己的國家卻沒有出路。他坦言對中國已經完全絕望，因此將當初離開中國時老師所贈的刻有「斷蓬」字樣的獅子圖章轉送給主角，說：「我很佩服你的熱情，但是，孩子，你也許會爲你的熱情付出代價，我祝福你能堅持下去。我是一個衰朽的老人，現在要回中國已經太慢。我曾許諾，如果我不要這顆圖章的時候我會送給你，現在正是這時候了。」[26]

　　雖然季浩年批判並試圖解脫中國身分，但仍存有血源和文化上的情感，因此對下一代所懷抱的中國憧憬仍予以鼓勵，獅子圖章的傳承代表了中國身分認同的代代延續，然而小說中另一個角色蔡天錫的遭遇似乎又反諷了這種對中國身分認同的執迷。蔡天錫滿懷熱

25　保眞，〈斷蓬〉，收入《邢家大少》，頁 230。

26　保眞，〈斷蓬〉，頁 250。

情回台灣貢獻所學，卻因所學冷門無用武之地，被國人追問「你為什麼要回來」，他只好黯然返回美國，有感而發：

> 其實我們這些所謂的知識份子，回不回國對中國都沒有影響，我們只是中國人的一小部分，人才外流不是中國的悲劇，真正在演悲劇的是我們這些流浪的知識份子，我們多唸了一點書，多增加了一籮筐苦惱……那些一生沒有動過的中國人哪裡有這種煩惱？[27]

於是我們看到，回歸畢竟也不是解決離散主體身分認同迷惘的靈藥，不論回大陸或台灣、向左轉還是向右轉，都會遇到不同的社會障礙與困境：一個受共產極權下政治運動的操控，一個受資本主義市場邏輯的制約，而逼使離散主體最終仍以美國為安身立命的歸宿。當然美國社會也有它的問題存在，但離散主體在解脫了中國身分認同的優位性之後，不再厚此薄彼，更能夠以客觀持平的態度來面對中國文化和美國文的優劣，對兩種文化在民族性和制度面上做出創造性的批判。

（四）存在主義式的批判性離散認同

在這些海外小說中，較能夠符合霍爾（Stuart Hall）和安恩（Ien Ang）所說的在居留國和祖國之間保持創造性張力，建立新的身分定位與離散認同者，當屬聶華苓的《桑青與桃紅》與馬森的《夜遊》。

27　保真，〈斷蓬〉，頁 246。

這兩部小說都在探討人存在的困境，將中國的離散者和異國的離散族群與邊緣人結合起來，因而跳脫身分認同的迷思，進入到壓迫人的中西文化、政治與社會體制的批判，展現存在主義的個人意志與抗爭精神；這兩部小說也是現代主義的代表作品。

　　許多評論家從現代主義、女性主義、後現代主義和後殖民離散美學的角度解讀過聶華苓的《桑青與桃紅》[28]，此書所富涵的內容意義、形式技巧與跨國移徙的多重文化糾結是其贏得關注的主因。整部小說以女性離散者桑青為主角勾勒出她的逃亡經歷：從抗日戰爭末期逃家擱淺在瞿塘峽、到北平共黨圍城之際的投奔夫家、再到白色恐怖時期的台灣被困閣樓、最後逃到美國，展開被移民局官員四處追捕的流浪生涯。桑青在美國逃亡的過程中精神分裂為桃紅，不斷宣稱桑青已死，與多位男子發生關係並懷孕，放浪的行為與傳統的桑青大相逕庭。白先勇曾從國族的觀點指出桑青的瘋狂暗示著近代中國政治上的精神分裂，桑青的流浪代表了中國人無家可歸的悲慘命運[29]。但若從女性主義和離散文化的角度來看，桑青的逃亡卻正好產生完全相反的積極意義：桑青的兩次出走，第一次從父權結構下重男輕女的家庭出走、第二次從被夫所累困於台北閣樓的險境中出走，都是女性擺脫父權桎梏、追求自由解放的積極手段[30]。

28　可以參考馮品佳，〈鄉關何處？《桑青與桃紅》中的離散想像與跨國移徙〉中對眾家評論的引述，《中外文學》第 34 卷第 4 期，（2005 年 9 月）。

29　白先勇，〈流浪的中國人：台灣小說的放逐主題〉，收入《第六隻手指》。

30　如范銘如，〈來來來，去去去：六、七○年代海外女性小說〉所說的，「桑青的逃亡史，正是與家庭離合的關係。從她第一次蹺家逃到重慶開始，每

桑青到美國後變成了桃紅，表面看是精神分裂，實際上未嘗不可視
爲是桑青的改變與成長，就如聶華苓所說，桑青是長在中國土地上
的桑葉，象徵傳統文化，而桃紅鮮豔奔放，象徵的是併發的生命
力[31]，它們同時存在於桑青的身上。小說中桑青變爲桃紅時曾有一
段自白：

> 你死了！桑青！我就活了。我一直活著的。只是現在我有了
> 獨立的生活。你不認識我。我可認識你。我和你完全不同。
> 我們只是借住在一個身子裡（多麼不幸的事！）我們常常是
> 作對的。即令我們做同樣的事，我們的想法是不同的。譬如
> 肚子裡的孩子，你要保留孩子，因為你要贖罪；我要保留孩
> 子，因為我要保留一個新生命。……我和你互相迫害，就和
> 這個世界上兩大超級強國一樣，有時你佔優勢，有時我佔優
> 勢。我佔優勢的時候就可以強迫你做你不願意做的事，譬如
> 太空人登陸月球那晚你對江一波的挑逗和折磨，在鬼鎮墓園
> 裡你對小鄧的放蕩。事後你就覺得罪孽深重——我就喜歡那
> 樣子和你搗亂。因為你限制了我的自由。現在，你死了，希
> 望你不要復活了，我就完全自由了！[32]

當離家，她才享有自由解放；每當她試圖定居，從北京到台北，她就感受
挫敗與恐懼。」收入《眾裡尋她：台灣女性小說縱論》，頁 143。

31　廖玉蕙採訪〈聶華苓：逃與困〉，收入《打開作家的瓶中稿——再訪捕
　　蝶人》，（台北：九歌，2004），頁 53。

32　聶華苓，《桑青與桃紅》，（台北：漢藝色研，1988），頁 299-300。

桑青代表中國傳統文化中保守和壓抑的一面，桃紅則代表打破傳統束縛的主體自由。也可以說桑青代表的是過去的、中國與台灣不堪回首的國族／家族記憶，桃紅代表的是現在的、在美國流浪但自由／獨立的生活。如果將桑青視為中國身分認同，那麼桑青已死就意味著中國認同的解消，離散主體回復到單純的生命本身，以人的生存處境來觀察中國和美國社會的欠缺之處，桃紅在牆上的塗鴉，就是她對中國國共分裂的政治和美國的高科技社會的批判：

> 誰怕蔣介石／誰怕毛澤東／Who is afraid of Virginia Woolf ／桑青弒父弒母弒夫殺女／……柯寧斯無線電工廠／警告牌／小心安全第一／超過此處必須戴眼罩／不要跑不要隨便動手／急診處／工作遊樂無論何處無論何時安全第一／電動鏡子電動梳子電動牙刷電動／腦電動人電動風電動太陽電動／月亮電動接吻電動性交電動上帝／電動聖母電動電動電動電動／電動生殖器[33]

桃紅以女性離散主體的姿態，宣告她厭棄兩岸的政治鬥爭與強人統治，並試圖推翻父權框架，逃離國族與父（夫）族的壓迫宰制；到了美國亦與先進的高科技社會保持距離，諷刺電動設備控制了人們所處的環境和日常生活起居，人與自然愈來愈疏離。桃紅在美國漫遊的路上，結識了一些來自不同國家的畸零人和離散族群，彼此有著共同的反戰理念和相似的國族破碎背景，見證著二十世紀漂泊離

33　聶華苓，《桑青與桃紅》，頁 3-4。

散的歷史，不獨中國人遭此劫難，因而使小說反映的離散文化具有世界性和普遍性的意義。《桑青與桃紅》不執著於中國認同，也不執著於生根成家的傳統觀念，相反的，當國族／家族成爲迫害和控制個體自由的元兇時，逃離反而是最佳的解脫；逃離也是一種不斷與生存環境抗爭、尋求嶄新契機的方式，而展現了存在主義式的自由選擇與抗爭意義[34]。因此桃紅說：「我到哪兒都是個外鄉人。但我很快活。」[35]做爲外鄉人可以讓她免於國族身分的羈絆，在美國四處流浪的行程中創造新的認同[36]，建立批判性的離散文化。

　　馬森的《夜遊》則是一部探討中西文化和社會問題的思想論辯型小說，透過女主角汪佩琳在加拿大婚變後的遭遇來反省人類生存的意義。汪佩琳從台灣到加拿大留學，嫁給英國籍知名生物學教授詹，婚後她發現詹汲汲追求世俗的成功，把她當成附屬品，爲了擺脫空洞的婚姻，她決定出走並和詹離婚。她的決定引起親人的反對，也促使她進一步思考中國傳統文化的保守性，以及自己的異國婚姻和中國身分的關係。汪佩琳當初嫁給詹是想藉由他的英國身分融入加拿大社會，但當詹說出「瓊（汪的英文名）雖然是中國人，可是她的態度儀表卻像是英國人」時，她卻深感抗拒，驚覺到自己

34　林翠真也有類似的看法，她認爲《桑青與桃紅》超越了離散與文化認同的問題，推進到「離散與人的存在」的辯證。見林翠真，〈女性主義的離散美學閱讀：以《桑青與桃紅》爲例〉，收入李瑞騰主編《林海音及其同輩女作家學術研討會論文集》，（台南：文化保存籌備處，2003）。

35　聶華苓，《桑青與桃紅》，頁7。

36　在馮品佳〈鄉關何處？《桑青與桃紅》中的離散想像與跨國移徙〉一文中對此有詳盡論述，本文不贅述。

仍然是深愛自己的種族與文化的中國人，而活在兩個社會與兩種文化的夾縫和矛盾裡。

　　然而婚變的事實，給了她一個重新反省中國和西方文化的機會，她發現她的人生一直受傳統價值觀左右，出國、唸學位、結婚，卻沒有自主性，在好友朱娣的引領下，她投入溫哥華的地下酒吧，之後認識了一群身處社會邊緣的雙性戀朋友，如麥珂等人，他們對性的開放態度和複雜的性傾向，以及沒有工作、沒有目標的生活方式，都衝擊著汪佩琳固有的傳統價值觀。她開始思考中國傳統文化對女性性欲的壓制：

> 傳統是一種巨大的力量，不管它多麼破敗荒謬，它仍然控制著絕大多數人的腦筋與行為，何況中國的傳統本有其偉大的一面。不過中國文化的末流好像愈來愈不重視人的感覺世界，尤其不承認女人也是個應該有感覺的動物。女人在中國男人眼裡，一概都應是烈女節婦；烈女節婦就是不能有肉體生活一面的那種人。……我也是受了中國傳統文化薰陶長大的，我對性也懷著一種不能自己的恐懼與污穢的感覺。但另一方面，我自然無法壓制或驅逐性的自然衝動，因此我便無法得到西方人那種比較純然地對性的享受，就像中國人坦然地享受美食的那種心情。[37]

正視自身性欲而不將之罪惡化，是汪佩琳挑戰中國傳統文化的第一

37　馬森，《夜遊》，（台北：九歌，2004），頁 119-120。

步。當她聽到麥珂說中國人神秘深刻不願表露內心時，又檢討了造成這種民族性的文化黑暗面：「我們中國人並不是故意地不表露自己，而是因為我們的文化壓力太大了，從小就養成了一種抑制自己的習慣。久而久之就變成了一群馴服的綿羊；鞭子下來，就朝前走幾步，鞭子不來，就各自低著頭吃自己腳下的那幾根草。」[38]中國傳統文化的保守，壓抑了個人的感受，使人被動服從，不敢表露自己真實的想法，也不敢放手去追求自己想過的生活。所以汪佩琳吶喊：「我只是要做我自己的主人！我只是要做一個自由人！」

　　她和酗酒、不求上進、具同性戀傾向的麥珂交往，從他抗拒社會、文化和家庭壓力，追求無拘無束的自由生命的態度中，領悟到西方理性進步精神的缺點：

> 什麼是上進？什麼是頹敗？難道說像詹那樣地斤斤於成敗得失，一心一意獲取成功的榮光的，就是上進的典型嗎？……他們忘了什麼是生活，他們也不知人與人之間到底應該有什麼關係。他們生活中只有一個目的：成功！……好像隱隱中肯定了人類只要毫不遲疑地朝前猛進，就必定是對的。……這就是西方的主導精神，把其他文化其他種族遠遠拋在後頭的精神！……為什麼人人必得終日營營苟苟處心積慮地掏光地球的資源，去創造可以取代人手人腦的機器？難道最終目的就是為了摧毀地球？或捨棄地球？為了以機器代替人的一切？不但代替人工作，代替人思考，還要代替

38　馬森，《夜遊》，頁 170。

人生活嗎？西方人的最大野心，難道說如不把人晉升到不再
需要生活的上帝，就把人貶抑到不能再有生活的蟲豸的地步
嗎？[39]

當初汪佩琳嚮往西方這種理性進步精神而出國留學，現在她卻從麥
珂和詹的頹敗／上進的兩種生活方式的對照中，發現到進步不一定
就是成功，可能只是加速地球和人類的枯竭毀滅。她也改變了對無
業遊民、酗酒者、同性戀等社會邊緣人物的看法，了解到約定俗成
的道德標準和社會價值觀並不是唯一的真理，她開始懂得尊重差異
和包容不同背景的人。

　　在一次和麥珂、道格、愛蓮妮等人一起吸大麻的經驗中，每個
人都說出了自己所背負的文化社會壓力和家庭創傷，令她感到「我
們都是同類的動物，我們誰也不比誰高尚，誰也不比誰低賤，都是
同類的、可憐的、心中充滿了各種欲求的動物！」[40]在這裡，身分
認同沒有意義，不管是中國社會還是西方社會，都有壓抑個體自由
的龐大力量存在，在中國是傳統文化的包袱，在西方是理性進步的
文明觀。汪佩琳從身分認同的矛盾中超脫，回到人的存在與自由選
擇的根本問題上，因此她說：「我要生活！我要感到自己的存在！
我要經歷種種不同的經驗，來確定我並不是別人投擲的一個幻影，
而確是活生生地像個人似的活過了。我不要變作一種理念的延伸，

39　馬森，《夜遊》，頁 194。
40　馬森，《夜遊》，頁 222。

一種文化的反射，我要野性地按照我自己的方式活著。」[41]《夜遊》
透過女性的邊緣位置從婚姻中解放，再進一步反思中國傳統文化和
西方文明觀念對個人主體的禁錮傷害，使離散主體屏除身分認同的
困惑，認識到中西文化的本質與束縛人性的一面，進而體會到生存
的意義和個人意志的重要，創造出具有存在主義精神的批判性離散
文化與認同。

三、結語

　　海外文學是六〇年代以降的台灣知識份子在特定的時代環境
下出國留學和移民所創作的作品。由於身處異國文化的環境，心中
又懷抱著無法割捨的祖國想像與情感，海外文學常出現擺盪在祖國
和居留國兩種文化之間難以調適的困惑，而產生了身分認同的迷
惘，形成無根與放逐的「流浪的中國人」的創作主題，這一代知識
份子也成為「無根的一代」，在異國放逐不歸；身分的追尋與認同
迷惘的消解過程，是他們開啓的離散書寫中最引人注目的經歷。
　　檢視六〇年代到八〇年代的海外文學創作，發現小說中的離散
主體試圖以各種途徑消解認同迷惘的困境，以便尋找身分的定位。
其中的途徑有四：早期的離散書寫中，離散主體執著於中國身分，
與異國社會格格不入，在既回不了中國大陸、又不認同台灣的痛苦
狀態下產生死亡幻想、發瘋或自我放縱的行為，或暫將中國的理想
精神內化於自身，以「我即中國」來消除身分認同的迷惘；另一種

41　馬森，《夜遊》，頁375。

方式則以淡化和拋棄中國身分爲解脫之道，通常以華裔第二代居多，但這當然又會形成另外的問題。

回歸祖國是鄉愁難遣的離散主體解決身分認同迷惘的又一途徑。彼時大陸和台灣都在中國身分的統攝之下，差別只在政治路線的左和右之分。不論回歸大陸或台灣，竟都使離散主體由希望而生幻滅，最後再回到異國定居，不啻是對兩岸政治現實最大的嘲諷。保釣運動曾激起海外人士對中國身分的認同以及對台灣土地的熱愛，引發回歸的希望，也帶動台灣鄉土文學運動的發展，但人才的回歸卻受限於國內市場的需要，所學冷門便無用武之地。文革造成回歸大陸的人士報國無門，在荒謬的政治鬥爭中身死或受盡折辱。回歸的幻滅使離散主體對中國身分從認同的執著轉向了批判，在異國安身立命，不再對祖國懷抱虛幻的熱情。

第四種消解身分認同迷惘的途徑是回到人的存在本質。不論是中國還是西方，只要其國族、家庭、文化觀念或社會制度對個人造成壓迫和傷害時，個人便有權逃離這些來自政治、文化和社會力量的桎梏，用個人自由意志去追求獨立的生活。當中國和西方的離散族群與邊緣人在異國聚合時，身分認同已不重要，生存的意義和個人的抗爭意志才是最根本的。這種存在主義精神的代入，使離散主體得以在祖國和居留國之間保持觀察的距離，對中西社會與文化採取批判的角度，創造出具有存在主義精神的批判性離散文化與認同。

從以上身分認同追尋的過程中可發現，離散主體認同迷惘的消解，就是身分重新定位的契機，離散主體從早期漂泊離亂的時代受害者，漸漸轉變爲中西政治、社會與文化制度的批判者，由懷想祖

國、回歸後的幻滅到不寄希望於祖國和居留國，在兩者間以客觀的角度建立存在主義式的批判性離散認同，從而創造離散主體的特殊價值性與批判性的離散文化，當是台灣海外小說的離散書寫最大的意義所在。

家族之痛，國族之傷

—— 論宋澤萊和舞鶴小說中「異鄉人」命運的
傳承與轉化

一、前言

「異鄉人」是二十世紀西方文學中十分突出的形象，「異鄉人」
一詞的著名用法，來自法國作家卡繆（Albert Camus, 1913-1960）的
小說《*L'Étranger*》。在法文裡，*étranger* 一詞有三種意涵：一是不
具有某國國籍的人；二是不屬於或被認為不屬於某一家族或氏族的
人；三是和一般人沒有共同點的人[1]。後兩種是卡繆側重使用的意
涵，因此「異鄉人」包含「與他人沒有共同點」且「不屬於某一群
體」之意，這也導致 *L'Étranger* 的書名既被英譯為《陌生人》
（Stranger），又被英譯為《局外人》（Outsider）。在《*L'Étranger*》
裡，主角莫梭對於社會習以為常的人際關係、價值體系和人生目
的，一概報以冷漠與抗拒，這使他成為自己所處社會中的「異鄉

1　English Showater Jr., *The Stranger: Humanity and the Absurd*, Boston: G. K. Hall & Co., 1989, p.22

人」。由此可知卡繆開啓的「異鄉人」概念，主要是指拒絕認同社會價值與體制的人。

　　法國思想家克莉絲蒂娃（Julia Kristeva,1941-　）在《我們本身的外邦人》（*Étrangers á nous mêmes*）中，也針對 *L'Étranger* 爲主題做了重要研究。此書書名之英譯爲《*Strangers to Ourselves*》，但書中各部份則多半將 *étranger* 一詞譯爲「外邦人」（foreigner）。在這部著作裡，克莉絲蒂娃從政治思想史與哲學的角度，探討西方思想傳統裡的「外邦人」概念，指出：

> 如果我們回顧歷史和各種社會結構，那麼外邦人就是家庭、氏族、部族的他者。在一開始的時候，他和敵人混在一起。又由於他外在於我的宗教，因此他也是異教徒或異端者。又由於他生在另一塊土地上，沒有向我的君主宣誓效忠，他因此是我們的王國或帝國的外人……隨著民族國家的建立，我們得出關於外邦性的唯一現代、可接受和清楚明白的定義：外邦人是不屬於我們這個國家的人，也就是和我們國籍不同的人[2]。

克莉絲蒂娃所歸納的「外邦人」概念，有外國人、異教徒、某一群體的他者之意，經常受到政治權力和社會體制的排擠。綜上所述可知，異鄉人作爲一個描述某一類人的特質之概念，主要是指國籍或

2　Julia Kristeva, *Strangers to Ourselves*, trans. Leon Roudiez, New York and London: Harvester Wheatsheaf, 1991, p.95-96.

宗教、文化、家庭、部族等方面與我們相異，是群體的他者，或是拒絕認同社會價值與體制的人。不論是被動的爲群體所排斥或主動的拒絕群體，總歸而言，異鄉人是不能融入群體的人，常與離鄉背井、疏離、放逐、和人群格格不入等特性相連。

在戰後的台灣文學中，「異鄉人」也是一個重要的創作主題，尤爲書寫懷鄉和流亡文學的第二代外省作家所專擅，例如白先勇的《台北人》、聶華苓和叢甦等人的海外離散書寫[3]，此後外省作家的創作重點似乎都離不開異鄉人的放逐情結（如朱天心）。然而較爲學界忽略的是，異鄉人的形象書寫除了反映外省作家的國族創傷與認同困境，也同樣出現在台灣本土作家的小說創作之中，目前只有陳映眞和七等生受到較多的討論[4]，其實在第三代本土作家的歷史記憶與家族書寫中，也可見到異鄉人的身影，本文所要探討的宋澤萊（1952- ）和舞鶴（1951- ）便是最好的例子。

宋澤萊和舞鶴都受過現代主義的洗禮，筆下所描寫的台灣鄉土帶有幽暗的鬼魅色彩[5]。在他們七〇年代的創作中，可以看到他們

3　可參本書第一篇文章〈流浪的中國人──台灣海外小說的離散書寫與身分認同的追尋：以六〇到八〇年代爲探討中心〉。

4　較新的研究資料如林鎮山，〈漂泊與放逐：陳映眞 60 年代小說中的「離散」思潮和敘述策略〉，收入其所著《離散・家國・敘述：當代台灣小說論述》，（台北：前衛，2006）；蕭義玲，〈觀看與身分認同：七等生小說的「局外人」形象塑造及其意義〉，《成大中文學報》第 22 期，（2008.10）。

5　如黃錦樹認爲宋澤萊的〈嬰孩〉之鬼魅色彩可視爲是舞鶴〈拾骨〉、〈悲傷〉的先驅，結合了現代主義與本土，與來自土地及生命底層的幽暗。見〈從戀屍癖大法官到救世主：論附魔者宋澤萊的自我救贖〉，收入其所著

從身爲人子的立場，追溯父祖輩在日治時期和太平洋戰爭中經歷的創傷，並檢視家族命運於己身的影響：異鄉人形成了家族的命運，傳承給下一代，造成下一代的負擔和痛苦。在他們的小說裡，父親皆以消沉軟弱或瘋癲的形象出現，成爲無法融入群體的異鄉人，此一命運又延續到下一代。在宋澤萊的早期小說中，其主角多困於「生的世界」和「死的世界」，苦尋出路而不得，只能輾轉於病態衰弱的狀態中。舞鶴小說中的主角則經常具有瘋癲或頹廢的特質。這些主角疏離於體制之外，他們與群體無法融合的孤獨身影，譜成了有別於父祖輩的新一代異鄉人圖像[6]。

宋澤萊和舞鶴的異鄉人書寫，一方面涉及兩個世代的異鄉人形象，另一方面涉及對於異鄉人命運的反省和超越。他們描寫的上一代異鄉人跨越了日治時期與戰後國府的統治，新一代異鄉人則生活在國府威權時期與台灣解嚴之後。而新一代異鄉人有別於上一代異鄉人之處，在於他們不再甘於作爲體制傷害的消極承受者。如果父祖輩的異鄉人處境，是對於體制傷害的消極見證，那麼新一代的異鄉人，其異鄉人處境則是對體制壓迫的積極抗拒。對於體制壓迫，新一代異鄉人或者表示批判，或者選擇逃離，這種批判和逃離，反映出對於異鄉人命運進行反省超越的嘗試。這種嘗試，其實顯示出異鄉人形象在戰後台灣文學中的主體化過程。簡言之，新一代異鄉

《謊言或真理的記憶：當代中文小說論集》，（台北：麥田，2003），頁318。

6　例如學者王德威便曾稱舞鶴爲「原鄉人裡的異鄉人」，見王德威，〈原鄉人裡的異鄉人：重讀舞鶴的《悲傷》〉，收入舞鶴《悲傷》序，（台北：麥田，2001）。

人雖然繼承了異鄉人命運，卻把異鄉人的邊緣經驗，轉化為一種反抗體制和保存自我的豐富動能。筆者認為，這正是異鄉人書寫最重要的價值所在，也是過去較少被學界注意之處。

在本文第二節裡，筆者將分析宋澤萊早期作品中的異鄉人書寫，第三節則分析舞鶴作品中的異鄉人書寫，最後再將兩人做一比較和總結。

二、宋澤萊筆下的異鄉人：病弱／死亡與「戀屍癖理想國」的建構

七〇年代宋澤萊尚未轉向鄉土文學之前，曾經有過現代主義創作的階段，如〈嬰孩〉（1973）、《紅樓舊事》（1974）、《惡靈》（1979）等小說。這些作品帶有濃厚的自傳色彩，它們或者抒發一種與世隔絕的孤獨心境，或者以存在主義哲學思考生命，並呈現了自身對父親、歷史、世界的態度[7]。令人怵目驚心的是在這些小說中，充滿了戀屍、戀母等病態和死亡情結，它們除了反映出心理分析學說的影響[8]，亦相當程度反映了個人的心理困境以及家庭（父母）遭遇所造成的陰影。宋澤萊曾回憶早年創作和家庭之間的關係，指出其父是南太平洋戰爭的孑黎，戰爭的創傷和家貧使父母成為歷史的悲劇，而年少的宋澤萊尚不明白台灣的殖民歷史，因此當

7　參考陳建忠，〈死亡陰影的追逐：現代主義者的生命腳蹤〉，《走向激進之愛：宋澤萊小說研究》第二章，（台中：晨星，2007）。

8　見宋澤萊的自述〈略談所謂「宋澤萊現代主義時期作品」兼談我對七〇年代前期的文壇印象〉，《印刻文學生活誌》第 33 期，（2006 5）。

時「所能感到的，不過是父親的軟弱和母親的暗澹罷了。但就是那種軟弱和暗澹造成了一種巨大悲慘的形象，動搖我原本健全的生命和明亮的人生觀」[9]。

這樣的家庭背景投射到小說之中，就產生了背負戰爭創傷而抑鬱軟弱的父親形象，如〈嬰孩〉中的父親從南洋叢林的二年逃亡生涯回到故鄉，沉溺在過去對舊愛的回憶；〈虛妄的人〉的國中學生林毅的父親徵調南洋，想有一番作爲，卻在戰後成爲一個徬徨的人，理想失落而百無一用；《紅樓舊事》的主角「我」的父親，經歷了二次大戰的洗禮，在戰後當了牧師。「我」對父親的描述是：

> 父親是典型的二十世紀的人。我所以如此地說乃是認爲，你
> 從任何一個角度，拿著任何二十世紀的觀點去看父親，他都
> 能反應出某些影子來。戰爭？流亡？漂泊？痙攣？焦慮？沒
> 有臉的人？失去上帝的宗教祭司？出售格言的商販？……
> 樣樣都有[10]。

這樣一個背負戰爭創傷的父親，在戰後寄身於宗教的虔誠，卻在面臨吧女的挑逗時，因無能而抖索退縮，使「我」心目中崇高的父親形象變得委靡不振。

綜觀宋澤萊早期小說中的父親形象，都是從南洋戰爭中歷劫歸來，懷抱著難以磨滅的戰爭創傷，性格軟弱，鬱鬱寡歡，不是沉浸

9　見宋澤萊，《黃巢殺人八百萬》自序，（台北：東大，1980），頁 2-3。
10　見宋澤萊，《紅樓舊事》，（台北：聯經，1983），頁 26。

在過去的回憶裡，就是尋求宗教的寄託，在戰後的時代和社會難以出頭，無所作爲，成了廢人。精神治療學家里奧・艾汀格（Leo Eitinger）曾指出：

> 戰爭和被害者是社會想要忘掉的，遺忘的面紗覆蓋著所有的痛苦與不悅。……受害的一方或許想遺忘，但是卻無法遺忘，旁觀的一方有著不自覺的強烈動機要遺忘，而就真的遺忘了[11]。

正是因無法遺忘戰爭創傷，使得父親不能融入戰後的社會而成了異鄉人。戰後的國民政府亦不願正視台灣殖民歷史及太平洋戰爭的台籍軍人，使之封閉、湮沒在時代的洪流裡，也造成下一代無法理解父親的歷史。父親疏離了社會和家人，只能活在過去的創傷中，變成廢人、異鄉人。

　　不幸的是父親軟弱無能如廢人般的命運，也影響到兒子的成長經歷、性格和價值觀的形成，使小說中的主角們在父親形象的籠罩下，對人生產生悲觀的感受，同時因爲自身病弱的關係，亦出現死亡的陰鬱和虛無的氣息，在同儕中成爲特立獨行、孤僻怪誕的異鄉人。小說中的主角常因病痛顯出蒼白瘦弱的模樣，因而缺乏自信，並恐懼自己將和父親一樣軟弱無能，例如〈嬰孩〉中的「我」因爲早產和肚臍疝氣，自卑於弱小的體型，他鄙夷自己「遠遠的望去就

11　見朱蒂斯・赫曼（Judith Lewis Herman）著，楊大和譯，《創傷與復原》，
　　（台北：時報文化，1995），頁 15。

像一層透明的塑膠布蓋住一堆嶙峋的骨頭」，並懷疑自己的「老驢性格」和「沉溺性」是「我家父子的獨傳」[12]；《紅樓舊事》的「我」也因青春期的生理疾病，擔心自己是否從此被閹割、像個女人，甚至害怕自己會像父親一樣變成吧女前一隻痙攣的猴子，因為「我的血管咆哮著他侏儒般的血液」[13]。於是我們看到，父親的無能形象和自身疾病的影響，造成了小說主角的異鄉人狀態，產生了一種隔離於堅強健壯的男性常態標準之外的不安與焦慮。廢人父親形象，無疑是殖民傷痕的投射，而機體受損、偏離常軌的疾病，則使病人內心與外在環境隔絕，相對於健康和正常的世界，疾病／病人就是被隔離在外的他者和異鄉人[14]，容易使人產生「我不正常」的恐懼和自卑。

　　然而宋澤萊的小說主角們，卻奮力地想要擺脫自身的病弱和遺自父親的軟弱性格所造成的宿命（潛意識抗拒殖民傷痕的延續？），這其實反映出一種主體意識的萌芽。小說主角們以病態的幻想和行為、乃至死亡世界的描摹與「戀屍癖理想國」的建構，來發展一種獨特的形塑主體的方式。例如〈嬰孩〉中的「我」抗拒身體和心理軟弱的方式，是以一種病態的嬰屍幻想來汲取外界的生命力量，於是「母親」和「強壯的陌生男人」都成為他嬰屍寄生的對象，導致主角出現「戀母」和「同性戀」的行為。換言之，病態的幻想與行動其實反映了主角想要衝破軟弱蒼白的宿疾和家族命運

12　見〈嬰孩〉，收入《黃巢殺人八百萬》，頁4、8、13。

13　見《紅樓舊事》，頁43。

14　可參考李欣倫對疾病的觀點，見其所著《戰後台灣疾病書寫研究》，（台北：大安，2004）。

的渴望。但是母親之死、父親再娶和自身病痛的加劇，使主角希望
破滅，遂以挖母親的墳墓來擁抱死亡，作爲對現世的抗議，死亡成
了一種虛無的寄託。

　　在宋澤萊早期的小說中，病態和死亡一直是其描寫的主題，最
後發展出以死亡世界和戀屍癖來作爲理想國所在的寄喻。就像《紅
樓舊事》的主角徘徊在「生的世界」和「死的世界」，《惡靈》的
主角則崇尚 necrophilia 的大同世界。Necrophilia 即戀屍癖，本是一
種性倒錯，是變態心理學中侵犯死屍的欲望，佛洛姆（Erich
Fromm,1900-1980）則進一步指出戀屍癖是一種人格特質，它是對
一切死的、腐爛的、病的東西所感到的強烈吸引力，是一種把活的
東西變爲死的東西的激情[15]。宋澤萊小說主角特有的疾病、病態與
對死亡的嚮往，便是戀屍癖的展現。不同於佛洛姆對戀屍癖者崇拜
物質、機器、戰爭和暴力等負面特質的批判，宋澤萊則建構了「戀
屍癖理想國」，將戀屍癖翻轉爲一種具正面特質的能量——小說主
角藉此批判了生的世界之僞善，試圖將死的世界建構爲理想國的所
在，並將疾病修辭轉化爲時代批判的隱喻，作爲反抗現實社會的策
略。

　　例如《紅樓舊事》主角「我」雖恐懼自己的身體與父親一樣無
能，但仍奮力思考時代的問題與人生的意義，批判衛道者與玄談者
是「時代的性無能」，把對父親和己身的性無能恐懼，轉換爲對陳

15　見佛洛姆（Erich Fromm）著，孟祥森譯，《人類破壞性的剖析》下冊，
　　（台北：水牛，2010），頁 223-224。

腐道德和抽象理論的無能嘲諷。「我」也批判機械化制度下的工廠
是「吃人的機器」，並抗拒家人對他前途的建議：

> 我的周圍充滿了對「環境」及「未來」的計畫表，好像他們
> 把我當成一架機械，預照著指定目標，叫我往前直去就好，
> 實際他們並不清楚根深在我內在的墮落意識，及在神經痛楚
> 時展開的「死的世界」，正從我的根本機件開始腐蝕、生
> 鏽……而我也變得對自己無可控制，我只注意到一件事：如
> 何使自己愉快！知道嗎？我一切友好的朋友，上帝，我只希
> 望自己快樂[16]！

「我」拒絕接受制式化的人生安排，反而注重真正的快樂是否能獲
致。「死的世界」所代表的墮落與腐朽，此刻卻成為挑戰世俗成就
價值觀的利器。

《惡靈》的主角則成了提倡 necrophilia 的教主，認為文明社會
將死亡視為禁忌，卻又暗中製造死亡，是一種偽善，人類的生存和
死亡價值應由自己決定，不應由政治、宗教或道德的空泛口號來主
宰。而 necrophilia 的世界，則是「新合理、新價值的世界，那世界
會將生存死亡當成不被染色的宇宙過程」[17]，也是一個無長幼、無
霸道飢餓存在的大同世界。主角並呼籲：

16　《紅樓舊事》，頁 122。
17　見宋澤萊，《惡靈》，（台北：遠景，1979），頁 202。

往日的幻象宗教要你去當一個神底下的人，完全是神創造出來的那種人，但今日的 necrophilia 先知了解那是千年大幻象，今日的 necrophilia 要求每一個人都成為神，唯有你成為自己的神你方得到救贖，唯有你成為神方了解什麼是人，唯有你成為神方才擁有內知的理智，唯有全體人類都有全知的理智，這世界才有希望，necrophilia 的大同世界才臻完成，人類們，焚毀你們手中的聖經吧，再用自己的筆調寫一本聖經！人類們，焚毀你們滿櫥的佛典吧，再用自己的語錄寫一本佛典！人類們，鼓起勇氣走入 necrophilia 的世界再走出去吧！一切都將太平！[18]

這裡主張人要從宗教和神的束縛中解脫出來，才能做真正的人，所強調的是理性批判的重要，其實正是啓蒙精神的發揚，主角理想中的 necrophilia 世界即是破除外在權威和等級差異、不受政治、宗教和道德價值綑綁的大同世界。

　　黃錦樹認爲宋澤萊小說的戀屍癖是一種以死亡爲奧義的秘教，將自我膨脹爲「necrophilia 世界的大法官」，顯現出對絕對域的強大欲望，此種心靈著魔和對死亡世界的嚮往不但是他早期作品最大的特色，也奠定了他一生作品的基調，使他召喚了附魔的、超自然的鄉土，甚至表癥了台灣本土運動激情的症狀[19]。但若我們仔

18　見宋澤萊，《惡靈》，頁 163。

19　見黃錦樹，〈從戀屍癖大法官到救世主：論附魔者宋澤萊的自我救贖〉，頁 323-333。

細檢視宋澤萊的早期小說，將可發現其中除了心靈著魔，還有理性思辯和批判精神。宋澤萊透過死亡世界一步步建構他的「戀屍癖理想國」，用以表達對人類生存實境的不滿及反抗，其實具有相當的顛覆意義。而死亡的毀滅和死之世界的虛幻，也代表了現實的沒有出路，恰好形成對戰後那個充滿歷史傷痕和政治冷感的時代的人們最真實的寫照。

　　陳建忠在論及宋澤萊早期的創作時，認為小說主角對父親及其歷史的茫昧與拒斥，是對台灣社會疏離的結果，也是認同前的心路歷程，透過書寫來救贖青春期的挫傷與苦悶；但因社會意識薄弱，故小說人物只能自怨自憐，無力介入現實[20]。筆者則認為，宋澤萊早期小說其實有他特殊的觀照現實的方式及尋求主體的嘗試。小說主角們雖不理解父親的歷史，有時也缺乏同情，但卻不想一直受困於這種軟弱無能的暗影之中，試圖反抗這種因殖民和戰爭造成的異鄉人命運。主角自身的疾病困擾，雖然令他們隔絕於正常健康的世界之外，加深了他們所繼承的異鄉感，但這種隔離卻造就了主體的發展，使他們能夠和所謂的正常世界保持距離，進行批判。主角採用病態和死亡世界的想像來建構反抗的理想國，對現實社會展開反思，這樣的異鄉人形象其實已內含批判的主體性，反抗的是軟弱的心態、以及制式化和偽善的社會。

　　如果在〈嬰孩〉、《惡靈》、《紅樓舊事》中的現實社會還顯得有些抽象不具體，沒有深入觀照到台灣的歷史處境與國族創傷，那麼在另一篇小說〈虛妄的人〉中，主角禹龍默的病態和涉及死亡

20　見陳建忠，〈死亡陰影的追逐：現代主義者的生命腳蹤〉，頁 29、42。

的情境則又有更明確的問題指涉，既是中華民族歷史傷痕的象徵，又是對虛妄的時代病症的反諷。禹龍默是胸無大志的國中教師，肺病和腎疾令他外表顯得憊然和虛無，其實他對時人崇洋媚外、輕視自己國家的心態頗不以為然，學校中不論是炫耀兒子移民的校長、流亡的外省老兵，還是受父親殖民歷史影響的悲觀學生林毅，都是虛無的乃至虛妄的人，沒有一個人腳踏著地活在天地中。一次溺水的意外，禹龍默營救林毅失敗，在他脖子上留下了指痕，被警察以謀殺罪名拘捕，禹龍默說是自己的虛妄之症發作的緣故，卻得不到眾人理解：

> 我的神經很刺疼，又一一看著宋仁志、校長、唐天養、盧主任，這刻裡他們彷彿都很虛浮地飄離了大地，我忽然又看見林毅和他的父親，他們都在霧裡掙扎著，像一尾被釣離水面的魚，一直在線端掙扎著，後來釣鬆了，跌回水面，卻死了。我有一種衝動想大叫：這是一個虛妄的世界啊！沒有人真的活著啊！我要圍觀的人都懂得我的意思，但這是辦不到的[21]。

這裡有卡繆「異鄉人」的味道，患病而表面虛妄的禹龍默，其實是這個虛妄的時代中最清醒的人，從他眼中看到的「虛妄的人」，正是受上一代歷史包袱綑綁、又不肯扎根自己的土地和國家，無法開創新生，只能不斷漂浮乃至走向死亡的人。「像一尾被釣離水面的魚」即說明了缺乏國族認同的外省人和本省人，一方是離鄉背景、

21　〈虛妄的人〉，收入《黃巢殺人八百萬》，頁119。

不斷流亡不肯正視台灣，一方是困於日本殖民和戰爭的悲情，無法建立自信。這種國族失根的困境造成「沒有人眞的活著」，這才是最可怕的眞實，然而看到眞實的人，卻被週遭虛妄的人視爲虛妄、不正常。禹龍默這個名字，毋寧是被閹割的中國意象，象徵中華民族的失語和沉寂（它似乎顯示：在宋澤萊的台灣意識尚未成形之前，只能用這個中國符號象徵台灣當時的失根和虛無風氣）。禹龍默是戰後世代中意識到虛妄、崇洋和漂浮無根弊端的異鄉人，他的先知先覺使他疏離於人群，不被群體理解，他表面的病症和沉默與他最後的被捕，頗類似魯迅〈狂人日記〉的悲劇（清醒／瘋狂、正常／虛妄，在個人／群體之間的顛倒反諷），實際上是對國族失根狀態的沉痛諷喻及警示。

　　由上述的討論可以看到，從〈嬰孩〉、《惡靈》、《紅樓舊事》到〈虛妄的人〉，宋澤萊對於台灣現實社會問題的批判已逐步具體化。若藉由宋澤萊塑造的兩代異鄉人形象之間的對比進行觀察，則此一主體形塑的過程就變得更爲清晰：老一輩的父親困於殖民和戰爭的傷痕，成爲軟弱徬徨、無法融入戰後社會的異鄉人，主體亦無從形塑。新一代的主角則因身體病痛和家族經歷的影響而形成悲觀的處世態度，疾病和家族命運造成了雙重的隔離，延續了異鄉人的狀態，但是他們試圖擺脫這種命運的嘗試，其實反映出一種主體意識的萌芽。他們採取的反抗策略是：以病態和死亡來反抗家族命運、偽善社會和整個時代的虛妄無根，將性無能、虛妄症等疾病轉換爲社會批判的修辭隱喻，並透過死亡世界的想像與戀屍癖理想國的建構，達成一種特殊的主體形塑方式，將異鄉人的命運予以轉化和重塑。雖然新一代的異鄉人仍然在邊緣徘徊，並未將反抗對象明

確聚焦到國民政府的威權體制和大中國意識，但是他們對家族、國族和社會現狀的不滿，以及理想國度的勾勒與追求，仍可視爲一種彰顯主體的反抗姿態。而死亡世界的寄託，其實也代表著理想無從實現的苦悶，因此帶有悲劇性的色彩。這種異鄉人的形象，反映了威權時代知識份子摸索自我／國族出路和尋找主體性的歷程。就此而論，它其實可被視爲某種程度的時代典型。

三、舞鶴筆下的異鄉人：瘋癲／頹廢與 「無用哲學」的反體制策略

　　舞鶴是九〇年代復出並活躍於台灣文壇的作家，他早在七〇年代就開始創作，但其後卻停筆十四年[22]，思索並解決自身內在的困境。他的作品裡巧妙地融合了鄉土文學的題材以及現代主義式的美學風格，所以楊照稱他爲「本土現代主義」的代表：

> 他用他在七〇年代末期思考、發展出來的一套美學，來轉寫
> 九〇年代的熱門經驗。這套美學在精神上是繼承「現代主義」
> 的，然而卻又摻雜了大量的鄉土語彙、徹底而成熟的鄉土象
> 徵，一種真正的「本土現代主義」，而且是屬於「現代主義」
> 中最爲頹廢、卻也最爲挑釁的一支[23]。

22　舞鶴從 1978 年發表〈微細的一線香〉後，直至 1992 年才發表〈逃兵二哥〉、〈調查：敘述〉，此後即創作不輟。

23　見楊照，〈「本土現代主義」的展現：解讀舞鶴小說〉，收入舞鶴《餘生》附錄，（台北：麥田，2002），頁 261。舞鶴基本上也同意楊照的看法，

確實，舞鶴的頹廢表現在他作品中繼承了家族父祖輩的廢人傳統，並將之進行到底：小說中的主角常是精神疾病患者、胸無大志的人、不斷逃離社會體制及沉溺肉體愛欲的男女，這些人奉行「無用」的哲學，以頹廢、報廢、無用的人生姿態，不爲什麼而活著，成爲游離於體制外的異鄉人，在社會幽暗的角落，反倒能作出對主流價值和體制最具諷刺和挑釁的觀察。

〈微細的一線香〉（1978）是舞鶴立志寫家族史之前的一篇試筆，主角「我」守著台南府城「破舊、陰濕、滿是鬼怪」的祖厝，追問「爲何我的父祖一輩，在這屋厝生息的男人俱是被閹割得無聲無息？」[24]這便問到了父祖輩在日治時期的殖民血淚史。「我」的廢人父親，一生中唯一英勇的圖像便是身著戎裝，替日軍奔赴光榮的奮戰，然而戰後歸來不僅外形大變，神志也開始恍惚，自社會潰退下來，在古厝中蒔花度日以終。「我」的祖父曾任孔廟以成樂社的司笙者，台灣光復後賣掉部分屋厝開罐頭工廠，卻在二二八事變時被人搗毀，工廠草草結束，此後便在自家堂厝經營廟祭，陷入半癲的狀態。比之宋澤萊筆下父親形象的消沉軟弱，舞鶴筆下的父祖形象則陷入恍惚與瘋癲，同樣成爲無法融入社會的異鄉人。祖父和

他說：「我運用的手法的確是現代主義，但是後來的評論有的說是後現代主義、魔幻或是後設等等的寫法。細節的豐富性可能帶給評論者其他的想法，但是整體而言仍是無法歸類的一種創作。」筆者認爲舞鶴的小說除了現代主義之外，也帶有後現代、後殖民的解構與抵中心的色彩。舞鶴意見參見〈亂迷舞鶴：舞鶴採訪記錄〉，收入謝肇禎，《群慾亂舞：舞鶴小說中的性政治》，（台北：麥田，2003），頁233。

24　〈微細的一線香〉，收入舞鶴，《悲傷》，（台北：麥田，2001），頁172。

父親畢生的志業不彰，都成了廢人，家計於是落在任勞任怨的女人
（母親）身上。相對於二叔逃離家族的頹敗歷史而另立門戶，主角
「我」卻選擇守住古厝和厝內所燃的線香，代表了主角對家族／國
族歷史命運的接受，不同於宋澤萊小說主角對廢人父親／殖民傷痕
的拒斥，舞鶴小說主角則一肩承擔，放棄了制式化的考讀大學，在
印刷廠當一名檢字工人。家族廢人傳統的延續，在主角身上將之轉
換爲撿拾歷史和家族記憶的碎片，凝煉成一個時代微不足道但卻斑
斑在目的印記。

　　「撿拾碎片」看似瑣屑、不成大器，卻是舞鶴筆下主角挑戰大
歷史和知識建制的另類手段。〈悲傷〉中的「我」隱居在淡水小鎮，
努力做個無用的人。「我」以短句格言記錄生活體悟，卻遭一起過
耕讀生活的鹿子指責爲沒有價值的碎片：「凡是大師氣概的情之不
發則已一發情便是整片整塊的像岩石一般至少要像磚塊，再說碎片
只能當零食哪能當作正餐吃？」[25]碎片沒有份量、不成系統，出之
於無用的人乍現的思想靈光，何嘗不是對「大師」建構性的理據思
維之顛覆。「我」後來進了精神療養院，仍然堅持平生無大志，「只
願在這島上漂流，『漂流』其中自有意想不到的──『東西』。」[26]
漂流與無用是「我」的立身原則，「我」出院後終於如願找到一個
看守公廁的工作。〈逃兵二哥〉中的「我」和二哥，都是在入伍服
役的過程中不適應軍隊管教而反叛的人物。「我」因批判性思想被
列管，二哥則是心繫妻兒不斷逃兵，遂遭到追捕和拘禁，然而軍中

25　〈悲傷〉，收入《悲傷》，頁 45。
26　〈悲傷〉，頁 69。

長官卻可堂而皇之將妻兒接到軍營同住。「我」和二哥觸犯軍令，
都成了國家體制中「不能履行軍人的神聖使命：軍人不像軍人，甚
至可以說是不像人」的廢人、無用之人。但是面對兵役制度強姦個
人的思想意志，叛逃的生涯和無用的姿態，其實是個人所能出之的
一種消極的抗議。就如王德威所說：

> 現代文明的特徵之一，在於對「用」及「有用」（utility）
> 效能的發皇實踐。從小到大，誰不曾被諄諄告誡，要做個對
> 國家、社會的「有用」之人。「無用」的人成為你我的負擔，
> 社會的多餘。……舞鶴所見識到的，是個由政黨機器、軍隊
> 醫院，及縝密教化制度所築成的世界，「男有分，女有歸」。
> 然而他的角色並不完全妥協。「用」與「無用」的判定也許
> 身不由己，但「努力做個無用的人」卻暗示一種「反抗絕望」
> 的意識抉擇，一種「知其可為而不為」的犬儒姿態。由是產
> 生的張力，最為可觀[27]。

舞鶴筆下的無用之人，主動逃離體制，不爲體制所用，選擇了異鄉
人的邊緣位置，以無用挑戰有用，做爲對現代體制壓抑個體自由的
反抗策略。

　　在《鬼兒與阿妖》中，舞鶴關心同性戀的世界，同性戀相對於
異性戀霸權也是異鄉人，而舞鶴又以有用／無用來區別酷兒和鬼

27　見王德威，〈拾骨者舞鶴〉，《餘生》序，頁 17。這段話王德威注明是
　　引用汪暉論魯迅的說法。

兒，在原屬邊緣的同性戀群體中，分離出熱衷同志運動、帶有時尚
表演性質的酷兒，並將關懷焦點投給無意於運動、只專注肉體生命
的鬼兒。小說中的「我」每週都到鬼兒聚集的酒吧中觀看：

> 我表明，我愛凝看鬼兒，全因為我是趕不及時代列車的老鬼
> 兒。我沒有鬼兒那麼幸運可以生活在純粹的鬼兒境地裡。我
> 隨著一般在大染缸中歷煉我的人生。我結過三次婚，放棄了
> 三次一般看來並沒有什麼不好的婚姻。其實，並不用為鬼兒
> 擔心什麼，放棄了生活而只是活著的人哪還會擔心被迫害。
> 唯一的問題是這「放棄」在青春鬼兒是一時迷惑，還是已是
> 一生一世的執著，不，不是執著，是自然[28]。

加入鬼兒的世界，就是放棄了一般「正常人」的生活，選擇了正常
世界之外的異鄉人位置。異鄉人原本是遭正常世界、主流體制排斥
的人，但是鬼兒卻將異鄉人的邊緣性賦予能動的主體，變成一種自
由和自然的生命方式。鬼兒的生命就是「放棄」：

> 不管他之前的背景是什麼，不管他之後有什麼作為，來到鬼
> 兒窩他的肉體同時心靈「在放棄中」。放棄語言、文字就放
> 棄對外在的溝通。對內的，鬼兒很快用手勢、肢體和肉體來
> 溶化彼此，他們放棄所謂「心靈溝通」。鬼兒放棄的最大外
> 在是「現實」。現實體制內外的一切鬼兒不關心，當然不認

28　見舞鶴，《鬼兒與阿妖》，（台北：麥田，2005），頁38。

> 知也不了解。……鬼兒放棄的最大內在是「自我」。跟隨自
> 我的兩大廢人「自尊」和「尊嚴」，鬼兒一併放棄掉。肚腹
> 棄了自我，空間大了不知許多，鬼兒享受來去自我都不留的
> 偌大空間[29]。

鬼兒放棄了內外的一切，對內是放棄自我和心靈，因為只有當肉體
不受自我的規範和心靈的約束，方可達致真正的肉體自由[30]。對外
則放棄體制和現實，不以社會倫理道德與主流價值觀為包袱；活
著，只憑肉體維繫生之歡愉。鬼兒所使用的語言文字亦是「放棄式
的文字」，其構句及語彙簡短、不合文法，沒有開頭與結尾，乃飄
零無根的文字，就像他們不見容於社會體制一般，充滿不確定與不
穩定性。鬼兒的人生態度是「不反也不接受，放棄同時不放棄。鬼
兒活在肉體之中，在肉體的內在鬼兒追尋一種完整，完整的自由」、
「有人類以來，鬼兒是屬無用之人。鬼兒不關心，不在乎肉體之外
的外在。」[31]這般諸事渾不在意、只以「肉體相契的當下，是人間
的最好」為生命享受，是個人試圖解脫心靈、自我、體制的重重束
縛，回歸最純粹的肉體存在，以達到生命本質的自由，可說是肉體
歡宴的大膽宣言，也是無用哲學的棄絕之極致，如此才能將原始的
肉體生命從國家社會體制／倫理道德法則中解救出來，是無用哲學

29　《鬼兒與阿妖》，頁 114。

30　這也是舞鶴從年輕時就關心的問題，他曾指出自己在少作〈牡丹秋〉(1974)
　　所要表達的就是「肉體自由」，這個信念也延續到《鬼兒與阿妖》之中。
　　見《悲傷》後記，頁 241。

31　《鬼兒與阿妖》，頁 188。

追求生命自由的又一種手段。我們看到鬼兒的世界，是主動放棄社會、自願選擇異鄉人的邊緣位置，重新賦予其原始自然的生命動能，將異鄉人的邊緣經驗轉化為自由不受內外價值宰制的生命主體。

　　舞鶴筆下的檢字工人、精神病患、逃兵、同性戀者，都是社會的邊緣人和異鄉人，他們不斷逃離體制，以對社會無用的廢人自居，卻發展出德勒茲（Gilles Deleuze,1925-1995）和瓜塔里（Félix Guattari,1930-1992）所說的「游牧性主體」（nomadic subject）[32]，他們不斷逃逸遷徙，逃離中央集權，逃往邊緣，引發流動力量，拒絕優越感的身分認同，自認是低等動物或備受歧視的人種[33]，如同舞鶴小說中鬼、妖、廢人、無用等自貶語詞，也正凸顯對照出貶義另一端擁有貶義詮釋權的權勢集團，而自貶正是對權勢力量的抗衡，透過自貶滲入權勢集團，從語言書寫、文字符碼瓦解既定的刻板陳規[34]。於是，邊緣經驗產生了積極的力量，自貶其實是一種顛覆策略，轉換廢人／無用為鬆動主流體制的新一代異鄉人形象。

　　身為碎片的撿拾者，無用的代言人，到了《亂迷》中，舞鶴開始質疑書寫家族史的意義與必要性，甚至認為家族史未必比性愛更真實：

32　這是德勒茲和瓜塔里在《反伊底帕斯》（Anti-Oedipus）中提出的概念，
　　「游牧性主體」是一個奇異的主體，沒有固定的身分，生於其所消耗之情
　　境，又在新情境中重生。它是不斷遷徙的點。見雷諾博格（Ronald Bogue）
　　著，李育霖譯，《德勒茲論文學》，（台北：麥田，2006），頁 127。

33　此處借用羅貴祥對「游牧性主體」的詮釋與發揮，見其所著《德勒茲》，
　　（台北：東大，1997），頁 96。

34　參考謝肇禎，《群慾亂舞：舞鶴小說中的性政治》，（台北：麥田，2003），
　　頁 27-28。

　　　　他悟到你現有的一切家族史內史外都比不上值不得那笑妖
　　　幽嬈水淫久蟄的我在小說的現在面對歲月的毛玻璃模糊看
　　　著你尋覓覓尋家族史屎漸而反家族史這個形式懷疑家族這
　　　種內容物合適嵌入任何形式嗎或者造造造作某種形式為了
　　　填塞莫須有的家族史嗎又或何等偉大到猥瑣的家族足以支
　　　撐萬空到龐薄的家族史嗎甚或發明家族史這個詞彙永久暫
　　　存無法自我吐納的家族廢料嗎終至無奈你棄寫家族史因應
　　　這個反惢小說也不懂何以多年後目今我拼拼拼貼碎片霉菌
　　　的碎片坎坷幾筆顛覆了那個反[35]

史的崇高偉岸，不過是建構與填充而來，其虛構性質可能與屎及廢
料的價值無異。解脫了書寫家族史的崇高使命感，徹底回復到零碎
無用的狀態（同時從文字上無邏輯和錯別字的並置句構中撞擊出規
範外的意涵），是舞鶴作品中將家族的廢人傳統進一步深化為無用
哲學的最佳註解。

　　由上述的討論可以看到，〈微細的一線香〉、〈悲傷〉、〈逃
兵二哥〉、《鬼兒與阿妖》的「我」和《亂迷》的思想主體，都是
自居邊緣、以精神異常、頹廢、放棄、碎片化的無用策略反體制的
新一代異鄉人的代表。他們逃離軍隊、大歷史、異性戀等國族／性
別權力結構的規範，拒絕主流體制給定的身分與責任，目的在於保
存個體的獨立與自由。與父祖輩恍惚半癲的無用的異鄉人做對比，
新一代的無用已被成功轉化為最具顛覆性的抵抗武器，這也是舞鶴

35　見舞鶴，《亂迷》，（台北：麥田，2007），頁6。

絕地反撲的力量所在。雖然舞鶴小說不以建構和反抗的立場自居，而是不斷的解構與逃逸，但是他的碎片式書寫和無用的哲學卻達到了一種另類的挑戰作用，也是小說主角和新一代異鄉人彰顯主體性的方式。這些「知其可為而不為」的無用的廢人，並不追求體制的改革也無意於當革命英雄，對他們來說最重要的是保存個體生命的自由，因此不加入任何體制、不執著於任何反抗與建構的姿態，這樣或許能夠恢復生命最自然的生存型態，並對於各種權力論述保持距離、不被收編，因此是維護主體性的一種策略，消極中自有其積極的能量。

四、結語

本文探討了第三代台灣本土作家宋澤萊和舞鶴的異鄉人書寫，他們的小說都觸及父祖輩所經歷的日治殖民與戰爭的創傷，父親形象為軟弱無能、恍惚半癲、理想失落的廢人，成為無法融入戰後社會的異鄉人，無從形塑自己的主體。廢人父親即國族殖民傷痕的投射，這樣的異鄉人命運也影響到兒子，譜寫出新一代的異鄉人圖像，但是新一代的異鄉人卻發展出邊緣位置的主體性。

宋澤萊早期小說中的主角因身體疾病和廢人父親的陰影，恐懼自己也會變成軟弱不正常的人，病痛和家族因素使主角陷入雙重隔離的異鄉人狀態，並想要擺脫這種命運，此即主體意識的萌芽。小說主角遂從自身的疾病出發，以病態的嬰屍幻想、死亡世界的陰鬱想像，以及戀屍癖理想國的建構，發展出一種特殊的主體形塑方式，進行對現實社會的反思，這樣的異鄉人形象已內含批判的主體

性，反抗的是軟弱的心態、制式化和僞善的社會，以及整個時代的虛妄無根，將性無能、虛妄症等疾病轉換爲社會批判的修辭隱喻，同時也反映了主角想要衝破軟弱蒼白的宿疾和家族／國族命運的渴望，雖然他們並未將反抗對象明確聚焦到國民政府的威權體制和大中國意識，但是他們對家族、國族和社會現狀的不滿，以及理想國度的勾勒與追求，仍可視爲一種彰顯主體的反抗姿態。而死亡世界的寄託，其實也代表著理想無從實現的苦悶，因此帶有悲劇性的色彩。這種異鄉人的形象，反映了威權時代知識份子摸索自我／國族出路和尋找主體性的歷程，但其虛無的想像和個人心理式的反詰，並不能更有效地深入社會病症的底層，這或許解釋了宋澤萊後期轉向鄉土文學的批判寫實路線的原因。

　　舞鶴則始終堅守現代主義風格，將之與鄉土素材相融合，開拓出本土現代主義的道路。他的早期小說揭櫫了父祖輩殖民傷痕遺下的廢人傳統，並將其發揚光大爲無用哲學作爲反體制策略，從社會邊緣經驗出發，塑造了檢字工人、精神病患、逃兵、同性戀者等頹廢的異鄉人形象，以無用於世的姿態自居，逃逸於社會體制／道德法則之外，以此保存生命的自由與自然。小說主角撿拾家族與歷史的碎片，對壓抑個體自由的龐大社會體制進行批判，進而連反抗的姿態都解消，甚至質疑家族史的書寫意義和必要性，以無邏輯文字和錯別字的並置句構，突圍規範和理性架構的意義系統，這種極度零散和無用的頹廢姿態，使舞鶴筆下的異鄉人拒絕任何意義和體制的收編，達到一種徹底顛覆的效果。與父祖輩的無用相比，新一代的無用卻被成功轉化爲最具顛覆性的抵抗武器，雖然舞鶴小說不以建構和反抗的立場自居，但這種無用哲學確實達到了一種另類的挑

戰作用，是新一代異鄉人鬆動體制、彰顯主體的方式。

比較兩人小說中的異鄉人形象，我們看到廢人父親作爲傳統的異鄉人，是國族殖民傷痕的投射，他們無法融入群體，一任自我消沉、軟弱和瘋癲，欠缺反思的主體。新一代雖然受到父親／國族命運影響，卻有更多積極的作爲，宋澤萊小說的主角不認同（或說不理解）父親，試圖擺脫異鄉人的命運，從己身的疾病出發，將病態和死亡世界翻轉爲現實批判的力量、理想國度的寄託，轉化異鄉人爲保存自我和反抗現實的動能；舞鶴小說的主角則認同和接受了父親，繼承了廢人傳統，卻將廢人傳統發揚爲無用哲學，與社會的邊緣人爲伍，拒絕爲體制所用，藉以保存個體自由與自然的生命。這種無用的異鄉人是游牧的主體，具有鬆動和顛覆體制的力量。因此異鄉人的命運在新一代的身上得到轉化，宋澤萊和舞鶴的小說主角都主動的拒斥群體，並發展出從邊緣位置批判現實的異鄉人的主體性。

宋澤萊和舞鶴的小說主角，都有某種程度的虛無：宋澤萊小說主角的現實批判建立在死亡世界中，是注定沒有出路的絕望反抗；而舞鶴小說主角的現實批判則寄託於廢人生命上，以無用挑戰有用，尋求體制的解構和鬆綁的可能。這種虛無性或許令人質疑：異鄉人的命運眞的可以轉化和超越嗎？宋澤萊和舞鶴小說主角的反抗，對於主流體制和社會現實有所改變嗎？筆者認爲，這其實牽涉到異鄉人所處的位置。由於異鄉人的位置永遠是在群體之外，因此他們並非投身到主流體制和社會之內的改革者，而是置身其外的旁觀者和批判者。他們對群體的不認同、批判和反抗，儘管是以虛幻想像或頹廢逃逸的形式存在，卻都是一種彰顯主體價值的方式。這

毋寧開啟了我們對於主體性的另一種認識：主體性的彰顯可以有許多種形式，未必只能以革命英雄或鬥士的面貌出現。總結言之，宋澤萊和舞鶴小說從邊緣位置建構主體性，不僅代表了兩種本土現代主義的實踐道路，也為異鄉人的形象書寫注入更多的主體價值與豐富內涵。

性別文化與道德文明的超越

文明的創傷與超越

——戰後台灣心理小說中的情慾與自我建構

一、前言

　　受到現代主義和佛洛伊德（Sigmund Freud,1856-1939）精神分析學說的影響，在戰後的台灣曾經掀起心理小說的創作風潮。心理小說作為現代小說的一個類別，和傳統的寫實主義適成對比。心理小說的特徵，是著重描寫人物複雜的心理（尤其是潛意識的欲望和隱蔽的性心理）、非理性世界和理性世界的衝突，並且伴隨著矛盾錯亂的自我暴露或剖析[1]。在二、三〇年代的中國大陸和日治時期

1　心理小說除了描寫人物複雜的心理，還涉及結構與技巧的問題：必須以心理描寫凌駕情節中心的小說結構、以人物主觀的心理時間取代客觀時序、多以內視角敘事並常運用內心獨白、感官印象、幻覺與夢境等技巧，營造虛實古今交錯的時空感受。這些條件可能同時具備，也可能只有其中一兩項。可參考張懷久、蔣慰慧著，《追尋心靈的秘密：現代心理小說論稿》對心理小說特質的歸納，（上海：學林，2002），頁1-6。

的台灣，心理小說已經初現風潮[2]。到了六〇年代的台灣，現代主義的流行更使得心理小說大行其道，因為現代主義重視個人內心世界的挖掘，而心理小說可以表現內心的思考與欲望，許多現代派作家甚至是鄉土文學作家都曾經創作過心理小說。就此而論，心理小說對台灣文學的內容和技巧，確實曾發揮相當的影響。

　　學界對於心理小說的研究，大致有幾個主要方向。首先是偏重個別作家的探討，或是關注國人對精神分析理論的接受與抗拒[3]。其次是將心理小說和戰後台灣現代主義小說美學做連結，心理小說演變為一種創作形式。評論家多以現代主義大旗去涵融心理小說，肯定其語言和敘事技巧的實驗對傳統美學的革新，並以其內心非理性欲望之展現，指出它們對國家大敘述／父權體制的顛覆意義[4]。第三是從女性主義角度去分析心理小說。在此觀照下，心理小說對情欲和性別議題的探索，被涵融進女性主義的論述之中，用來探討女性的情欲覺醒、挑戰父權、性別越界，乃至八、九〇年代女性情

2　例如郁達夫、丁玲、施蟄存等人的心理小說和日治時期作家如楊雲萍、翁鬧、龍瑛宗的心理小說，都極有代表性。

3　如劉紀蕙在〈壓抑與復返：精神分析論述與現代主義的關聯〉談到三〇年代中國和七〇年代台灣對精神分析的抗拒，是因為「無意識」和「性欲」會使主體遭受裂變的威脅，不利國家凝聚民族向心力，見《現代中文文學學報》，（2001.1）。

4　相對於本土現實主義評論家對現代主義／心理小說的敗德、墮落等負面批評，九〇年代中期以後的研究者則結合當年的時代背景因素，採取較為持平和肯定的態度，例如陳芳明在其所著《台灣新文學史》第 15 章〈一九六〇年代台灣現代小說的藝術成就〉對現代主義的重新評價，見《台灣新文學史》上冊，（台北：聯經，2011）。

欲結合社會、政治、國族與歷史的書寫策略[5]。也有學者專以現代派女作家爲主，探討她們小說中的另類時空建構，以及她們如何以內心潛在欲望撕裂熟悉的日常生活空間，將之視爲抗拒現代理性的特殊表現[6]。

　　以上這些研究方向，都涵蓋了心理小說的某些重要面向，然而值得注意的是，心理小說本身其實有它自己的發展歷史，從十八世紀的感傷主義抒情式心理小說、十九世紀的心理現實主義小說，到二十世紀的精神分析、新感覺與意識流，心理小說本身就經過了不同階段的演變，並且取得了有別於傳統小說的藝術成就。在其不同的演變階段裡，它也影響了中國五四以來和台灣三〇年代的心理小說創作，以及六〇年代的台灣心理小說風潮和八〇年代中國大陸的先鋒派文學。

　　在台灣文學史上，心理小說伴隨現代主義和精神分析的盛行，而在六〇年代大爲風行；七〇年代之後雖然逐漸退燒，卻仍然以日記、書信體、手記、內心獨白等創作形式延續下去，直至九〇年代都還能見其蹤跡，只是象徵手法和精神分析的色彩已淡化。以上情

5　可參范銘如，《眾裡尋她：台灣女性小說縱論》，（台北：麥田，2002）；梅家玲，〈性別論述與戰後台灣小說發展〉，《性別還是家國？五〇與八、九〇年代台灣小說論》，（台北：麥田，2004）；郝譽翔，《情欲世紀末：當代台灣女性小說論》，（台北：聯合文學，2002）。

6　可參邱貴芬，〈落後的時間與台灣歷史敘述：試探現代主義時期女作家創作裡另類時間的救贖可能〉、〈翻譯驅動力下的台灣文學生產：1960-1980現代派與鄉土文學的辯證〉，前文收入邱氏所著，《後殖民及其外》，（台北：麥田，2003）；後文見其與陳建忠等人著，《台灣小說史論》第三章，（台北：麥田，2007）。

形顯示，心理小說有其獨立的發展系譜，本身便足以構成一個值得
探討的重要主題，但此一主題至今尚未獲得學界有系統地研究。此
外，心理小說中的情欲書寫，除了涉及女性主義，也涉及男性情欲
問題[7]，然後者至今仍較少受到探討。簡言之，傳統研究單從女性
主義的角度進行分析，因此偏重女性情欲和父權體制的對抗，然而
此一角度卻忽略了男性情欲也可能受到社會體制或性別文化的壓
抑或制約，同樣成為某種權力機制的受害者。

　　以學界的上述研究為基礎，本文嘗試從不同的角度研究心理小
說，大致可分為三個方面：

　　第一，選取戰後台灣以情欲為主題的心理小說創作，做一系統
性的觀察，從六○年代到九○年代，以白先勇〈黑虹〉（1960）、
〈藏在褲袋裡的手〉（1961）、〈香港一九六○〉（1964）、陳映
真〈我的弟弟康雄〉（1960）、歐陽子〈秋葉〉（1969）、〈花瓶〉
（1970）、叢甦〈癲婦日記〉（1976）、聶華苓〈月光枯井三腳貓〉
（1963）、《桑青與桃紅》（1976）、施叔青〈壁虎〉（1961）、
〈約伯的末裔〉（1967）、李昂〈回顧〉（1981）、蘇偉貞〈熱的
滅絕〉（1992）和七等生〈思慕微微〉（1996）九位作家的十四篇
心理小說為探討範例[8]，觀察心理小說作為一個整體所經歷的演變

7　當然，還有同志情欲的描寫，也是近十多年來的熱門主題，可以另文討論。
　　本文處理的情欲主題則是以異性婚戀的架構為主。

8　本文選取心理小說的標準，是以情欲為主題、心理描寫凌駕情節中心、運
　　用內心獨白或意識流、夢與幻覺的營造、以及使用書信或日記體等形式為
　　創作的要素。至於其他類型的心理小說有不同的主題和背景，可另文討
　　論，此處暫不論及。

軌跡。但由於心理小說為數眾多，又各有許多主題和類型，本文礙
於篇幅，僅能先以異性婚戀的情欲主題為主；而此範圍內的心理小
說亦不在少數，故權取其中代表範例，略窺全豹。本文將上述六〇
至九〇年代的心理小說進行縱時性比較，可發現不同時代的文明壓
抑與情欲反動關係的演化，如早期（六〇至八〇年代）情欲多處於
受壓抑、初萌芽或象徵性的解放階段，至後期（九〇年代）則開始
建立較完整的情欲自主論述。

　　第二，文本研究的焦點，將放在心理小說中的情欲書寫與自我
主體性的建構上[9]，探討心理小說展現的文明規訓與情欲創傷的一
面，但本文亦肯定心理小說（特別是六、七〇年代的心理小說）與
現代主義美學的密切關係，只是此方面的研究成果已相當豐碩，且
為學界共識，故本文嘗試另闢蹊徑，研究心理小說的另一面向。本
文指出，心理小說中的情欲其實和自我主體性之建構有密切關係；
而文明秩序（其內涵在本文的脈絡中，主要指台灣作為西方和東方
文明的雜薈之地，帶有宗教、科技理性、父權色彩和儒家禮教傳統
之社會體制、倫理道德、婚姻規範與性別文化）對情欲的壓迫和監
控管理，造成了所謂文明的創傷，其實也就是對自我主體性的壓
制。情欲是主體建構的一種策略，尤其在文明道德壓抑情欲的文化
背景下，情欲成了主體的寄託與反抗的一種方式。心理小說則描述
了情欲與自我主體在文明壓制下，從順服、壓抑、扭曲、矛盾、分

9　心理小說包含的內容甚廣，除了描寫情欲，也包括意識層面的哲思，或內
　　心其他的動向與欲望所構成的各式主題。為免過於寬泛，本文僅將探索重
　　點放在情欲主題上，對於心理小說的其他內容則暫不予討論。

裂、變態到超越與重生的種種面貌，反映了自我主體性在文明規訓
下從壓抑、覺醒到建立的過程。

　　第三，在分析情欲書寫與自我主體性的關係時，本文也指出，
男性和女性不僅建構自我主體性的方式有別，其自我主體在超越壓
迫、解放重生的方式上也大相逕庭，然而這並非本質論式的截然二
分。本文將以聶華苓、蘇偉貞和七等生的小說爲例，比較男女作家
在性別書寫和情欲論述上的不同，從中可看出作家性別書寫位置的
差異、以及兩性建構自我主體模式的分別。總之，本文希望透過這
些分析，能夠更清楚的呈現出心理小說在情欲探索、文明創傷、自
我建構與性別差異等議題上所做的深度貢獻，從而凸顯其在戰後台
灣文學史上的意義與價值。

二、文明對情欲的貶抑與控制

　　在人類歷史上，情欲和身體經常被加上負面色彩。不論在西方
基督教傳統的教養下，還是在中國儒家禮教的道德約束之中，情欲
總是被貶低爲墮落的獸性，需要服膺於道德和理性的文明規約與管
制。即使在啓蒙主義時期，情欲和身體也沒有擺脫此一負面色彩。
在啓蒙主義思想裡，心靈與身體被視爲是兩相分離的實體，心靈主
宰著身體，身體被再現成宛如是失序的衝動、欲望和情緒的集合
體。心靈／身體的對立連結且複製了一連串的二分概念：理性／欲
望、文化／自然、人類／動物、男人／女人、自我／他人等等，前
者必然高於且宰制著後者。如果身體無法控制，自我也會變得毫無

紀律[10]。

　　隨著佛洛伊德精神分析學說的興起，這種情形卻有所轉變。在他的重要著作《文明及其不滿》裡，佛洛伊德指出人類文明的發展，是以控制和壓抑性本能（libido）、犧牲快樂原則的追求為代價，因此文明可能使整個人類都變成了神經病[11]，產生某種程度的自我扭曲及創傷，從而衍生出許多社會問題。可以看到，如果先前的主流論述是把人的自我主體放在心靈和理性上，佛洛伊德則扭轉了此一論述，把人的自我主體放在身體和情欲上，從而賦予身體和情欲正當的意涵。

　　雖然佛洛伊德的理論有其片面性，他放大了性本能對人的心理和行為乃至社會文化的影響，忽略了理性的價值和社會因素對人的作用，他的性本能之說也容易被理解為生理性欲的需求，因而招致生物決定論與泛性論的批評，引發後人對其學說的修正[12]，晚期的佛洛伊德亦將性欲概念擴充為具有愛和建設性能量的愛欲本能[13]，使其情欲論述獲得更為豐富的內容。

10　參考 Jennifer Harding 著，林秀麗譯，《性與身體的解構》，（台北：韋伯文化，2000），頁 43。

11　見佛洛伊德著，賴添進譯，《文明及其不滿》，（台北：南方，1988），頁 108。

12　例如容格（Carl Gustav Jung,1875-1961）、阿德勒（Alfred Adler,1870-1937）、佛洛姆（Erich Fromm,1900-1980）、羅洛梅（Rollo May, 1909-1994）等人對佛洛伊德學說的修正與擴充。

13　見佛洛伊德著，汪鳳炎、郭本禹等譯，〈精神分析綱要〉，收入《精神分析新論》，（台北：知書房，2000）。

　　此外，佛洛伊德的理論多以精神病人爲分析依據，對於作家和
文學作品的適用性如何，亦引發關注。我們確實必須留心上述這些
侷限，以免做出過度片面的詮釋；然而從佛洛伊德打破理性主義的
傳統，提升長期遭受壓制的身體與情欲的地位，使人們注意到此問
題的重要性，並試著調和理性文明和身體情欲之間的矛盾來看，佛
洛伊德的理論還是有其可貴的價值。在作家和文學作品的研究上，
作家將自身世界的潛意識經驗賦予意義，表現在作品中，常能反映
出社會的衝突與分裂，以及人的破碎形象[14]。例如描繪原始及不道
德情緒的文學，常指出潛伏在人類心中的野蠻情緒與文明要求之間
的衝突，人們一向從道德觀點來加以解讀，而佛洛伊德理論卻可以
提供不同的觀點[15]。本文援引佛洛伊德的情欲理論來作爲觀察戰後
台灣心理小說的一個角度，只是希望開發一種詮釋的可能，讓心理
小說的解讀能夠更豐富。

　　在《文明及其不滿》裡，佛洛伊德描述了身體和情欲如何受到
文明壓迫的情形。他指出，文明的主要努力之一就是把人們集中到
一個更大的集體之中，因此必須限制性欲，因爲當兩人沉浸於愛與
性時，對外界便毫無興趣，甚至不需共同生育孩子，這將阻礙社會
的生產與文明的進步。透過禁忌、法律和風俗習慣的約束，文明限
制了人們的性行爲，將性納入合法婚姻和一夫一妻制的管轄，並反

14　參考羅洛梅著，蔡伸章譯，《愛與意志》，（台北：志文，1985），頁
　　26-31。
15　參考 Albert Mordell 著，鄭秋水譯，《心理分析與文學》，（台北：遠流，
　　1990），頁 17-19。

對性成為快感本身的來源[16]，壓抑人們追求性歡愉，抹煞情欲享受的正當性。在佛洛伊德之後，德國哲學家馬庫色（Herbert Marcuse,1898-1979）進一步指出，文明反對把肉體純粹作為快樂的對象，肉欲化受到了禁忌，它只能成為妓女、墮落者和性反常者的一種聲名狼藉的特權[17]。

　　文明控制性、身體、情欲的方法便是區分出「常態的性」（normal sex）和「非常態的性」（abnormal sex），接受合法婚姻和一夫一妻制規範的才是常態的性，在此之外的自慰、亂倫、婚外情、同性戀等行為都是非常態的性，會受到譴責[18]。文明並將「性喜好」（對性的態度和行為）與眾不同的人，貶抑為「性的他者」，指斥他們的墮落，需要接受教化或懲罰[19]，特別是異族、女性、低社會階級和放縱情欲的人。在戰後台灣心理小說中，非常態的性成為作家關注的對象，它們是對婚姻制度或傳統性別角色的一種反動和反思，本文將在第三節作討論，這裡則要先處理心理小說如何以「性的他者」來呈現文明對情欲的貶抑，讓我們看到文明對個體的控制及其對自然生命所造成的龐大壓抑，從而形成了文明的創傷。

16　見《文明及其不滿》，頁 64-70。

17　見馬庫色著，羅麗英譯，《愛欲與文明》，（台北：南方，1988），頁 183。

18　參考 DeWight R.Middleton 著，趙文琦譯，《異國情色大不同》，（台北：書林，2005），頁 104-114。

19　所有的人類族群都會以相似的方式利用他者。例如西方人常將性與文化異於自己的不同想像投射在土著與原始文化上，認為他們是蒙昧者、擁有純真／淫蕩的性，傳統西方和基督教思想都強調要教化蒙昧，並以文化和宗教來控制他們放縱的性愛。見《異國情色大不同》，頁 10-11。

（一）對「性的他者」的恐懼與貶抑

　　六○年代的台灣社會，尙處於農業社會向工業社會過渡的階段，婦女仍囿於傳統的分工，扮演相夫教子的賢妻良母，對於女性情欲也採取否定的態度，縱欲和不符合賢妻良母標準的女性，會受到社會道德的譴責。施叔青的〈壁虎〉即借由一位少女之眼，描寫大哥娶了一個豐滿耽欲、有如壁虎的女人，夜夜縱欲，致使家門淪落的故事。文中的大嫂即被描述爲「性的他者」：

> 　她卻滿不在乎的擺動她那豐滿的身體和揮霍她已經狼藉不堪的聲名，朝北的弓形白壁的盡頭，有三兩隻怪肥大的黃斑褐壁虎倒懸在牆上，這女人踱到那一角的步姿使我憶起她一如壁虎。她像不太有靈魂，她卻愛生命，愛到可恥的地步。[20]

少女將大嫂醜化、貶抑爲壁虎，直指她沒有靈魂，便是落入了心靈／身體、人類／動物的傳統二分法之中。而這位大嫂也公然拒絕「靈魂的薰陶」（欣賞歌劇），卻宣稱：「我可要官能的快活呵！我們確是只有愛欲和青春呀！」[21]這番情欲宣言，令大哥無心工作，父親也因故入獄，使得少女來到兄嫂床前，憤而抓起剪刀「拋向那賤惡的所在」。大嫂被貶爲壁虎，是沒有靈魂的賤惡、可恥的存在，正是因爲她耽於情欲的行爲，違反了文明的運作和管理，構成文明

20　見施叔青，〈壁虎〉，收入《那些不毛的日子》，（台北：洪範，1988），頁 3。

21　見施叔青，〈壁虎〉，頁 4。

秩序與道德的嚴重威脅：大嫂滿不在乎的展示豐滿的身體，引誘丈夫沉迷肉欲而怠忽工作，有違傳統道德對妻子「嫻靜貞淑，幫夫旺家」形象的要求，她造成了毀身敗家的罪惡，瓦解了家庭和道德規範的文明秩序。少女投擲剪刀，即代表了文明道德對「性的他者」的抵制和審判。

有趣的是少女結婚以後，在丈夫的撫愛和體貼下變得豐腴、美麗和快樂，嚐到了情欲的甜蜜，「過著前所不恥的那種生活」，但她見到牆上的壁虎，「都會突然自心底賤蔑起自己來」。當少女體驗到情欲的美好，卻仍揮不去文明貶抑的陰影，害怕自己變成像大嫂那樣的女人（變成壁虎和性的他者）。於是她盼望秋天趕快過去，牆上便不會有嘲笑她的可惡壁虎，才能毫無愧怍去接受丈夫的溫存。

這裡可以看到，壁虎代表的性的他者，即是放縱享受情欲的人，或者可以說，壁虎就是女性情欲的原始呈現，一種赤裸而無所不在的情欲渴望。但是文明不允許人們（尤其是女性）追求性歡愉和情欲的滿足，使少女對婚後和丈夫的溫存仍充滿愧怍。然而少女對情欲的矛盾心態，已不復婚前那般站在維護文明秩序的立場，而是朦朧的體會到必須擺脫文明加諸於情欲享受的罪惡感，才有幸福的生活。在此，少女已從扮演向性的他者投擲剪刀的文明執法者，逐漸轉變態度，認可了情欲享受的合理與必要。從少女的轉變，可知情欲實是女性心中既渴望又不願、或不敢面對的矛盾掙扎來源，它是被文明道德污名化、卻又是原始生存之必要所需。

到了七○年代，台灣進入工業社會，女性主義興起，至八○年代出現了許多探討女性議題的小說，李昂是其中的代表，擅長以性

和情欲來衝撞保守的文明體制與規範。早在六〇年代，李昂便以〈花季〉中對逃學少女細緻的心理刻劃，呈現出少女對強暴一事既期待又防衛的心理幻想，藉此逃逸出規律無趣的校園生活，我們看到這大膽的情欲想像，尚停留在幻想的階段；此後李昂的創作開始一步步將女性情欲落實到具體行為上，讓女性情欲與父權體制展開衝突對峙，並由此進行反思。

〈回顧〉便以一個高中少女的日記，記錄在正統教育下的純潔少女對自己身體的厭惡、以及目睹哥哥的性愛時的反感作嘔。文中出現少女反覆的夢境，「吞吃我身體碎片的月亮開始慢慢轉圓，當最後一片被包容進去後，它成一輪巨大滿月，橘紅的顏色，當中還帶青綠似筋的細紋，像含血腫膿似的俯照著我」[22]，使少女驚醒，這輪含血的大月亮可視為文明道德的規訓象徵，少女對性、身體與情欲的態度，都在文明束縛（校規、社會價值觀）下而將之貶為不潔與罪惡。

少女對班上一位豐腴性感而真誠的女同學珍有好感，然而珍卻因為與男友一起過夜被學校記過處分，成為同學疏遠的對象，「她們以相當輕視的口吻談論著珍，彷彿珍真是十分無恥。可是卻有更多數的同學或因著珍嘗試過她們未曾有過的一種經驗，好奇並微羨慕細心在觀察著她。」[23]在這裡，珍也是「性的他者」，她違反了校規而有婚前性行為，但是珍對性的坦然視之，使少女隱隱獲得啟蒙，學習到一種對人事寬厚的了解與愛心。

22　見李昂，〈回顧〉，收入《愛情試驗》，（台北：洪範，1982），頁 12。
23　見李昂，〈回顧〉，頁 23。

　　我們看到，「性的他者」是文明貶抑和規訓的對象，他們因情
欲的放縱而被打上了「可恥」的記號，尤其是女性的縱欲，更爲父
權體制和道德禮教所不容。但是她們的存在同時也構成了對文明秩
序的挑戰：〈壁虎〉的大嫂是公然宣稱情欲的美好並耽於享受的人，
直接向文明對情欲的污名化挑戰，不以情欲的享受爲可恥；〈回顧〉
的珍更坦然面對婚前性行爲，無視於校規的懲罰和同學的鄙視，挑
戰了「合法的性必須由婚姻賦予」的文明制度，她們甚至扮演了啓
蒙者的角色，讓女主角意識到文明對情欲管制的嚴厲與非人性傾
向，從而對情欲的態度有所轉變。

（二）來自超我的內疚與懲罰

　　文明除了將享受情欲的人貶抑爲性的他者，還會以內化爲超我
的方式，加強對自我情欲的監管與控制。佛洛伊德指出，外部權威
通過超我的建立而內在化後，便會以良心的形式監督著自我，使本
能得到克制，即便只是動念，都不能瞞過超我的檢查，因此產生內
疚感和對懲罰的需要[24]。文明通過內疚感的不斷增強而遂行其控制
目的，人爲文明所付出的代價便是因內疚感而失去了幸福。

　　前文曾提到女性情欲被父權社會和文明道德壓制的例子，其
實，男性情欲也會在宗教戒律和道德規範下遭到懲罰與制約。陳映
眞〈我的弟弟康雄〉中的康雄，就是一個內化宗教懲戒的少年。康
雄以日記抒發「思春少年的苦惱、意志薄弱以及耽於自瀆的喘息」，

24　見《文明及其不滿》，頁 87-91。

並由於犯了通姦罪，深夜裡潛進聖堂長跪，最後自戕而死。康雄的
姊姊讀了日記後感嘆：

> 基督曾那樣痛苦而又慈愛地當著眾猶太人赦免了一個淫
> 婦，也許基督也能同樣赦免我的弟弟康雄。然而我的弟弟康
> 雄終於不能赦免他自己罷。初生態的肉欲和愛情，以及安那
> 琪、天主或基督都是他的謀殺者。[25]

康雄的自殺，是一種宗教戒律內化到超我，而以良心的譴責不斷地
產生內疚感，因此才會有深夜潛進聖堂長跪的懺悔行為。但長跪懺
悔仍不足以赦免自我的罪，故以結束生命來作為對自我的懲罰。「初
生態的肉欲和愛情」乃少年人難以自禁的天然人性，只因與有夫之
婦通姦，觸犯了基督教在合法婚姻外嚴格的禁欲律則，傳統基督教
觀念認為，常態的性行為只限於以生殖為目的，不應追求生殖目的
以外的性歡愉，而將規範以外的性接觸形式，界定為非常態的性或
不自然的性行為[26]。康雄接觸了婚姻之外的性，導致康雄的內疚乃
至自戕，超我的道德原則制裁了自然的情欲湧動。可以說殺死康雄
的，其實正是宗教在合法婚姻外嚴格的禁欲律則。此外，康雄也象
徵虛無的先知，他追求的人道主義與社會主義理想，與充滿革命幽

25　見陳映真，〈我的弟弟康雄〉，收入《我的弟弟康雄》，（台北：洪範，
　　2001），頁 19。
26　參考《異國情色大不同》，頁 105。

靈和未來詩情的日據時代台灣精英的思想是一致的，[27]但是此理想卻無法在現實中實踐。可以說康雄的自殺，也代表了烏托邦的幻滅與宗教原罪觀的展露。

施叔青〈約伯的末裔〉中的木匠江榮，是另一個受到超我懲罰的畸零人。江榮終日躲在醬油廠的木桶內做活，他年輕時，因目睹一對同居吸毒的男女耽於情欲而下場悲慘，因此不敢向所愛的荷子示愛。當他有機會親近荷子時，卻不敢犯她，「重又爬回木桶內，彷彿它是世界上唯一覺得安全的所在。當然，從木桶裡，溜出眼睛，追尋荷子擠出白色線襪外，滾圓的腿肚，以及讓她穿布鞋的腳，踐踏著我。一個並非無能的男子，卻只有享受這種屈辱的，暗自想哭的踐踏。」[28]江榮的超我防堵著欲望的越軌，抑制著本能的衝動，故不敢侵犯荷子。而自閉於木桶之中，目隨荷子腳步的踐踏，則是超我對本能欲望的懲罰。嚴厲的超我內化了文明對情欲的規約，使江榮變成一個躲在木桶內的畸零人，正如聖經中無辜受罰的約伯，江榮背負的是文明秩序對情欲的污名化與禁錮，導致他不敢逾越禮教的界線，去向自己所愛的女人求愛。

不論是康雄的自殺，還是江榮的畸零，都是超我內化了文明制約後對自我採取的懲罰，使人喪失了幸福，扭曲了自我，甚至付出了生命，更顯出文明滲透個體的內在化控管形式的嚴格與難以掙脫，形成所謂文明的創傷，對個人主體造成莫大的摧殘。

27　見施淑，〈台灣的憂鬱：論陳映真早期小說及其藝術〉，《兩岸文學論集》，（台北：新地文學，1997），頁 160-161。

28　見施叔青，〈約伯的末裔〉，收入《約伯的末裔》，（台北：仙人掌，1969），頁 120。

三、婚姻規範、情欲反動與自我建構的型態

前面提到，區分「常態的性」和「非常態的性」是文明控制性、身體、情欲的方式，傳統基督教觀念認定常態的性，是以合法婚姻和生殖目的爲原則，由此建立的西方文明規範與中國儒家的禮教傳統頗有異曲同工之妙，特別是將性、身體與情欲限定在合法婚姻的約束當中，而性的目的又是爲了繁衍後代，不允許情欲的享樂，這樣便很容易導致性生活在婚姻關係中的僵化與萎縮。當性只是本能或工具，變成機械式的行爲，缺乏撫愛與愉悅的感受，使情欲得不到滿足，婚姻便會產生問題，這也是台灣心理小說中常見的描寫。婚外情和亂倫禁忌中的情欲洶湧，常是對婚姻規範中僵化的性、刻板的性別角色或倫理秩序的一種反動。在情欲追求與婚姻規範的拉扯之中，自我建構的型態常以矛盾、分裂、不穩定的面貌出現，留下文明創傷的清楚烙印。

（一）女性情欲傷痕：婚外情、亂倫禁忌中的矛盾自我

1.婚外情的代價

在六、七〇年代的台灣社會，父權觀念仍根深蒂固，女性在婚姻關係中必須克盡妻職和母職，並壓抑情欲的追求，女性主體因此備受禁錮。白先勇〈黑虹〉中的耿素棠是一個拖著三個孩子、每天窩在窮破屋子裡頭做家事的少婦，她的丈夫曾經打腫她的臉，對她

頤指氣使，把她當作性欲發洩的工具。婚姻給她的感覺是「過得糊裡糊塗的，難得記，難得想，算起來長——長得無窮無盡，天天這樣，日日這樣，好像一世也過不完似的。可是仔細想去，空的，白的，什麼東西都沒有。」[29]某次和丈夫的爭吵中她負氣出走，在街上閒盪，見到一個黑人摟著水蛇腰的女人進入黑貓酒吧，明滅閃爍的貓眼睛猶如情欲的呼喚與暗示。當她再次目睹中藥舖夥計殺蛇的場面：

> 那個夥計跑上前，一把抓住蛇腰往下一扯，「滋」！一聲，蛇皮脫了下來。她閉上了眼睛，腦子裡有幾隻貓眼在眨。……紅的、紫的，一隻毛茸茸的粗手一把抓住了那個水蛇一樣的細腰，孃動、孃動……[30]

在這裡，耿素棠內心的情欲已被勾動起來，剝皮的蛇就是赤裸裸的情欲象徵。她不願再忍受丈夫孩子的折磨，「她需要的是真正的愛撫，那種使得她顫抖流淚的愛撫，哪怕像那隻毛茸茸的手去抓那個水蛇腰一樣。」[31]於是她和陌生男人發生了一夜情，但又想洗掉男人留在她身上的髮油香，便在幻覺中走入了潭水，這正暗示了耿素棠出軌後的矛盾與自殺身亡：她的身體渴求情欲的滿足，作為對平

29　見白先勇，〈黑虹〉，收入《寂寞的十七歲》，（台北：允晨，1989），頁157。

30　見白先勇，〈黑虹〉，頁150。

31　見白先勇，〈黑虹〉，頁158。

板空洞的婚姻生活的反抗，但心靈上卻又逃不開婚姻規範對出軌女性的制裁，自我陷入了矛盾，而解除矛盾的方式便是自殺。

　　白先勇的另一篇小說〈香港一九六〇〉則寫孀居在香港的李師長夫人王麗卿難耐生活的清冷寂寞，與一個吸毒的男人沉淪情欲享樂，其中穿插了香港的旱災、生著麻瘋梅毒的妓女、調景嶺的霍亂、大陸偷渡的難民、尖沙咀的搶案，以天災、瘟疫、人禍的蔓延來象徵社會秩序的失控，同時隱喻婚姻規範的崩解和道德的敗壞，讓香港成為末日之城。李師長死前不斷叮囑「麗卿，要守規矩呵」和麗卿之妹芸卿的規勸「至少你得想想你的身分，你的過去啊！」都阻止不了麗卿的情欲放縱：

　　　瞧瞧我們赤裸的身體，是不是有點像西洋人聖經上講的什麼亞當與夏娃？被上帝趕出伊甸園因為他們犯了罪。來，罪人，讓我們的身體緊緊偎在一塊，享受這一刻千金難換的樂趣。……你不能這樣下去，你要設法救你自己。你一定要救要救要救。救？救我的身體？救你們信教的人講的靈魂？在那兒呀，我的靈魂？我還有什麼可救的？我的身體爛得發魚臭。難道你還看不見我的皮膚下面盡是些蛆蟲在爬動？我像那些霍亂病人五臟早就爛得發黑了。……我們注定了，他說。我們是冤孽，他說。我們在沉下去，我們在沉。我們（小姐，廚房裡沒水嘍！）嗯，香港快乾掉了。[32]

32　見白先勇，〈香港一九六〇〉，收入《寂寞的十七歲》，頁268。

蘇珊桑塔格（Susan Sontag,1933-2004）在《疾病的隱喻》曾指出文學作品中的疾病具有懲罰的作用，霍亂、梅毒代表了道德審判（不正當的性、賣淫）[33]，麗卿顯然將自己的縱欲視爲一種墮落和罪行，遂放棄靈魂，自比霍亂病人，不願得救，以此來懲罰自己的出軌與耽欲。當她的自我陷入情欲和道德規範的矛盾時，自我雖然臣服於情欲，但是卻無法獲得正當性，只好以自暴自棄、腐爛到底來解除矛盾的痛苦與不安。

　　聶華苓〈月光枯井三角貓〉的汀櫻和丹一本是對恩愛夫妻，過著正常的情欲生活，丹一的粗暴令汀櫻感到被男性征服的快感：「他可以一反白天的文雅作風，將她一把抱起扔到床上。那是一種豐盈煥發的快樂，一種被佔有的滿足。她一碰著他的身子，世界就縮小了，縮成一間房，縮成一張床，只剩下他們倆，不，只剩下一個人，一個完完整整的人。」[34]情欲的美好可以使男女成爲完整的人。然而自從丹一生病，就變得溫順和娘娘腔，再也不願碰她，汀櫻基於道義責任沒有離婚，但卻充滿失落。丹一收養的殘廢三腳貓就是性無能的丈夫的隱喻，她驚覺到自己的青春將與丹一的生命一同枯萎，沉入枯井，遂在矛盾和恍惚中接受了樂兆青的引誘：

　　　　月亮滾到樹尖上了，滾到樹尖上了，就要戳破了，就要戳破

33　例如蘇珊桑塔格提到〈威尼斯之死〉中的霍亂是對男主角阿申巴哈暗戀美少年的懲罰；同性之愛也被視爲不正當的性。見蘇珊桑塔格（Susan Sontag）著，刁筱華譯，《疾病的隱喻》，（台北：大田，2008），頁 47-49。

34　見聶華苓，〈月光枯井三角貓〉，收入《一朵小白花》，（台北：水牛，1993），頁 181。

了！她莫非又跳進了枯井？月亮呢？三腳貓呢？枯樹呢？
沉沉的綠，見不著底。她要抓住，抓住一根欄杆，一塊石頭，
一堆乾草，一個人！她一把抱住他，堅實的身子，像根石柱
子。[35]

在這裡，情欲的恢復是拯救生命枯萎的強大力量，恰如那月光的照
拂。枯井代表無性的婚姻，月光則是情欲的救贖。但出軌的汀櫻拋
不開婚姻道義，還是選擇回到丹一身邊，受到三腳貓的瞪目和監
視，內心充滿絕望。不論是耿素棠的自殺、王麗卿的腐敗，或是汀
櫻坐困無性婚姻的囚牢，屈從情欲的自我其實都以慘酷的道德懲罰
來平息矛盾的衝突，並沒有建立真正的情欲主體[36]，也使得婚外情
的女性下場格外淒涼。

　　如果六、七〇年代台灣社會的已婚女性，仍受困於傳統的婚姻
與家庭的牢籠，無法真正藉由情欲來建立自我主體，那麼在海外（尤
其是美國）的華人已婚女性，是否會因身處較進步的西方社會，而
在婚姻與情欲方面有所滿足呢？台灣在五、六〇年代因接受美國強
力的軍事與經濟援助，因此造成政府與民間的親美與崇洋心理，並
興起留美的熱潮，許多台灣女性亦在此熱潮中赴美，選擇域外生
根，在美國結婚和定居，成為美籍華人。然而這些在美的華人已婚
女性，仍和華人丈夫過著傳統、平淡的婚姻生活，與在台灣的婦女

35　見轟華苓，〈月光枯井三角貓〉，頁 188。
36　此處情欲主體的意義，是指身心兩方面的性欲需求和關愛需求皆能獲得滿
　　足且具有自我肯定能量的主體。

並無二致。她們無法外出工作、融入當地的社會，而她們的丈夫多
爲學術圈的教授，理性又刻板，無法在心理和生理上給予她們慰
藉。於是便出現了以「主婦病」爲主題的小說，描寫在美華人婦女
婚後的心理壓抑與情感苦悶，並以婚外的性欲重新建構自我的冒險
經歷。[37]

　　叢甦〈癲婦日記〉便是藉一個患有精神分裂症的教授夫人的日
記，再現了美國華人高級知識份子婚姻生活的疏離平淡，以及情欲
得不到慰藉的孤絕苦悶的心聲。日記的女主角「我」感性多愁，丈
夫 CK 卻理性少情，「在黑暗裡他不動聲色地擺弄著我，機械地，
沒有狂熱，沒有韻律，也沒有情感，好像就是爲了一件心事似地。
完了事他就倒頭睡著了。黑暗裡我感覺眼淚流滿枕頭。」[38]兩人的
性生活是不協調的，「我」渴望靈肉合一的激情交融，丈夫卻只是
生物本能的發洩。

　　當「我」得知 CK 和好友姚蕾私通，明白了自己和丈夫只剩習
慣而無愛情。「我」壓抑的情欲，也在認識丈夫的學生康文川之後
爆發，而「我」開始一分爲二：一個是端莊、規矩和自律的教授夫
人，一個是百無禁忌、愛打扮、放縱情欲的「她」，兩種不同個性
佔據同一個身體，患了雙重人格的精神分裂症。「我」視放縱情欲
的「她」爲可怖的，千方百計想壓制「她」卻不成功：「也許『她』

37　可參蔡雅薰，《從留學生到移民：台灣旅美作家之小說析論 1960-1999》，
　　（台北：萬卷樓，2001），頁 195。
38　見叢甦，〈癲婦日記〉，收入《想飛》，（台北：聯經，1987），頁 38。

根本不是她，『她』根本就是我自己，是我潛意識裡的妖魔鬼怪，是我潛意識裡被挫敗的希望，被壓制的衝動，被粉碎的夢！」[39]

　　此處分裂的「她」，便是情欲的自我，而情欲的自我總是被理性的自我所否定，當兩者得不到平衡的統一，自我便陷入矛盾與分裂，最後「我」選擇吞安眠藥自殺來解除痛苦。這不是自我拯救的途徑[40]，相反的，文明再度以犧牲情欲為代價，女主角的自殺，更凸顯女性情欲在婚姻關係中不被文明理智認可的荒謬與悲哀。

2.亂倫禁忌的掙扎

　　歐陽子〈秋葉〉也同樣反映美國華人知識份子的婚姻問題，並挑戰亂倫的禁忌（incest taboo）[41]。宜芬和啓瑞是對相差二十歲的

39　見叢甦，〈癲婦日記〉，頁 80。

40　張素貞在〈叢甦的「癲婦日記」：一個半瘋婦人的自我掙扎〉曾論及小說女主角的自殺是她自我拯救的另一途徑：「選取莊嚴的死亡，也許比精神分裂的失態，更符合婦人的自我要求。……婦人捨棄短暫的不能自制的肉體，求取永恆的精神安寧，作者對於小說人物個性的塑造前後統一，而肯定人類靈明的心智抉擇畢竟是可貴的感人的，……」筆者則認為女主角的自殺是坐實了文明禮教對女性情欲的抹殺。張素貞文見其所著，《細讀現代小說》，（台北：東大，1986），頁 327-329。

41　依李維史陀（Claude Lévi-Strauss,1908-2009）的解釋，亂倫禁忌即是那促成生物家庭向外延伸的推動，藉著禁止家庭內的性關係，亂倫禁忌能推動人彼此結合成更大的社會組織，否則生物家庭這個單位便只能在極簡單的形式中複製它自己，社會也就絕無可能形成。所以並不是因為有什麼生物性上的不對才有亂倫禁忌，而只是「以族外婚來進行交換」的指令阻止了族內婚的通行。見羅思瑪莉·佟恩（Rosemarie Tong）著，刁筱華譯，《女性主義思潮》，（台北：時報，1996），頁 290-291。

夫妻，啓瑞有一個與人私奔的美國前妻生的兒子敏生，和宜芬相差九歲。啓瑞學術工作的忙碌、刻板理性的個性，以及和宜芬的年齡差距，是兩人婚姻的潛在問題，而宜芬與敏生都有著同樣的孤獨與痛苦，彼此能夠理解及交心，進而萌生了愛情。敏生對宜芬吐露自我探索的苦惱：

> 我問自己：我是誰？我到底是誰？我究竟是爸爸，還是媽媽？是東方人？是西洋人？是中國人？是美國人？我循規蹈矩，我知禮能讓。但這算不算我？是不是我的本性？我真是那個每天拘拘謹謹，少言寡語的君子？如果是的話，為什麼我不快活？為什麼感覺脫節？而我心中極欲放縱的感情，極欲表達的思潮，又算得什麼？怎樣解說？[42]

當敏生談起身分認同的困惑時，也區別了中／西、父／母、道德倫理／情感欲望的對照，他更表明自己喜歡與人私奔的美國母親，勝於過分重視倫理規矩的中國父親。他向宜芬求愛時說：「我明白了……到底我是媽媽——是她的種子——」美國母親代表著忠於自己的情感欲望並勇於追求的生命力量，敏生因此無視他和宜芬的繼子／繼母關係，想要打破這種無血緣基礎的倫理秩序，忠於情欲的選擇，但是宜芬卻深受中國倫理秩序的約束，拒絕了敏生，她把自己關在房內，內心卻不斷呼喊：「哦，敏生，敏生，進來吧。拿我

42　見歐陽子，〈秋葉〉，收入《歐陽子集》，（台北：前衛，1997），頁195。

去吧。把我糟蹋了吧。用你強旺的青春，殺死我吧。」[43]宜芬的自我在倫理和情欲之間擺盪掙扎，充滿矛盾，最後敏生驅車離家，宜芬「伏在床上，乾乾抽泣，沒有了眼淚。」情欲終究在倫理規範的約束下遭到禁閉，而自我也從此乾枯萎敗，了無生意。

　　以上我們看到，情欲的滿足在婚姻關係中扮演的角色至關重要，它可以使男女雙方藉此成為完整的人，但是往往因為丈夫去世、生病或過於專橫、機械理性、重倫理規矩，妻子必須守著婚姻的規範，壓抑女性的情欲，而一旦將情欲出軌作為一種反動的力量，卻又擺不脫道德的制約，由此建構的矛盾自我常處於痛苦混亂的情境之中，以自殺或自暴自棄來結束痛苦，即使回到婚姻規範之中，自我也面臨枯萎的命運，更見女性情欲所受到的文明壓制與懲罰之深重，女性情欲傷痕也由此而產生。

（二）男性情欲傷痕：戀物癖、性騷擾與變態自我

　　不只女性情欲在婚姻規範中得不到滿足，男性也會出現同樣的問題。男性情欲在婚姻中的不滿足，往往是與性別角色不符合陽性特質有關。根據女性主義的「性別差異後天生成論」（nurture theory of gender differences），所謂的陽性（masculine）或陰性（feminine）特質，都是社會化或後天環境的產物[44]。凱蒂米列（Kate Millett,1934-）認為父權意識形態誇大了男女間的天生差異，建構出陽性特質優於陰性特質的性別宰制結構，陽性特質的堅強、自

43　見歐陽子，〈秋葉〉，頁 202。
44　見《女性主義思潮》，頁 5。

信、理性、主動，常凌駕於陰性特質的柔弱、順從、感性、被動，男尊女卑、男強女弱的性別地位與角色逐得以鞏固，女性需順服與依賴男性的統治。如果女性表現出陽性特質，將會受到父權體制的打壓或是成功奪取男性的權力；相反的，如果男性表現出陰性特質，他就會被父權體制所輕視，連帶失去父權賦予男性的統治權力——包括情欲的掌控權。

　　歐陽子〈花瓶〉中的男主角石治川，就因為妻子馮琳的個性太過強勢，使他男性盡失，成為妻子輕蔑嘲諷的對象。他對她窺探監視，想伺機報復卻總是不成功，馮琳的陽性特質凌駕著他，他見到她的裸體也不敢侵犯，遂將情欲轉移到一只花瓶身上，「時常獨坐房內，玩撫這玲瓏的花瓶，享受其冰涼與美色。每當他的手指在它鮮冷的表面上滑動，他總有種難以形容的快感，尖銳的，近乎痛苦的。他最不能忍受別人摸它、碰它。」[45]花瓶與女體的曲線類似，石治川將花瓶當成妻子的愛撫和佔有行為，就是變態心理學所說的戀物癖（fetishism）：某人因一個沒有生命的物體而感到興奮，並將該物體作為性伴侶的替代品。戀物癖通常都以具有異性性徵的物件來達到性欲的滿足，和某人在性角色方面的能力不足和自卑心理有關[46]。

　　石治川的戀物癖並非性功能障礙所引起，而是無法達成傳統性別角色的要求所致。由於傳統性別角色限定的男強女弱的行為模

45　見歐陽子，〈花瓶〉，收入《歐陽子集》，頁 25。

46　參考 Timothy W. Costello and Joseph T. Costello 著，趙居蓮譯，《變態心理學》，（台北：桂冠，1995），頁 274-275。

式，制約了婚姻關係中的夫妻相處認知，一旦性別角色顛倒為女強男弱模式，弱勢的男方就會被強勢的女方看不起，認為他不像男人。男方自尊受損，因而影響情欲和性的正常表現。石治川忍受馮琳的百般奚落，最後憤而擲出花瓶，不料花瓶驕傲的挺立於地氈，絲毫無損，石治川朝著它爬行，突然全身癱軟，「匍匐地上，像個無助的小孩，哇哇地放聲哭了起來。」[47] 花瓶既是女體的投射，也象徵著男性情欲的扭曲。石治川的軟弱和戀物癖所建構的變態自我，正是對傳統性別角色制約的反諷[48]。無力成就男性的強大，他的哭泣、他的情欲扭曲和變態自我正是傳統性別文化和婚姻規範下的無言傷痕。

　　白先勇〈藏在褲袋裡的手〉的呂仲卿和玫寶，也是一對女強男弱的夫妻，呂仲卿對玫寶的情欲，也透過戀物癖來表達，玫寶用的「柔情之夜」香水瓶和浴衣，都是他愛戀的東西：

> 香水瓶子的形狀是一個薔薇色的裸體女人。玫寶不在家的時候，呂仲卿老愛偷偷的去撫弄這瓶香水。他一聞到那股香味，心中就軟得發暖。他會抱著玫寶的浴衣，把臉埋到玫寶

47　見歐陽子，〈花瓶〉，頁33。

48　范銘如則將馮琳的強勢視為女性的未知力量對男性的威脅，丈夫窺監妻子的身體舉止和對花瓶的佔有欲，乃至最後試圖摔破花瓶，都不能壓制女性的力量，似乎暗示男權的失敗。見〈台灣現代主義女性小說〉，收入范氏所著，《眾裡尋她：台灣女性小說縱論》，頁 93。筆者則認為，石治川其實是傳統性別角色制約的受害者，而馮琳擁有父權的陽性特質，便掌握了主控的權力，其實仍是一種父權體制的性別權力關係的複製。

的枕頭上，拼命的嗅著，把浴衣的領口在他腮上來回的揉搓，浴衣及枕上都在散發「柔情之夜」，濃一陣，淡一陣，嗅著嗅著，忽然間，呂仲卿整個人都會癱瘓到玫寶的床上，痙攣的抽泣起來。[49]

玫寶的香水瓶和浴衣，同樣可視為女體的投射和男性情欲的扭曲。呂仲卿這種變態的戀物心理，來自童年經驗的創傷。他對玫寶混合著戀母情結和懼女症，玫寶豐腴渾圓的身材像他的母親，又像兒時強迫他摸臀的丫頭荷花。呂仲卿對玫寶的依戀和恐懼，既來自童年的異性經驗，又出於女強男弱的去勢與無能。然而呂仲卿神經質的窩囊樣，總挨玫寶趕出家門，他習慣將雙手緊藏於褲袋中，卻無法控制撫摸的欲望，最後在街上摸了一個女人的臀而被痛毆。嘴角帶血的他，返家擁著玫寶的浴衣微笑入眠。那雙藏在褲袋裡的手，正是被壓抑的情欲表徵，藉由性騷擾（摸臀）來抒發他童年的性恐懼與對玫寶的情欲壓抑。

　　呂仲卿對妻子的情欲必須透過戀物和性騷擾來表現，如此建構出的變態自我一如〈花瓶〉的石治川，都是無法符合傳統男性的陽性特質，導致情欲追求的權力／能力也被閹割，在婚姻中被剝奪了正常的性生活。石治川和呂仲卿的變態與哭泣，說明了男性也是父權文明刻板的性別教化下的受害者，顯現出男性情欲所遭受的創傷。

49　見白先勇，〈藏在褲袋裡的手〉，收入《寂寞的十七歲》，（台北：允晨，1989），頁 183-184。

（三）性歡愉與文明的超越：男性愛欲化自我／女性分裂自我的重生 v.s 情欲自主人格的實現

前面提過，對於情欲的壓制以及性歡愉的禁止，是文明為求發展而採取的控制手段，而傳統性別文化對兩性特質的制約，也會造成不符合此性別特質的人（特別是男性）喪失情欲追求的權力和能力。情欲的不滿足導致了自我的扭曲、矛盾與變態，成為個體衝撞文明體制的創傷控訴。那麼，自我該如何正視情欲的需求，進而在文明秩序之中取得一平衡？亦即如何追求性歡愉和情欲滿足，以建構完整的自我？此一自我與文明秩序之間，將保持怎樣的關係？這個問題是否會因男女的性別特質和社會處境不同而有差異？我們在七等生的〈思慕微微〉、聶華苓的《桑青與桃紅》與蘇偉貞的〈熱的滅絕〉中，將看到男女追求性歡愉所建構的自我型態之巨大差別，兩者的自我主體在超越壓迫、解放重生的方式上也大不相同。但兩性的自我建構型態並非本質論式的截然二分，而是可以互相轉換的。

1.男性的愛欲化自我

七等生在六〇年代便擅長以心理小說的形式，描寫思考型的男性社會邊緣人對社會體制的反抗。在其九〇年代的作品〈思慕微微〉中，則集中探討愛情、身體、情欲與生命意義的關係。〈思慕微微〉是以一中年男性「我」寫給年輕情人菱仙的信，思索這份青春之愛

帶來的生命激情，並由此建構男性哲思的愛欲化自我[50]。「愛欲」
（eros）的概念原出自柏拉圖（Plato,公元前 427-前 347），指的是
自我結合於萬物的創造精神，以性愛或其他形式的愛推動個人與另
一人的結合，同時誘發人類對知識的渴求，從而與眞理合而爲一[51]。
佛洛伊德則視愛欲爲生命本能，是性欲本身意義的擴大，它能使生
命體進入更大的統一體，從而延長生命並使之進入更高的發展階
段。

　　馬庫色由此提倡一種「非壓抑性文化觀」，主張將原欲從限於
生殖器至上的性欲改造成對整個人格的愛欲化，在成熟個體之間形
成持久的愛欲聯繫，愛欲即是性欲的量的擴張和質的提高，在喜悅
及激情中，尋求與另外一個人的結合，旨在創造一種經驗的新層
面，以加深並開展兩個人的存在狀態。因此愛欲是建立結合、建立
全面關係的一種渴望，使人們奉獻自己去尋求高貴而善良的生活。
它可以是人與人之間、也可以是人與抽象形式（美學、哲學、新倫
理形式……）之間的結合，整個有機體的愛欲化將使文明解除壓抑
狀態，向非壓抑性的文明昇華[52]。

50　七等生的小說除了帶有存在主義的思考，歷來學者從其哲學與神學色彩、
　　道德意識與群己觀等角度都發掘了許多研究面向，見張恆豪編，《認識七
　　等生》，（苗栗：苗栗縣立文化中心，1993），其相關研究還在不斷增加
　　中；近來有學者指出其小說主角生命經歷的愛欲傾向，頗具啟發性，可參
　　蕭義玲，〈面向存在之思：從七等生小說論愛慾、自然與個體化歷程〉，
　　《中正大學中文學術年刊》第 10 期，（2007.12）。
51　參考羅洛梅著，蔡伸章譯，《愛與意志》，頁 104。
52　參考馬庫色，《愛欲與文明》第十章〈性欲轉變爲愛欲〉，頁 181-197；
　　羅洛梅，《愛與意志》，頁 99-100。

　　〈思慕微微〉中的「我」，便是以女性為敘情對象，進行對愛情的思考，並將之提升到創造性的哲學與美的層次，從而培養了愛人的心靈，豐富了自我的生命，建構出愛欲化的自我。「我」體認到現實生活和社會環境對愛情和情欲的磨損壓抑，因此試圖建立一套思想觀念來與之抗衡，使其成為具超越價值的普世真理，文中的愛情觀是男性哲思的抒發，如：

　　「愛情的存在要靠反省，是一種記憶，經由這份心靈的思考和身體的經歷，愛情才能至死不渝，忠誠到底。」

　　「情欲是身體的體現，沒有它根本不知道愛情的甘甜，使我心甘情願去受它的誘惑。」

　　「我因為思念妳使我對妳的思考成為具體有用的思想，妳的存在使我的生命充滿喜悅，我戀慕妳的美妙的身體，妳的笑容，妳的聲音能打消我的憂鬱，只有妳能挽回和恢復我的青春與愛。」

　　「只有愛可以達成青春的快樂，這種快樂是心靈和身體的合一，是世界上唯一經由愛才能獲得，而沒有其他的事物可以跟它去比價的。」

　　「相愛是神聖的，以自己的部分或全部獻給對方，來表彰信任和忠誠，給予和接受兩者都有相似的感動和快樂，因此也能吃一切的苦，和為對方犧牲。」[53]

53　見七等生，〈思慕微微〉，收入《思慕微微》，（台北：商務，1997），頁 14-16、19。

從引文中可知，男主角「我」追求靈肉合一的愛情觀，重視情欲在愛情中的作用，並藉女性的身體和情欲的歡愉，體悟青春之樂和犧牲奉獻之美，同時也強調思考的重要。男主角透過這種美好的身心體驗，進而宣稱「當一個人愛著另一個人時，他就是在愛全世界的人類」[54]，如此便完成了馬庫色所謂「整個人格的愛欲化」，建構了愛欲化的自我，亦是文明壓抑的消除和文明的進一步提升。

但是這種愛情／情欲的哲學化論述，過度肯定思考的力量，文中不斷強調思考可以控制心靈因愛情而產生的波動，而認定「思考是一種哲學，它無疑主宰著我們一生的存活。」[55]這就不免落入「陽物理體中心」（phallologocentric）的框架之中，男性據此建立自我，女性則成爲他的「他者」。文中菱仙的美麗聰慧與任性，以及她的情欲歡暢，都是透過男性的「我」的眼光來陳述，她只是男性建構自我的意義的一部分。文中還不時出現男性「我」以自己的經歷與思考模式，指導菱仙該如何面對生命中的孤獨和選擇等難題，以及他對她去進修的期望：「希望這段學習對妳是有益的，把自己修養得完美就是對人類的一種愛，就存活而言，沒有其他門徑可以效法。」[56]我們看到的是男性思想的表述及其對女性的指導，卻聽不到女性經驗的聲音。

伊麗佳萊（Luce Irigaray, 1932- ）曾指出，我們所知道的女性包括女性欲望，都是從男性角度向我們言說的，從男人眼光而獲得的

54　見七等生，〈思慕微微〉，頁38。

55　見七等生，〈思慕微微〉，頁19。

56　見七等生，〈思慕微微〉，頁3。

女性是所謂的「陽性女性」（masculine feminine）[57]，男主角「我」希望菱仙像他一樣成爲善於思考人生意義、將情欲與愛戀昇華爲愛欲化人格的理想自我，就是一種使女性進入男性的「同一性」（sameness）的「陽性女性」之塑造。

我們或可進一步追問，愛欲化的自我是否能一體適用於不同性別的自我建構？男性的愛欲化自我是否能成爲女性建構自我的標準？答案恐怕不是絕對的，有些女性可以建立愛欲化的自我，有些女性則否。伊麗佳萊便認爲，女性無法在抽象人格（abstract personhood）中找到解放，如科學、傳統哲學及精神分析的思想和語言，都是男性的，女性在其中找不到發話權。同理，愛欲化的自我建構，雖然昇華了情欲的力量，將愛情擴展爲哲學與美學的思考，恢復了文明的創造功能，畢竟是一種男性思維的產物。如果女性無法進入與男性同一的「愛欲化自我」，那麼女性又該建立何種情欲主體，才能超越文明的壓抑，書寫女性經驗呢？以下將藉聶華苓的《桑青與桃紅》和蘇偉貞的〈熱的滅絕〉來進行分析與比較。

2.女性分裂自我的重生

伊麗佳萊認爲女性性欲的多重性及多樣性值得探索，並可由此發展女性的表達形式，顛覆陽物中心的邏輯一致性。西蘇（Hélène Cixous,1937-）則提倡「陰性書寫」（feminine writing），以格式不固定、隨意、簡略、變幻流動等特性，挑戰男性書寫的定義周密與

57　見羅思瑪莉・佟恩（Rosemarie Tong）著，刁筱華譯，《女性主義思潮》，頁 400。

規範嚴格的結構[58]。若以此書寫策略觀之，聶華苓的《桑青與桃紅》可爲一佳例[59]。

　　《桑青與桃紅》在七〇年代刊登於聯合報副刊時，曾遭到腰斬，一九七六年於香港首次出版，在台灣則要等到一九八八年才正式出版。因其內容的多義、前衛與敏感，也使得不同時代的觀點都可以在其中進行詮釋。小說女主角由傳統的女性桑青，分裂爲情欲自主的桃紅，她也從大陸、台灣一路遷徙到美國。在大陸和台灣的桑青，受到政治動亂、原生家庭、婚姻制度的傷害，逃到美國又受到移民局的追捕，她在逃亡過程中分裂爲桃紅，一改過去的保守，和不同的男人發生關係。桃紅對自己的身體與情欲的享受十分滿足，由此感受到活著的美好。她懷了江一波的孩子，卻不要婚姻，只要這個小生命。當桃紅宣稱：

　　　　妳死了！桑青！我就活了。我一直活著的。只是現在我有了
　　　　獨立的生活。妳不認識我，我可認識妳。我和妳完全不同。
　　　　我們只是借住在一個身子裡（多麼不幸的事！）我們常常是
　　　　作對的。即令我們做同樣的事，我們的想法是不同的，譬如
　　　　肚子裡的孩子，妳要保留孩子，因為妳要贖罪；我要保留孩

58　見《女性主義思潮》，頁 395-399。

59　聶華苓的《桑青與桃紅》以桑青在瞿塘峽、北平、台北和美國獨樹鎮的四
　　部日記，以及桃紅給移民局的四封信為主，記述了桑青分裂為桃紅的故
　　事，其精神病患式的跳躍流動無邏輯語言、意識流、大膽的女性情欲描寫，
　　是「陰性書寫」的佳例，可參考黃儀冠，〈鄉關何處：論「桑青與桃紅」
　　的陰性書寫與離散文化〉，《政大中文學報》，（2004.6）。

> 子，因為我要保留一個新生命。……妳和小鄧在一起只覺得
> 有罪，我和他在一起只覺得快活。……我就喜歡那樣子和妳
> 搗亂，因為妳限制了我的自由。現在，妳死了，希望妳不要
> 復活了，我就完全自由了！[60]

桑青是文明、道德、理性的代表，桃紅則是自然、情欲和生命力的
代表，桑青的死與桃紅的活，就是女性自我重獲新生的開始。桃紅
藉由精神分裂重新做人，同時也揚棄了父權家庭與婚姻、國家機
器、美國移民局的帝國勢力乃至科技文明的束縛。

　　至此，女性分裂的自我不再如叢甦的〈癲婦日記〉是文明創傷
的戳印，反而是主體的重塑與新生，是一種對文明壓抑的超越。不
過，如果從另一個角度來看，七〇年代的女性要建立情欲自主的主
體，必須透過精神分裂的象徵方式來完成，而無法在正常的人格中
實現，某一程度上仍反映出父權社會文明壓抑之深重。倘若女性不
以分裂自我建立情欲主體，是否還有其他的方式，可以讓女性實現
情欲自主，並由此建立獨立人格？此一問題到了九〇年代的心理小
說中，是否有不同的呈現方式呢？

3.女性情欲自主人格的實現

　　台灣社會經過七、八〇年代快速的工商業化、婦女運動的改革
以及政治的解嚴，至九〇年代以後，在性別文化的觀念上又有許多
突破之處，例如女性情欲的解放、身體感官的重揭、同性戀對異性

60　見聶華苓，《桑青與桃紅》，（台北：漢藝色研，1988），頁 299-300。

戀霸權的挑戰等等，反映在文學創作上，便是女性小說和同志文學的蓬勃與多元發展。面對女性情欲的主題，八○年代以來的女作家們更欲打破社會角色和道德倫理的框架，拓展女性內在深邃的情欲世界，並反撲國族歷史和政治等宏大論述。[61]

而此時的心理小說，則泰半被用來抒發同志情欲的壓抑和抗爭，如邱妙津的《鱷魚手記》、《蒙馬特遺書》和朱天文的《荒人手記》等等。至於異性戀的女性情欲之表述，多不拘於心理小說的形式，不過仍有值得關注卻較少引起討論的作品，如蘇偉貞〈熱的滅絕〉。這篇小說揚棄主題情節，完全採用自白形式，具有背離群體和索求內在世界的欲望與傾向；[62]也許因其不易閱讀，受矚目的程度遠不如蘇偉貞一九九四年獲得時報文學百萬小說獎推薦獎的《沉默之島》。《沉默之島》涉及婚外多重性交、雙性戀和雌雄同體等熱門議題，將女性情欲探索推到一個理想的高峰。然與《沉默之島》相比，〈熱的滅絕〉卻是更為貼近女性內心和社會現實的真誠告白。

在八○年代就長於男女愛欲描寫的蘇偉貞，其女主角都往往封閉在一真空無菌的世界中喃喃自語。[63]九○年代初完成的〈熱的滅絕〉，蘇偉貞曾自言不知其是否為小說，因為它更接近內心，如一

61　可參郝譽翔，《情欲世紀末：當代台灣女性小說論》，（台北：聯合文學，2002），頁 13。

62　見范銘如，〈由愛出走：八、九○年代女性小說〉，收入《眾裡尋她：台灣女性小說縱論》，（台北：麥田，2002），頁 162。

63　見郝譽翔，《情欲世紀末：當代台灣女性小說論》，頁 12。

則自白，她並認為「凡接近自白，本質便愈高貴」。[64]這篇小說以
女性第一人稱為敘述觀點，展開兩性情欲的對話與思考，女性心理
的所思所想凌駕了情節中心，以女性情緒跳躍和感性片段的絮寫為
主，讀者往往要從這些跳躍的片段中去推想男女主角之間發生的
事，因此情節鋪陳並不完整。若要為這則零散的女性自白，做一形
式定位的話，它有如散文體小說，亦可將之視為獨白式的心理小說。

〈熱的滅絕〉透過女主角的自白，敘述她和男主角不見容於世
的愛情，這段愛情最後又回到友情，似乎面臨許多現實的阻礙。其
間有不少情欲的回憶，包含男女主角對情欲的態度、以及女主角對
情欲的思考。小說中如此形容兩人的情欲體驗：「這是二個沒有名
字的心靈，他們如今不在這裡，但是他們曾經嘗試通過一條隧道，
他們行經處，以動物求偶的姿態記錄發生與心情以為記號，其中以
蛇的形貌最多而繁複……」[65]情欲的體驗，使兩人拋卻名字所銘刻
的現實座標與身份，回到動物般的、蛇一樣的原始情欲世界，成為
真正的自己。女主角並進一步肯定情欲需要的正當性：

> 我們不能不承認我們開始了一部份的自己。無關道德，沒有
> 任何名目的道德力量，能為我們解決情感的需要。
> 面對一份真實的考卷，我寧願選擇人與人重疊的是欲
> 念。……而欲望，驅使我們以一生的時間做準備，等待失敗，

---

64 見蘇偉貞，〈返跨北迴歸線〉，收入《熱的滅絕》，（台北：洪範，1992），
   頁2。

65 見蘇偉貞，〈熱的滅絕〉，收入《熱的滅絕》，頁130。

或者發現精神與肉體，愛與現實可以共存的空間。[66]

女主角不以情感欲念為可恥，反而認為道德不能約束人類的情欲需求，她並願以一生的努力去追求精神／肉體、愛／現實可共容的空間，此處可看出女主角已不同於六、七〇年代的女性將情欲需求視為罪惡，她不但肯定情欲的正當性，還要努力在現世中尋找靈肉共存的可能，不再以精神分裂作為情欲解脫的象徵。

　　不僅是肯定情欲的需要，女主角還把情欲當成抵抗現世的方法，她拋掉慣用的杯子和鞋，表達擺脫世俗規約的決心，「世界因此有了另一束聲音」，[67]那是女性情欲自主的聲音。然而面對情欲，男主角卻有所退卻保留，他在意的是道德名聲的聖潔光環，以及對自我真理的追求。女主角因而自述對情欲的態度：

> 在愛的窗口中，沒有絕對的風景，它不是一手執劍一手以聖書的志業。我終於明白所謂愛你並不等於愛所有人的律則，你是一個特別的個體。……這一生中不追求真理，感情不是真理。……我相信你，可是不相信你服事的真理。[68]

這段自白表明了女性的愛情和欲望，都是十分個人化的，她只愛著眼前個別的男人，而不會將之連結到愛所有人的偉大真理、或是將

66　見蘇偉貞，〈熱的滅絕〉，頁 132、134。

67　見蘇偉貞，〈熱的滅絕〉，頁 138。

68　見蘇偉貞，〈熱的滅絕〉，頁 136、137、148。

道德光環看得比情欲重要。對於男人將感情視爲眞理的事業，女主角也明白表示不認同。這恰好和七等生〈思慕微微〉的男性愛欲化自我形成了有趣的對話，男性所追求的情欲道德化與哲理化，都不是女性在乎的，女性更重視眞實的人，不重視人爲建構的理論。〈熱的滅絕〉的女主角甚至明言：「我無意愛另外那個你，卻心疼現世在我面前不完整的你。」[69]可見「不完整」才是人性的眞實與情欲之所繫，「另外那個你」所展現的崇高完整則是符合父權文明的道德形象，不是女主角所要的。我們看到女主角透過自我的情欲表述，已經逐步建立起女性情欲自主的人格。

　　最後女主角雖與男主角分道揚鑣，經歷感情的挫敗神傷，她仍表明「我不要不會流淚的情感」、「如果只有毀滅才能得到變化，我無所懼」、「我擁戴愛的本質，非愛的形式」，[70]此處女主角所認定的愛的本質，即是對自我情欲的充分理解與承擔，並無怨無悔的付出與面對任何結果[71]。

　　西蘇曾指出過「陰性書寫」與傳統書寫的另一不同，在於其「陰性經濟（原則）」（feminine economy）的運用，即樂於慷慨給予、不問回報，並承認她者的存在，賦予她者語言翻身的機會。[72]由此而觀蘇偉貞〈熱的滅絕〉，則女主角雖仍在愛情中受傷，並無徹底

69　見蘇偉貞，〈熱的滅絕〉，頁 149。

70　見蘇偉貞，〈熱的滅絕〉，頁 158、159。

71　可進一步參考蕭義玲，〈女性情欲之自主與人格之實現：論蘇偉貞小說中的女性意識〉，《文學台灣》26 期，（1998 夏季號）。

72　引自朱崇儀，〈性別與書寫的關連：談陰性書寫〉，《文史學報》第 30 期，（2000.6），頁 39-40。

脫離父權規範，[73]但她拒不認同男性的情欲思考標準，並釋放自我的情欲能量，敢去付出與承擔後果，已展現了陰性經濟的特質。此小說的跳躍和片段感受性的自白式文字，也將她者的語言發揮得十分生動，在她者的語言裡活現的，是一個具有女性情欲自主的人格。因此我們看到，九〇年代的心理小說已跳出精神分裂式的寫法，將女性情欲主體建立在現實的正常人格之中，並實現了與男性愛欲化的主體對話的可能。

從以上的討論可知，女性的分裂自我之重生和情欲自主人格的實現，皆與男性的統一自我有頗大的差異和對比：男性的「愛欲化自我」是透過情欲建構從個人連結到全人類的愛情哲學，目的是恢復文明的創造力，將文明提昇為更高級的文明形式，仍然是追求統一與完美的男性思維；而女性的「分裂自我之重生」則是透過象徵隱喻，旨在消除父權對女性情欲的道德貶抑，將女性情欲恢復為自然生命力的泉源，不受文明的管束和壓迫，也不企圖建立任何統一和連結的事業，是不拘形式、崇尚自然的女性思維。至於女性情欲自主人格的實現，則更是在現世中肯定情欲需求的正當性，對男性建構的道德真理勇於質疑，並對自我情欲有充分的理解與承擔，彰顯的是女性情欲主體的落實與逐步成熟。

73　早期有不少女性主義者認為愛情是男性製造出來控制女性的神話，應予以揚棄。但女性若完全否定愛情，採取自我封閉、不信任與他人情感交流的思考行動模式，則不僅不切實際，且正好與男性的反情感、唯我中心的理性思維如出一轍，見范銘如，〈由愛出走：八、九〇年代女性小說〉，收入《眾裡尋她：台灣女性小說縱論》，頁155。

上述的自我建構型態，代表了兩性情欲經驗表述的差異，同時也可見出作家性別書寫位置的不同，各有其重要價值，是不應有高低優劣之別的。另外亦須指出，男性也有可能發展出陰性書寫或分裂自我，而女性也有可能發展出男性哲思的愛欲化自我，此兩種自我型態並非性別本質論式的，端看男性是否具有陰性特質，和女性是否具有陽性特質而定。

四、結語

情欲與自我主體性建構的關係，以及如何受到文明的壓抑，是戰後台灣心理小說的重要關懷之一。本文較爲深入地探討了不同的自我型態所反映的情欲與文明之間的衝突與超越的問題。

首先，借用佛洛伊德和馬庫色的觀察，指出人類文明的發展是以控制和壓抑情欲爲代價。文明壓制情欲的方式有二，一是將性喜好異於衆人的人貶抑爲「性的他者」，心理小說中「性的他者」往往是縱欲或違反文明秩序的女性，在承受污名的同時也可能扮演啓蒙者的角色，喚醒乖順的女主角朦朧的自覺（〈壁虎〉中的大嫂、〈回顧〉中的珍）。二是採取將文明秩序內化爲超我的良心審判模式，造成從內至外對情欲的全面防堵，心理小說中人物的自殺懲戒（〈我的弟弟康雄〉的康雄）或畸形人格（〈約伯的末裔〉的江榮），便是此一文明創傷的結果。

其次，文明將性圈定在婚姻和生殖功能之中，不鼓勵追求性歡愉和情欲的滿足，常導致性生活在婚姻關係中的僵化與萎縮。當性只是本能或工具，情欲得不到滿足，婚姻便會產生問題。心理小說

描寫婚外情和亂倫禁忌中的情欲洶湧，常是對婚姻規範中僵化的性、刻板的性別角色或倫理秩序的一種反動。在情欲追求與婚姻規範的拉扯之中，女性自我建構的型態常以矛盾、分裂、不穩定的面貌出現，且以自殺（〈黑虹〉的耿素棠、〈癲婦日記〉的「我」）、墮落（〈香港一九六〇〉的王麗卿）、自囚（〈月光枯井三角貓〉的汀櫻、〈秋葉〉的宜芬）來自我懲罰或平息矛盾，顯示婚姻道德對女性自我具有嚴酷的壓迫力量。

而男性情欲在婚姻中的不滿足，往往是因為缺乏傳統性別角色的陽性特質，夫妻相處模式顛倒為女強男弱，連帶使得男性喪失情欲追求的權力與能力，導致戀物癖、性騷擾等變態行為與自我的產生（〈花瓶〉的石治川、〈藏在褲袋裡的手〉的呂仲卿），因此男性也是父權文明刻板的性別教化下的受害者。我們看到兩性情欲的扭曲都展現了文明創傷的清楚烙印。

最後要面臨的問題，則是如何恢復情欲的正當性，追求性歡愉與情欲的滿足，建構不受文明壓抑的自我？而兩性出於不同的性別特質和情欲經驗，建構出的自我型態也有所謂的性別差異。男性以情欲連結個人乃至全人類，發展出愛欲哲學，建構「愛欲化的自我」將文明形式再作提昇（〈思慕微微〉的「我」）；然而「愛欲化的自我」是陽性思考的產物，女性若無法進入與男性同一的「愛欲化自我」，那麼女性該建立何種自我？

如同伊麗佳萊和西蘇所提倡的，女性善用不固定、流動、多樣化的性欲和表達方式，可以創造和男性不同的自我，恢復女性情欲的自然生命力，將女性情欲受到父權文明貶抑而分裂的自我，翻轉為肯定女性情欲的「分裂自我之重生」（聶華苓《桑青與桃紅》的

桃紅），不受文明的管束和壓迫，也不建立或改造任何統一固定的
文明形式，純尚生命與自然。或者有別於此一精神分裂的象徵手
法，將女性情欲自主的人格實現，安頓於正常的人格狀態中，勇於
質疑男性道德和情欲標準，並充份理解和承擔自我情欲的價值與後
果（蘇偉貞〈熱的滅絕〉的我）。於是兩性以不同的自我建構型態，
超越了文明的壓抑與創傷，恢復了情欲的主體性和正當性。但是兩
性的自我型態並非性別本質論式的，而是視男性是否具有陰性特
質，或女性是否具有陽性特質而定。

　　總結全文論述，可歸納出幾個重點：（一）戰後的心理小說特
別展現的問題點之一，是文明對情欲的壓抑與創傷，從中可看到文
明控管情欲的方式，也因而形成許多不同的自我型態，其中女性是
受壓抑較深重的，從矛盾、分裂的自我，到分裂自我之重生，再到
女性情欲自主人格的實現，可以看到女性主體從匱乏到確立的過
程。（二）男性也同樣是文明壓抑的受害者，其中男性情欲的扭曲
及變態自我，來自陽性特質的失落不彰，掌握陽性特質的女性則複
製了性別權力結構，產生失衡的兩性關係，仍未跳出傳統性別文化
及性別角色的束縛。（三）男／女建構主體性的方式不同，男性把
情欲理性化為哲學論述，使其成為真理而具有普世價值，男性愛欲
化自我的意義便在於真理的發現與創造，以此信仰作為提昇文明、
超越壓抑的方式。女性則拒絕理性、不信真理，恢復情欲的自然力
量，逃離文明的控制，女性自我的意義便在於那不拘形式、無從掌
握的自由與生生不息的自然特質。而且兩性的自我型態並非性別本
質論所決定，端賴其所具備之陰性或陽性特質。

　　經由上述討論，我們看到，心理小說中的情欲書寫在戰後台灣

文學史上的主要意義，便在於它以另一種形式，反映了兩性的自我主體性從壓抑、覺醒到建立的過程，並對於情欲探索、文明創傷、自我建構與性別差異等議題，做了深度的貢獻。

現代人的病理解剖室

——論李喬的短篇心理小說《人的極限》和
《恍惚的世界》

一、前言

　　現代主義文學在六〇年代的台灣風行的內容之一，是以佛洛伊德（Sigmund Freud, 1856-1939）精神分析學說爲主要影響的心理小說。佛洛伊德提出決定人們行爲的不是意識和理性，而是潛意識。潛意識不爲正常狀態下的個體所覺知，它是一種性本能，是心理活動的基礎，也是種種精神疾病和文化藝術創造的根源。於是對於潛意識、夢、幻想和欲望等人類精神活動的探索，從心理學領域向其他人文社會學領域產生影響力，也豐富了文學中對人物內心世界的展示手法，例如意識流技巧便是在現代心理學的基礎上誕生。心理小說通常以描寫個人複雜的內心活動與感情思想爲主，常見以單一敘事觀點、時序錯亂、意識流或內心獨白的運用來展現人物非理性

的心理面向[1]，刻畫現代人在各種壓力下所造成的矛盾衝突情緒與
壓抑扭曲的精神創傷。

　　簡言之，心理小說即是以表現人的內心活動為主要內容，用直
接或間接的心理分析手法，把人的主觀的、內在的、隱祕的方面傳
達給讀者[2]。心理小說的派別頗多，諸如心理現實主義小說、感傷
小說等等，而精神分析和意識流只是心理小說的其中一種派別，這
種心理小說又是現代主義文學的重要類型，對台灣的現代派和鄉土
派作家影響深遠，白先勇、叢甦、歐陽子、七等生、施叔青、李昂、
宋澤萊等作家都寫過心理小說，他們或探索情欲與道德／文明之間
的衝突緊張，或表述個人的存在哲思與社會批判，從中可以看到，
不論是潛意識的欲望或是意識層面的思想建構，都是心理小說涵括
的面向。學界討論心理小說，多半都以現代派作家為主，其實不少
鄉土派作家也長於此道，本文便以擅寫心理小說的鄉土派作家李喬
為討論對象，探討他的心理小說所具有的現代人病理解剖的特質。

　　李喬在台灣文壇以關心台灣人命運的大河小說《寒夜三部曲》
聞名，較少人注意他為數多達兩百餘篇的短篇小說中，有頗高比例

1　本文對心理小說特質的歸納，參考鄭樹森，《小說地圖》，（台北：印刻，
　　2007）；張懷久、蔣慰慧，《追尋心靈的秘密：現代心理小說論稿》，（上
　　海：學林，2002）。
2　見張懷久、蔣慰慧，《追尋心靈的秘密：現代心理小說論稿》，頁 2-3。
　　心理小說的定義有廣義和狹義之分，廣義的定義是只要以心理描寫為主的
　　小說皆可稱之，不一定要打破傳統小說的敘事架構；狹義的定義則是必須
　　打破傳統架構，打破小說的時空和情節發展順序，以人物心理結構、主觀
　　直覺和思緒流動取而代之。

受到佛洛伊德學說影響而寫的現代人心理創傷的小說[3]。李喬自己亦承認受心理學影響很大，他曾表示「心理學的智識與方法，直接支援了寫作技巧的拓展。」另外他也提到曾經沉緬涉獵過存在主義及佛洛伊德的精神分析派理論[4]，而心理描寫也是李喬經營短篇小說的主要著力點，甚至成爲一種迷信[5]。雖然常被歸類爲鄉土派作家，李喬卻坦承自己始終對於「在台灣的所謂現代主義」抱著某種好感，認爲創作者只要回歸自己的土地和族群，「現代主義」作爲技巧而存在是十分美好的[6]。李喬可以說是將現代主義的技巧和本土的環境與素材融合得很成功的作家，從他的心理小說便可印證此點，他是將現代主義本土化的一個範例。

　　本文以李喬在一九六八到一九七三年間集結成的短篇小說集《人的極限》和《恍惚的世界》爲討論範圍[7]，這段期間正是台灣現代主義盛行的時刻，這兩部小說集也受到現代主義的影響。彭瑞

3　最明顯的例子就是〈昨日水蛭〉和〈恐男症〉，前者的主角患了動物恐懼症，後者的主角患了陽具幻覺性精神病，皆有很明顯的佛洛伊德式病理色彩。見《李喬短篇小說精選集》，（台北：聯經，2000）。

4　見〈繽紛二十年〉和〈窮山月明〉，二文俱收入《李喬短篇小說全集・資料彙編》，（苗栗：苗栗縣立文化中心，2000）。

5　見李喬的創作自剖〈阿王嫂這個人〉，收入《重逢——夢裡的人》，（台北：印刻，2005），頁 45。李喬的心理小說時常運用心理學的知識或意識流技巧來呈現人物的內心糾葛，但其心理描寫多半依附於傳統的時空與情節架構之下；有某部分的心理小說則打破傳統敘事架構，直接以人物的內心獨白爲主，因此李喬的心理小說包含了廣義和狹義兩種模式。

6　見李喬的創作自剖〈迷度山上〉，收入《重逢——夢裡的人》，頁 136-137。

7　李喬的短篇小說全集在一九九九年已由苗栗縣文化中心出版，亦收入這兩部小說集的作品。

金便指出，此一時期的李喬已從早期以窮敗鄉土為主的「番仔林故事集」轉向進入抽象唯心的探索，探討現代人因各種壓力而產生扭曲分裂的病癥；鄭清文也指出李喬的《恍惚的世界》在追求人的深層心理以及心理上的異常狀態有大膽而精銳的表現[8]，可見前人研究已注意到《人的極限》和《恍惚的世界》對心理探索和病態異常世界的刻劃。

　　如果我們將此期李喬所關注的現代人心理創傷系列的小說，對應到當時台灣社會背景之變遷，便會發現當時正是台灣經濟的「出口擴張」時期，工業產量大幅增加，經過六〇年代的經濟發展，一九七三年的工業人口已超過了農業人口[9]，台灣正向工業社會快速地轉型，人口由農村向都市聚集，專業分工體系的形成，使得人們被納入各種生產的單位，職業歸屬造就了工業社會的階層化，人的身分和地位也因此被工作所決定。隨著社會經濟和文明的進步，人

8　彭文見其所著〈李喬短篇小說全集序〉，鄭文見其所著〈李喬的《恍惚的世界》〉，二文俱收入《李喬短篇小說全集‧資料彙編》。另外近期的研究有賴松輝指出現代主義文學對李喬早期小說的影響，例如意識流手法和現代人精神狀態的描繪，其探討重心包括李喬早期的長篇小說《痛苦的符號》。可參賴松輝，〈現代主義與李喬早期的小說〉，收入姚榮松、鄭瑞明主編《李喬的文學與文化論述：第五屆台灣文化國際學術研討會論文集》下冊，（台灣師範大學台灣文化及語言文學研究所、長榮大學台灣研究所出版，2007）。

9　「出口擴張時期」是從一九六一年至一九七二年，一九七三年台灣的工業人口比率約為34%，超過農業人口（約佔30%）。參考文崇一，〈台灣的工業化與社會變遷〉，收入中國論壇編輯委員會主編，《台灣地區社會變遷與文化發展》，（台北：聯經，1985），頁8-9、16。

必須接受比從前更多的刺激與壓力；長期的工作容易使人產生倦怠感，但婚姻與家計的責任卻又不容許人辭去工作，因而造成現代人龐大的精神負擔[10]。李喬此期的心理小說正是以這種社會背景爲基礎，刻劃現代人在工作和家庭重擔下的精神扭曲與逃避的狀態，可說是非常具有現代性批判的敏銳度。由此可知李喬並非盲目追逐現代主義和精神分析的潮流，而是以此一文學形式眞切地反映了戰後台灣工業化初期的人的心理問題。

現代主義注重個人內心世界的探索，與二十世紀科學技術的發展對人性的宰制有關。現代科技經驗使現代人的生活變得快速和片段，衝擊到感覺結構的變化，加上心理學的興起，對人的潛意識的開發和研究，都促使現代主義文學以心理小說的形式，展現工業社會中人的精神苦悶與欲望壓抑的矛盾。二十世紀小說最大的突破，也就是由外在寫實轉向人物內心的活動，而心理小說往往採用意識流、內心獨白或自由聯想的手法，製造人物潛意識跳躍流動的效果，以呈現現代人的破碎經驗與精神狀況，因此心理小說的形式本身是與它要表達的現代性經驗的主題相呼應的。

李喬在他的短篇創作中熱衷於心理小說的技法，彭瑞金據此認爲「短篇李喬」是一個忠實的純文學信徒，但人們卻因「長篇李喬」的台灣歷史小說家印象而忽略了李喬的短篇創作，並不是正確的觀察李喬文學的焦距[11]，筆者也同意此看法，而且要進一步指出，李

---

10 可參考佛洛伊德等著，蘇燕譯，《變態心理學》，（台北：水牛，1986），頁 112-113。
11 見彭瑞金，〈李喬短篇小說全集序〉，頁 1-3。

喬《人的極限》和《恍惚的世界》中的現代人創傷系列的心理小說，
是與六、七〇年代台灣工業社會轉型期面臨的心理壓力有關，他特
別關心都市中年男性的工作與家庭困境，創作了「中年人故事系
列」，運用意識流和心理學的理論，將中年男性的精神創傷和病態
行為展現出來，使得現代主義的技巧得以和台灣社會問題做結合，
落實現代主義的本土化；此外，李喬的心理小說也刻劃了傳統倫理
關係中各種偏差的父權價值所造成的病態人格，顯見父權體制從農
業到工業社會中難以撼動的統治力量，這些都是李喬短篇心理小說
所發掘的深刻議題，足以和他的長篇歷史小說互相輝映。

　　以下將說明意識流手法與佛洛伊德學說中的「自我防衛機制」
（ego defense mechanisms,簡稱自衛機制）對小說人物的病理展示功
能，並探討李喬如何運用兩者來塑造小說人物面對挫折時的逃避心
理與病態人格；再進一步指出這些病態人格背後的工業社會僵化的
人生規範和偏差的父權價值／各種權力關係所帶給人們的身心傷
害，以此觀察李喬短篇心理小說的病理解剖特質與其深層的批判意
涵。

二、意識流與自衛機制的病理展示功能

　　李喬刻劃小說人物的病態心理時，最常運用的手法就是意識流
技巧和心理學的自衛機制理論。這兩種方法可以有效的揭示人物的
精神幻想和扭曲的人格，具有頗佳的病理展示功能，分別說明如下：

（一）意識流與人物病態心理的揭示

梅爾文・弗里德曼（Melvin J. Friedman）在《意識流：文學手法研究》一書中，引述了威廉・詹姆斯對意識流（steam of consciousness）一詞的闡釋，指出人的意識並不是片斷的連接，而是流動的，用一條河或者是一股流水的隱喻來表達它最為自然。這些概念是把心理學語詞變成藝術手法的試金石。在意識流的形式中，有許多可能變換的技巧，內心獨白（interior monologue）是其中主要的一種技巧，通過內心獨白可以展現人物的精神狀態，包括自覺的、清醒的獨白和帶著隱喻的完全無意識的冥想[12]。可知意識流和心理學的關係密切，它是展示人物內心清明的思想意識和不可解的無意識領域的法門，在小說中常用來表現人的欲望、壓抑與矛盾心理，以及遭受創傷或病態扭曲的精神幻想。

李喬在《小說入門》也肯定意識流，他認為人間物事、人性內涵、社會現象，有它壓抑、潛伏、扭曲的事實，小說要探出真相、呈現真實，就要運用得自心理學研究的技巧：潛意識流露的方式處理。他並參照丁樹南之說，提出三種意識流小說的類型，亦可視為解讀他的短篇心理小說技巧的方法。第一型是採取傳統小說的某種結構形式，但在探究主要人物的言行動機——心理因素時，直入深層心理，以自由聯想、夢語獨白、具象徵意義的聲音動作展現潛意識；第二型是擺脫傳統小說的結構，採用「病歷表」的形式，依精神分析學的原理，分析人物性格，完全進入人物的潛意識世界，不

12　見梅爾文・弗里德曼著，申麗平等譯，《意識流：文學手法研究》，（上海：華東師範大學出版社，1992），頁 2-4。

再以意識流爲手段刻劃人物，而是爲表現意識流而刻劃意識流，作品的主題也在意識流的眞實裡自然呈現；第三型是推翻傳統形式、否定人物，以潛意識的原貌直接引發讀者的潛意識，此意識流中的語言已無邏輯，全憑暗示、意象、象徵意義的不可解的語言、聲響和動作引發讀者的潛意識反應而產生效果[13]。我們在李喬的短篇心理小說中，會發現他常用的意識流類型是第一型和第二型，其中第二型直接以「病歷表」的形式，展現人物的病態幻想和扭曲人格[14]，最爲怵目驚心；因此意識流的手法可說是揭示人物病態心理的最佳方法。

（二）自衛機制與現代人的挫折因應

根據佛洛伊德的說法，現代人或多或少都有程度深淺的精神疾病，即精神官能症（neuroses），它比精神病輕微，包含了各種心理異常的狀況，主要是心理衝突所導致的結果，例如本我的欲望不被現實的社會規範（超我）所滿足而受到壓抑，產生了心理衝突，從而必須另尋出路，以某種固定的行爲模式來降低衝突的焦慮感（anxiety），這種因現實中的挫折結果而出現病態、造成生活適應不良或異常的行爲表現，便是精神官能症的徵狀[15]；另一方面，自

---

13 見李喬，〈意識流小說的寫法〉，收入其所著《小說入門》，（台北：時報文化，1990），頁 178-179。

14 這種病歷表形式的意識流運用，最具代表性的小說就是李喬的〈恐男症〉，女主角患了陽具幻覺性精神病而對醫生自述發病的來龍去脈。

15 可以參考佛洛伊德，《精神分析引論‧新論》第 22 講和 23 講，（台北：志文，1994）。

我用以降低或化解焦慮的重要方式之一，就是自衛機制，它是自我調和本我和社會規範之矛盾衝突的方法。隨著心理學的進展，自衛機制的成因已不限於生物本能和社會規範的衝突，而被更廣泛地理解爲自我因應不受認可或無法容忍的行爲或情感的方式。

　　自衛機制的根本特點是它在潛意識中運作，基本上是一種否定或扭曲現實的做法，並不能解決現實的問題，只能改變個人面對現實的方式。一般正常人會運用自衛機制來自我保護與降低挫折感，這些自衛機制的模式也發展成爲個人的人格特徵，但如果過度使用就會產生心理異常和行爲的病態。常見的自衛機制如下[16]：

1. 潛抑（repression）：把無法容忍的認知或情感排除到意識層次之外，是最基本的一種自衛機制。
2. 投射（projection）：把自己不受認可或無法容忍的行爲或情感轉嫁在他人身上，藉以維持自我的價值感。
3. 退化（regression）：倒退回較不成熟的發展階段，以這個階段的行爲模式因應問題。常見於個人面臨巨大壓力之時，以較幼稚的方式去應付事情，暫時消除焦慮和痛苦。
4. 合理化（rationalization）：用似是而非的說法，將自己不受認可的行爲正當化。

16　本文對自衛機制的引介，參考 Clark, Arthur J, *Defense Mechanisms in the Counseling Process*.（London: Sage Publications, 1998）, p.21；Philip, G.Zimbardo 著，游恆山編譯，《心理學》第 11 章，（台北：五南，1989）；安田一郎著，黃式鴻譯，《精神分析入門》第 3 章，（台北：東方，1968）；黃正鵠編著，《精神分析基本理論》，（高雄：復文，1984）。

5. 替代（displacement）：個體受挫時，不敢直接對受挫來源表示不滿，卻轉而發洩在較安全的對象身上。

6. 幻想（fantasy）：個人遇到現實中無法解決的問題，藉由虛幻的想像世界來獲得滿足，例如白日夢即為一種常見的形式。

7. 補償（compensation）：個人在某領域受挫時，改從其他領域獲得滿足，來補償失去的信心與自尊。

8. 解除（undoing）：自己對自我先做的動作感到害怕，則接著再做一動作來取消先前動作的效力，消除不安的防禦。

9. 轉向自己（turning feelings toward oneself）：把對外攻擊的衝動轉向自己，引起自我破壞，以消除對外攻擊所生之罪惡感，亦可發洩敵對的衝動。有過分自責、自卑感及受虐狂的傾向。

在現代小說中，不乏以自衛機制呈現扭曲的人格特質的例子，例如魯迅的〈阿 Q 正傳〉所描寫的精神勝利法，阿 Q 打架輸了，便說「兒子打老子」，藉著做別人的爸爸以示高人一等，恢復受損的自尊，這便是「補償」自衛機制的發揮。阿 Q 又將打輸的怒氣發洩在比他弱小的小尼姑身上，這又運用了「替代」的自衛機制。阿 Q 無力面對自己的失敗，卻養成自欺欺人和欺負弱小的惡行，成為魯迅所批判的民族劣根性和病態人格的案例。在李喬的短篇心理小說中，亦不時出現人物以各種自衛機制面對現實人生的挫折，而產生異常心理與病態行為，譜出一幕幕程度深淺的、扭曲的現代人心靈圖景，背後所指向的卻是工業社會僵化的人生規範、傳統的父權體制和各種權力關係對人的壓迫和束縛。以下便要分析李喬如何運用意識流和自衛機制展現這些病態人物所遭受的壓力和創傷。

三、中年危機與僵化的人生規範

　　李喬早期的短篇心理小說中，有一個很特殊的系列主題，便是以都市男性的「中年危機」（middle age crisis）爲核心，創作了「中年人故事系列」[17]。中年危機和成人期人格發展的理論有關，佛洛伊德認爲人格發展在青少年期就結束了，而容格（Carl Gustav Jung, 1875-1961）則提出人格在成人期內繼續發展，到了中年期，由於對自我的懷疑而產生了發展的危機[18]。李文遜（D.J Levinson）則提出男性和女性的生命四季理論，他把男性的人生分爲四個時期，在中期的成年期裡，男性經歷中年轉換期（Mid-life Transition，40-45 歲），必須處理造成他人生中深層內在分裂的種種極端。在中年轉換階段，個體重審以往的生活模式和重新訂定未來的人生目標時，發現時不我予的壓力，因此重新評估以往的抱負水準、婚姻關係，認清夢想與現實之差距，傾聽內心浮現的種種聲音，省思過去做過的重大決定，並設法解決不能實現的生活目標，引起個體內心混亂和對外在環境妥協的掙扎狀態[19]。這種中年轉換期所引發的狀態，就是所謂的中年危機。

　　因此，中年危機通常是指男性到了中年以後對人生展望的質

17　例如收錄在《人的極限》中的〈蜘蛛〉、〈四十歲的球〉、〈裸裎的夢〉、〈飛翔〉、〈老何與老鼠〉，以及收錄在《恍惚的世界》中的〈人球〉。

18　參考 John C.Cavanaugh 著，徐俊冕譯，《成人心理學：發展與老化》，（台北：五南，1997），頁 372-373。

19　Levinson, D.J, *The Seasons of a Man's Life*（NewYork: Knopf, 1978），p.18-33, p.192-200.

疑，對自己存在意義的重新探討。人到了中年，面對衰老的威脅、性能力的減退、工作的一成不變，以及婚姻和家庭的責任，常會有焦慮和倦怠之感，必須尋求因應和突破之道。中年危機常見於工業社會中居住於都市的男性，對於自己的工作和婚姻不堪負荷，或是未臻理想，遂併發逃避或不滿的情緒。其中對於工作和婚姻的倦怠感，往往是人生規範（成家立業、生兒育女）的僵化所致。李喬的中年人故事系列，便描寫了許多面臨中年危機的男性，他們的心理恐懼以及如何以自衛機制因應困境，反映了台灣在工業化初期的中年男性的心理問題。

　　〈蜘蛛〉是李喬中年人故事系列的一篇，以第一人稱「我」為敘事觀點。「我」難耐日漸衰老的軀體和妻子的譏諷，前往陌生市區的後街召妓，以證明自己的雄風。在「我」召妓之前，曾於家中廚房外發現蜘蛛網，於是想起學生時代聽生物老師說過，雄蛛完成繁殖任務後將被雌蛛吞食的事。「我」覺得自己很像蜘蛛，面對妻子時便陷入性無能。此後只要「我」對妻子產生無力感時就以召妓為發洩。「我」想起生物老師以雄蛛的犧牲和男人在婚姻中的犧牲所做的比較：「男人有了孩子後，不馬上犧牲，是要你負起比以身體供給子女營養更重、更久遠的責任！」因而自問：「男女這樁事兒，是什麼呢？」「本來是件痛苦事兒，荒唐的是，我們都要在這上面擠點兒快樂。」[20]「我」陷溺在疲憊的婚姻中無法振作，只能以慣性召妓來自我麻痺。小說中的「我」的召妓行為，就是一種補償的自衛機制，於妓女身上找回在妻子處不能實現的性能力。而

20　〈蜘蛛〉，見《人的極限》，頁48。

「我」之所以在妻子面前性無能，主要還是因為婚姻中的性是一種責任，是為了繁衍後代和履行夫妻間的義務而存在，並非為了享受性歡愉，因此婚姻中的性成了「痛苦事兒」，但在妓女身上則不必承擔責任，可以盡情放縱。「我」的性無能是對婚姻和家庭責任的倦怠，而試圖從妓女身上得到抒發和補償。小說中有一段「我」與妻子燕好之後的內心聯想，屬於李喬所說的第一型的意識流，亦強化了婚姻倦怠的主題：

> 在柔和的粉紅色燈光下，我看她裸露的半個背板一眼，就趕忙閉上眼睛。我忽然想起蜘蛛……就在一牆之隔的外面，廚房的屋簷下，正有一個黑色蜘蛛凝然搭在八卦網中央，任冷風飄盪。我彷彿看見那猙獰的面目：頭背上的六枚單眼泛著藍光，四對胸腳，腳端帶著二把勾爪，肛門周圍突起的疣子，正湧吐白絲。還有：不知什麼時候，爬過去一隻又小又醜的雄蜘蛛，緩緩舉起那隻末端膨大，內藏精液的觸肢，向雌蜘蛛伸過去……。就這瞬間，我感到手腳末梢冰冰地，並且迅速向上端侵襲。我成了硬硬冷冷的冰塊。我在半睡半醒狀態中，游泳著。周圍是濃稠稠稀鬆鬆，使不上力的海，我努力往前划，往任何陌生的空間裡逃竄。……這以後，我又在某方面陷入無能為力的苦惱之中[21]。

由妻子的背板想到猙獰吐絲的雌蛛、再由交配的雄蛛產生手腳冰

21　〈蜘蛛〉，見《人的極限》，頁45-46。

涼、落海泅泳的幻想，這樣的自由聯想還是頗有邏輯，在傳統小說的敘事語法中進行意識流，「蜘蛛」就象徵著婚姻的牢籠與犧牲自我；交配與落海，則意味著婚姻的性是痛苦的開始、責任的束縛，因此使「我」變成性無能，逃避婚姻帶來的責任與壓力，這與前述的召妓補償正好形成互相呼應的作用。

〈四十歲的球〉則以第三人稱為單一敘事觀點。四十歲的老姜和年輕人打桌球時感到體力不支，回家面對年輕嬌美的妻子，想到自己的事業和妻子的生理狀態都處於高峰期，而自己卻有力不從心之憾，使他對婚姻和人生的規範產生厭倦感。他把圓形的桌球想成了無法逃脫的人生規範，凝視著手上的桌球，他覺得：

> 這圓圓的東西，真像滑不溜丟，沒可奈何的人生哪！嗯，我們人，不就是在這個圓球上，盲目地挪移著嗎？我在這一點，太太在那一端，孩子又另一方向了，我們在摸索，捉迷藏，做乏味的遊戲⋯⋯他想著想著，不知不覺地，拇指和食指上的力道，越加越強，把桌球擠得凹塌下來。「什麼時候才解脫這圓圓的範圍，而自由自在呢？」他突發奇想，手中的球「噗」一聲裂成扁扁的兩片了。心裡倏然流過一道暖流，滿舒適的，好像心中那個什麼陌生生的「圓」被打破啦？[22]

在這裡，老姜使用了替代的自衛機制，現實的人生規範既不可打破，便以捏裂桌球來替代他對人生規範的破壞。不過老姜並沒從此

22　〈四十歲的球〉，見《人的極限》，頁56-57。

成爲「桌球破壞狂」，小說結尾他再度和年輕人比賽桌球而敗陣，在激烈的比賽中進入了意識流的聯想：

> 眼前有跳動的閃亮點，使對面的人形扭曲歪斜著，他知道是睫毛上的汗珠作祟，他揮手狠狠擦拭一把。然而，腦際的紛沓色彩影像卻拂拭不掉，那是自己的勞形苦像、兒女的頭臉、老王的喊叫、妻子的嬌笑和晶瑩顫抖的胴體……球飛過來了，哦，不，是妻白軟飽滿的乳房！他喘著氣接下它，咦？接不得；但是接下了。耳邊笑浪如沸，眼前嘴臉幌蕩。他把手上白亮逼人膩滑渾圓的東西，猛然向對方拍擊出去——啊！觸網，沒進。它滾回到眼前飛旋，飛旋……[23]。

這仍是一段頗有邏輯的聯想，屬於李喬說的第一型的意識流。從自己的、兒女的、妻子的形貌到把桌球想成妻子的乳房，亦是對於婚姻的性所帶來的生兒育女的負擔感到恐懼所致。這種負擔耗費了他畢生精力，故而輸給體力充沛、無家無累的年輕人，末了不由得感嘆：「唉！四十歲的球，就是四十歲的球！」桌球代表婚姻和家庭的約束，循環無盡的人生規範的侷限，將它捏裂，也不能迴避球賽中敗陣的事實。老姜沒有因爲人生的束縛，發展出扭曲病態人格，而是像大多數人一樣無可奈何的過著重複的生活，更反映了人的有限性和不可抗拒的人生規範之沉重。

　　〈裸裎的夢〉同樣在探討中年危機和人生的苦悶，以第一人稱

23　〈四十歲的球〉，見《人的極限》，頁 59-60。

「我」（尤德培）為敘事觀點。尤德培和朋友老楊一起借酒澆愁，壓抑中年男性體衰力弱的恐懼。酒後將衣服脫光，開始做白日夢，見到自己赤身裸體站在大馬路口倉皇張望，怪異的聲音、女性的肉體和不明黑色之物糾纏著他，使他盲目奔逃：

> 「我不要！我不要這些！我要照自己的方式生活！」我大聲抗議。可是打在身上的東西越來越多越重，黑壓壓中，我赫然發現一疊疊的公文卷宗，文房四寶，算盤印油等等，這些最最可怕的嘴臉；還有堆積幾丈高的薪水袋，上面盡是「尤德培」三個字……[24]。

夢中的他到處逃蕩，發現在人間之外無處可去，「我還是那個猥瑣失意的尤德培」，無法矇騙自己的他，只好選擇夢醒。尤德培的白日夢就是一種幻想的自衛機制，欲借夢境逃出人生重擔，可惜終究無法如願，夢醒之後仍得面對現實生活。但裸裎是一種赤裸裸面對自我的表現，尤德培的吶喊：「我不要這些！我要照自己的方式生活！」已經表達了他對工作和賺錢的刻板人生模式的不滿，透出尋求自我價值的渴望。而這篇小說的精采處，就在尤德培夢境中的經歷，他先遭受女性肉體的挑逗，復又被工作重擔打壓，顯示性與經濟是使中年男性不勝負荷的來源，因而「憤懣這前不見古人後不見來者的孤絕」[25]，這種中年危機造成的孤絕感，確實是現代工業社

24　〈裸裎的夢〉，見《人的極限》，頁66。
25　〈裸裎的夢〉，見《人的極限》，頁66。

會才有的產物。他屛棄了中西古典世界淒美的古國朦朧，繼而在天地有無交界的存在界的逼視下，發現人間不可逃，有情衆生就是眞理正義，也點出了生命本身即是永遠不可卸除的責任。這場夢境可視爲一整體的夢語獨白，仍然屬於李喬所說的第一型的意識流。

〈飛翔〉也是以第一人稱「我」爲敘事觀點，鋪展主角逃逸現實的飛翔之夢，經營手法和上述的〈裸裎的夢〉一樣，爲第一型意識流的夢語獨白。「我」習慣以夢境中的飛翔來抒解現實中的挫折，例如落榜和失業。「我」在夢境和現實中遊走，自我陷入分裂：一個是不向外界馴服的我，一個是順從的我。夢中飛翔的「我」見到解雇自己的老闆死在湖中、妻子和兒子被「我」當成陌生人。「我」的怪異行徑被人視爲瘋子，然而「我」卻認爲：

> 我想我是一個真正正常人。只是決心拒絕一些無聊的造作罷了。我是說日常言行中，省卻了一大堆裝模作樣、虛偽噁心的舉動而已。我總覺得在這世上，我既然已經放棄了部分內容，那麼我就沒有理由和義務再做別人的傀儡掌中戲偶。我可以完全而絕對地照自己意志活著，就如現在，我高興飛就飛，縱然你地心引力又能怎樣？[26]

「我」的飛翔白日夢也是一種幻想的自衛機制，夢中可以讓老闆死去、把妻兒拋開，不再工作，自由飛翔……這些都是現實中不能實現的願望，拋棄工作和婚姻的束縛他才能成爲有自由意志的正常

26　〈飛翔〉，見《人的極限》，頁126。

人，弔詭的是這樣又成了別人眼中的瘋子。白日夢和瘋狂其實是恢復個體自由的手段，以不合邏輯的狂亂方式，衝撞工業社會僵化的人生規範，不過「我」最後還是清醒地意識到飛翔之夢是一場自欺，飛翔仍然要落地，「我」雖不情願，仍接受了無奈的現實。這篇小說中的飛翔夢境帶著許多奇想式的滑稽與嘲諷，頗有黑色幽默風格，但又雜以說教式的主題揭露，前衛和傳統攙半，然已能看出李喬短篇心理小說在六〇年代末期的新穎之處。

這種對家累負荷和汲汲營生的倦怠痛恨之感，到了〈老何與老鼠〉中以一場撲滅家鼠的殺戮行動展開。老何在家看報，對報上登載的荒謬夫妻關係深感厭煩，大喊：「無聊！」兩個小孩告知他家中有老鼠洞，他視察後，覺得「這些精靈的臭小東西，居然在糞池邊討生活，實在是滑稽又好玩的事，同時還有一絲虐待式的滿足。」[27]他想起過去曾踩死老鼠發洩怨恨，於是又如法炮製，開始撲殺老鼠。當他踩死老鼠時，瞬間的感受是：

> 這時也對自己的這種做法感到愕然。他覺得羞慚、不安，也感到虛弱無依；但也似乎把心坎裡壓抑的怨恨，谿然投射出來，於是那種發洩疏通後，舒暢得近乎痛苦的微波，便漫天漫地的掩蓋下來[28]。

老何的殺鼠，就是一種替代的自衛機制，把現實中對婚姻和家累的

27　〈老何與老鼠〉，見《人的極限》，頁184。
28　〈老何與老鼠〉，見《人的極限》，頁186。

厭恨發洩在老鼠身上，從此他更變本加厲的撲殺老鼠。他用填土、灌水和火攻都不能毀壞鼠洞，直到某次母老鼠被貓咬死，兩隻小老鼠偷溜進廚房覓食，老何用火鉗將牠們穿腸破肚，老鼠死前的掙扎相令他驚悸：「他攤開手掌，凝然注視著。恍惚裡，指縫間，有滴滴血滴落下去，那是小老鼠的血，或者孩子們的血，或者自己的……最後他把臉面埋在手掌裡。」[29]

老何把殺鼠的血，想成孩子和自己的血，因為老鼠在糞池邊生存，就如同老何的卑微謀生；老鼠的繁殖能力又仿如孩子們的出世，都是令人厭倦的重擔，於是殺死老鼠就彷彿解除了營謀和養家的負荷。但是當第三隻小老鼠出現時，老何動了惻隱之心，以對廣大有情生命界的大愛飼養了牠。老何的同情心抑制了厭恨情緒的發展，使他及時收手，回到溫暖有情的世界，不致衍生病態的人格。這篇小說以老何為第三人稱敘事觀點，基本上並沒有明顯的運用意識流，而是採取了傳統的心理描寫，但是對替代自衛機制的發揮卻圓熟自如。

〈人球〉則是李喬中年人故事系列中最有名的一篇，以第三人稱為單一敘事觀點。主角靳之生不堪生活中妻子的嘮叨、上司的嫌惡和同事的排擠，時常幻想回到童年時代的無憂無慮，甚至變成嬰兒。漸漸的，他竟然尿床，在被中學吮奶的動作，並採蜷曲成一團的球形睡姿。某天他得了怪病，真的變成一個圓圓的肉球，背板打彎，脖子縮盡，四肢折曲收在胸腹，像躲在母體胞衣中的胎兒，怎麼也伸展不開，妻子請醫生來診斷也找不出病因。靳之生滾動著身

29　〈老何與老鼠〉，見《人的極限》，頁193。

軀外出，唱著「我願做個好小孩」的兒歌，對於圍觀而來的人群，他閉上眼睛不看，「這些人，這世上的事情，還是閉上眼睛不看的好。」[30]

顯然地，靳之生渴望回到胎兒和嬰兒時期的種種心理和動作，就是退化自衛機制的展現，「採取這種睡姿，最能自衛、最富安全感。」因為嬰兒和胎兒沒有謀生能力，永遠受人呵護照顧，不用承擔成人世界的巨大生活壓力，這種欲望竟使他的四肢萎縮成肉球，可以說是心理失調所引發的生理疾病，這當然也是一種逃避的行為，但卻使人對現代生活的責任與壓力，和靳之生的處境感到可怖與無力。這篇小說沒有運用意識流手法，屬於傳統的心理描寫，它所著重的是對於退化自衛機制的病態描述。

以上我們看到，李喬的中年人故事系列針對的是都市男性的中年危機，正與台灣六、七〇年代的工業化發展背景有關。中年男性一般來說事業有成，家庭俱全，是掌握社會和家族權力的一方，但是在工業社會巨大而機械式的工作壓力下，他們逐漸感到疲憊，對婚姻和家累也感到厭倦，面臨自我失落的危機。在邁入四十歲的階段，他們對自己的身體機能和生理狀態，產生衰老的恐懼和性能力不足的焦慮，如〈蜘蛛〉和〈四十歲的球〉都特別突顯妻子青春旺盛的肉體，以此對比丈夫的力不從心，並點出婚姻中的性是一種責任負擔，而非歡愉享受，丈夫因此對婚姻與性產生壓力，遂以召妓、捏破桌球等方式加以抒發。

此外，中年男性對於工作賺錢的營生模式，以及養小孩的家庭

30　〈人球〉，見《恍惚的世界》，（高雄：三信，1974），頁 22。

責任也感到疲憊與倦怠，如〈裸裎的夢〉、〈飛翔〉、〈老何與老鼠〉、〈人球〉中的丈夫，以白日夢、殺鼠、萎縮成肉球的方式來逃避或發洩。這些都是運用了補償、替代、幻想、退化等自衛機制發展出來的因應之道，嚴重者甚至成爲一種病症。這個系列的心理小說也使用了意識流，如〈蜘蛛〉、〈四十歲的球〉、〈裸裎的夢〉和〈飛翔〉，但基本上都是在傳統小說的結構形式下鋪展人物和情節，當深入人物內心時，意識流的進行是較具條理的自由聯想和夢語獨白，故屬於李喬所說的第一型意識流，這種手法可以直探人物的內心世界，與自衛機制做完美的結合，用以呈現中年危機的種種焦慮、恐懼、逃避等心理狀態。

　　中年危機的問題根源，在於工業社會人生規範的固定與僵化，如幾歲必須完成某項責任，依循著結婚生子、工作賺錢等基本模式生活，到了四十歲的臨界點，就會有不堪負荷的心理產生，人也在僵化的人生規範中逐漸異化，喪失了自我。李喬的中年人故事系列點出了許多男性的苦悶，揭露了中年危機和僵化的人生規範對自我的壓抑，在六、七〇年代的台灣，頗具現代性批判的精神。

四、父權價值／權力關係中的病態人格

　　李喬短篇心理小說的另一個主題系統，是針對父權價值／權力關係中的病態人格進行解剖[31]。在傳統的父權社會中，由父子、夫

31　此一主題系統可見《恍惚的世界》中的〈一種笑〉、〈兇手〉，以及《人的極限》中的〈人的極限〉、〈德星伯的幻覺〉。

妻、兄弟等倫理關係建構起來的家庭組織，是維繫社會穩定的重要
力量。父權體制賦予了父親、丈夫和兄長特定的權力，使他們能夠
支配位階較低的兒子、妻子和弟弟。父權體制也製造了父嚴子孝、
男尊女卑、兄強弟從的倫理關係，由此衍生了許多偏差的父權價
值，這種父權價值亦從農業社會一直延續到工業社會。歸根究底來
說，父權的倫理關係其實就是一種權力關係的運作。李喬的心理小
說便探討了在傳統的倫理關係中，各種偏差的父權價值所造成的病
態人格，以此彰顯了父權體制與權力支配下扭曲失衡的父子、夫妻
和兄弟感情。

　　〈一種笑〉描寫父親斥罵兒子所造成的心理和生理傷害，以第
一人稱「我」為敘事觀點進行內心獨白。全篇擺脫了傳統小說的結
構，採用病歷表的形式展現主角的病態。「我」是一個十六歲的國
中生，他不能控制臉部的笑容而向醫生求助。在通篇對醫生的告白
中，「我」訴說母親去世，由父親撫養三兄弟成人的背景。父親公
司倒閉，給人當雇員，脾氣暴躁易怒，常把工作上的不如意發洩在
兒子身上，對「我」咆哮責罵。「我」在父親長期的咒罵折磨下發
生了怪異的身體變化，只要在緊張害怕的時候，雙頰就會出現不能
控制、莫名其妙的笑：「其實那不是笑，是一種很苦很苦的動作罷
了。我不能自己，它總在最不該來的時候來。在人多的地方，在公
車上，它來了，發作了。就是那一種笑，逼得我走投無路！」[32]因
為這種控制不了的笑，使他受到旁人的誤解、追打和嘲笑，只能落
荒而逃，把自己禁閉起來，最後無助的尋求醫生的治療：

32　〈一種笑〉，見《恍惚的世界》，頁 28。

臉上的笑，一直到我把自己關在臥房裡，仍然滯留著，滿臉
水珠，至於喉頭發出的嗚嗚唔唔之聲，我實在分辨不出它是
不是笑聲！就這樣，我以後再也不敢在大庭廣眾前露面！
哦，我想，夠了。以上就是發作那一種笑的來龍去脈。專家
的您，不會說我是亂扯荒唐的吧？啊，謝謝，您能相信，我
就安慰了。最後讓我再提醒您：救救我，我受不了！我完全
崩潰了！怕不知哪一個下一秒鐘，會突然發瘋！那麼，先
生：您怎樣幫助我呢？或者說：怎麼治療？[33]

　　這種全篇採用病患獨白的病歷表形式，正如李喬所說「不再以意識
流為手段刻劃人物，而是為表現意識流而刻劃意識流」，屬於第二
型的意識流，而作品的主題也從主角的自白中了然浮現：我們看到
主角正是父子權力關係中的受害者，父親以替代自衛機制發洩怒氣
到弱勢的兒子身上，兒子長期承受語言暴力，不敢反抗，卻造成心
理壓力而導致哭笑不能的生理病態。「一種笑」是父子親情扭曲的
創傷印記，也是對傳統父權結構中的親子互動關係的一種控訴。

　　〈兇手〉則是一個不健全家庭毀滅一對夫妻的悲劇，以第三人
稱單一敘事觀點進行。王明添為還家中的借債，去屠宰場替劉禿頭
殺牛，並結識女扒手王秀枝。收養秀枝的養父養母對她不好，她乏
人關愛，流浪在外，不自覺養成扒竊的習慣，扒竊完後會良心不安，
但過一陣子又忍不住扒竊。王明添同情秀枝，決定娶她。秀枝養父
母開出苛刻的結婚條件，婚後養母慫恿秀枝去茶室，常向夫妻二人

33　〈一種笑〉，見《恍惚的世界》，頁 28、29。

予取予求，並誣賴他們偷了自己的金項鍊，就在養母怒罵要「宰掉你這死牛鬼」並擊打王明添時，他恍若置身屠宰場中：

> 突然他瞥見一把好長好亮的宰牛尖刀，對準自己飛舞著。那是誰？是劉禿頭？自己？還是秀枝的養母那個惡婦人？他完全混亂了。他抵抗了，他自衛了，那是一種反射的動作，絕對未經過思想或考慮的……。他又看見那對死死白白的水牛眼睛，他以最快的速度，揮動手中的小斧頭，向前面劈下……。[34]

被他砍傷的養母轉而攻擊秀枝，他見到秀枝驚嚇欲絕的目光，他「眼前突然浮現打滿自來水的水牛。那是求死不得、悲慘無告的景象。他已經淺顯地體悟到屠宰牲畜的嚴肅意義。」[35]於是他砍死養母，自己也陷入瘋狂中。誰才是真正的兇手？是被迫自衛的王明添？還是不健全家庭中不負責任、欺壓子女的養母？被宰的水牛，是無力反抗的子女，可憐無辜的受害者；屠宰牲畜的人，是威逼壓榨、沒有愛心的養父母。王明添在幻想自衛機制中將養母與屠宰牲畜者合一而犯下殺人的罪行，受害者變成加害人，是最可悲又無奈的結局。小說採用第一型的意識流，在王明添受養母攻擊時的幻想自衛機制中，同時帶入內心意識的描寫，把養母的惡形與水牛待宰的悲容聯想在一起，突顯了壓迫者與受害者的對立，也強化了王明添自

34　〈兇手〉，見《恍惚的世界》，頁104。

35　〈兇手〉，見《恍惚的世界》，頁105。

衛殺人的動機。弱勢的子女，被迫以血腥的方式對抗養母所代表的父權壓迫。

〈人的極限〉刻劃一對病態夫妻的婚姻悲劇，小說的敘事觀點在陳火山和戴綺紅夫妻二人間切換。陳火山是煤礦場的老闆，在事業發展如日中天之際，突然被人陷害至破產，自己也變成殘廢，妻子更一改新婚時的溫柔，對他惡言咆哮，極盡辱罵諷刺。敘事觀點轉至戴綺紅，揭開了陳火山事業和婚姻挫敗的內幕：原來戴綺紅當年謀害了陳火山的未婚妻素如而嫁得金龜婿，卻備受良心的譴責，遂以更多的惡行來解除先前的惡行，包括辱罵和折磨沒有脾氣的陳火山、並串謀情夫搞垮他的事業，還合理化自己的惡行：

> 反正連自己都認為是天下第一狠毒女人了，還有什麼不安呢？況且他愛的是當年的素如死鬼，自己不過是填空缺而已，至於現在想起來，和他結婚，到目前為止，他還是那樣默默承受，全無骨氣，連象徵性反抗都沒有！這樣反而覺得滿懷委屈，被人冷落一旁似的。[36]

戴綺紅是加害人，卻以解除和合理化的自衛機制消除良心的譴責，變本加厲地成為一個可怕的惡婦。陳火山得知真相後，卻沒有勇氣報復，直到目睹戴綺紅和情夫發生爭執，互相攻擊而死，他竟向推事謊稱兩人是自己所殺，平靜的接受死刑的判決。陳火山是無辜的受害者，卻冒充犯罪的加害人，以此證明自己有能力報復，不啻是

36　〈人的極限〉，見《人的極限》，頁23。

一種出於父權價值的男性尊嚴之維護。陳火山和戴綺紅無疑都有病態的人格，但導致此一悲劇發生的源頭，應是「女性須嫁高人一籌的丈夫」這個傳統的擇偶觀在作祟。小說中曾描寫素如向女伴們炫耀自己將嫁給大煤礦的老闆，並安慰戴綺紅憑其美貌才華，一定可以嫁給超過陳火山十百倍的男人。戴綺紅受刺激而動了搶奪陳火山的念頭：「在學校，到社會，戴綺紅的才貌又輸過誰來？將來嫁丈夫，能不高人一籌？而目前認識的人裡，陳火山倒是唯一配得上的一位──雖然沒有響亮的文憑，這白手成就的事業就夠了……『我為什麼不能擁有他……』不甘不服之心油然昇起。」[37]於是她趁素如出遊失足時將其推下山崖。

　　戴綺紅認為女人一定要嫁高人一等的丈夫，這種擇偶觀就是父權價值的體現，男性的經濟能力和社會地位愈高，愈能擔負養家的責任和支配女性的權力。戴綺紅正因想嫁給條件好的陳火山，認為他才配得上自己，遂謀害了情敵素如，又為了消除良心不安而造成其後一連串的惡行，也使陳火山軟弱的性格不斷得到深化，他為了逃避自己懦弱的事實，遂以說謊來自欺。「人的極限」就是人的良心和勇氣墮落的極限，這椿婚姻悲劇背後隱藏的是受制於傳統擇偶觀而生的一念之差，毀滅了兩個原本不該墮落的男女。小說中沒有運用意識流手法，屬於傳統的心理描寫，對戴綺紅的解除和合理化自己惡行的瘋狂行為，刻劃得十分驚心動魄。

　　〈德星伯的幻覺〉則是兄長作惡，卻要弟弟來承擔，導致弟弟產生病態幻想的人格，小說以第三人稱為單一敘事觀點。劉德星和

37　〈人的極限〉，見《人的極限》，頁20。

寡居的大媳婦阿村英及孫子同住，鄉霸癩頭義垂涎阿村英的美色，竟誣賴德星伯對媳婦有非分之念，是個扒灰佬。癩頭義便是以投射的自衛機制，將自己的不軌企圖投射在德星伯身上，以諉過自保。德星伯氣極，不禁想起了年輕時的往事：妻子阿春，未過門前已被自己的大哥德全污辱，德星替大哥收爛攤子，娶了阿春，卻為了「我是撿人家的破爛」的傳統觀念而耿耿於懷，於是他透過潛抑和幻想的自衛機制，一面排除妻子被大哥侵犯的記憶，一面幻想阿春婚前是被自己所污辱。而癩頭義謠傳德星伯扒灰，使得鄰居和德星伯的兩個兒子都懷疑起德星伯，連德星伯自己也質問自己：「我？我到底有沒有過那個天殺的念頭？」某夜癩頭義強暴阿村英未果，卻誣指是德星伯所為。德星伯的舊創新傷一起爆發了：

> 阿春？（阿村？）村英？（阿春？）哦。不！那年？（那晚？）喔喔。怎麼啦？（是這樣。）我（他──大哥禽獸。）我？（他癩頭義那個畜牲。）調戲（調戲。）誘姦？（強姦？）強姦？（扒灰？）我？他？他？她？她？村英（阿春。）我的妻子（我的大媳婦）（我的？）……我？他？我？他？她？她？我他？他她？我她？我她？我她，我她！調戲？誘姦？強姦？扒灰？調戲扒灰？誘姦扒灰？強姦？扒灰？扒灰？扒灰，扒灰！我不！我不！我不，我？不！不！不，不？是？我是？我是！是我！哦哦，是我！是我強姦了她，我娶了她。她？她是我妻子阿春！哦不！阿村？阿村，阿村英！不是我妻子，我的大媳婦，可憐的寡婦人家。我，我強姦了她，我扒灰！我扒灰啊！扒灰！禽獸畜牲！我！「我──劉德

　　星，我是扒灰佬！見不得人的！」[38]

　　這一段德星伯內心的意識流，採用了平行並列結構，透過回憶倒敘，回溯出心理壓力的原因，往事與心理壓抑就形成因果關係，這種手法類似心理醫生誘導病人，透過回想歸返過去的創傷[39]，從這樣的並列中我們可以了解德星伯壓抑的創傷及原因：過去的大哥誘姦阿春，對比現在的癩頭義強暴阿村英；德星伯為大哥善後娶阿春並自認強暴阿春，現在又因癩頭義的誣告而自認扒灰。新傷觸動舊創，德星伯再次潛抑記憶並幻想自己犯下了罪行，是可恥的扒灰佬，爬上橋的欄杆意圖自盡。我們看到德星伯在面對外人不義的壓迫時，採取了轉向自己的因應模式，認罪並譴責自己，引起了嚴重的自我破壞。德星伯是一個善良的人，卻因為承受不了「撿破爛」的事實和「扒灰」的流言，出現潛抑記憶和幻想犯罪的病態行為，再將所有指責轉向自己，而真正該被譴責的肇事者德全和癩頭義卻置身事外。兄罪弟承和撿破爛的思想，都是一種偏差的父權價值，由於德星伯性格的軟弱，使他無力堅持清白和不公不義對抗，導致幻想犯罪和自我譴責的扭曲心理，成為悲劇的犧牲者。

　　從上述的討論可以發現，父權體制所賦予的倫理關係是一種權力支配關係，不管生活在鄉鎮或都市的人們都受其影響，如〈一種笑〉和〈兇手〉中（養）父母對子女（婿）的責罵和索求無度，造

38　〈德星伯的幻覺〉，見《人的極限》，頁 215。

39　李喬的平行並列結構可參考賴松輝對李喬小說的分析，見〈現代主義與李喬早期的小說〉，收入姚榮松、鄭瑞明主編《李喬的文學與文化論述：第五屆台灣文化國際學術研討會論文集》下冊。

成子女哭笑不能的生理病態、扒竊和被迫殺人的過失；〈德星伯的幻覺〉中的兄長犯錯，卻要弟弟善後，造成弟弟的潛抑記憶、幻想犯罪和自我譴責；〈人的極限〉中丈夫優勢的經濟地位，卻種下妻子謀害人命、外遇出軌的罪行。其中偏差的父權價值，如「撿破爛」和「以高經濟地位爲主的擇偶觀」則扭曲了主角的人格，不論男性和女性，都成爲父權價值下的受害者。小說人物以替代、幻想、潛抑、解除、合理化、轉向自己等自衛機制形塑了病態人格，並透過病歷表、平行並列結構等意識流的獨白手法，深刻呈現了偏差的父權價值與各種權力關係中失衡的父子、夫妻和兄弟情誼。

五、結語

　　本文主要探討李喬早期的短篇心理小說創作，以一九六八到一九七三年間集結成的短篇小說集《人的極限》和《恍惚的世界》爲主，這個時期的李喬受到現代主義的影響，將心理學的知識和意識流的技巧運用於小說中，刻劃了台灣在六、七〇年代工業化初期的人的心理問題。用心理小說的形式反映現代人的精神病態與苦悶，在李喬的作品中達到了形式與主題的統一，也可看到李喬並非盲目追逐現代主義潮流，而是切實地捕捉到工業化所帶來的各種焦慮和問題。

　　在本文討論的短篇心理小說中，我們看到李喬使用補償、替代、退化、潛抑、幻想、解除、合理化、轉向自己等自衛機制，刻劃了現代人的消極逃避、異常心理和病態行爲，同時結合自由聯想、夢語獨白、病歷表等意識流手法，展現人物的白日夢或病態幻

想。小說中人物的舉措，有些尚屬正常人的挫折反應模式，如〈蜘蛛〉、〈四十歲的球〉、〈裸裎的夢〉、〈老何與老鼠〉；有些則到達身心病態扭曲的程度，如〈飛翔〉、〈人球〉、〈人的極限〉、〈德星伯的幻覺〉、〈一種笑〉、〈兇手〉，觀之令人心驚。

　　而造成現代人身心創傷的問題根源，則著重於兩個面向：一是工業社會中僵化的工作與婚姻，使都市男性爆發中年危機；二是偏差的父權價值與各種權力關係，造成失衡的倫理情誼。以李喬小說中關切的都市中年男性而言，中年危機的產生來自於僵化的人生規範（工作、婚姻和家庭束縛）和對衰老的恐懼，使之萌生厭倦抗拒之心，輕者以白日夢來逃避，重者則得了怪病；不論是逃避之後仍得面對現實，還是身心重症難癒，都揭露了現代機械生活的可怕和人生重擔之沉鬱。

　　另一種問題是偏差的父權價值和權力關係，所導致的鄉鎮男女病態人格，顯示了倫理情誼的失衡。在父子、養母女（婿）、夫妻、兄弟的關係中，出現了權力支配的現象，形成父罵子、養母欺女（婿）、妻害夫、兄累弟的失衡狀態，受害者多是性格較懦弱的一方，往往承受不住現實壓力或對方的威逼，釀成身心病態、自戕或殺人的結局；而加害的一方多半有著價值偏差，無法調適而演出種種病態人格，害人亦害己。受害者和加害者的角色有時也會互換，形成微妙而複雜的關係。

　　總結言之，李喬短篇心理小說的重要價值，就在於它將心理學與本土素材巧妙融合，全面地刻劃了現代人的生活壓力、父權價值偏差以及各種權力關係下的病態人格，反映了戰後台灣工業化初期的人的心理問題，落實了現代主義文學的本土化，並藉著對人物身

心病態的展現，控訴現代社會中人生規範的僵化和倫理情誼的失衡。他的小說彷彿現代人的病理解剖室，促使我們對宰制人類自由的人生規範、父權價值與權力關係進行反省，這也正是李喬短篇心理小說所寓含的深層批判。

新世代自我困境的思索

自我困境與抵抗異化

──現代主義在新世代小說中的呈現

一、前言

　　現代主義文學在六○年代的台灣曾經盛極一時，不過其主流地位在七○年代後被鄉土文學所取代。八○年代中期至九○年代，台灣資本主義的深化加上解嚴的效應，漸漸向民主和多元的社會轉型。在文學思潮上，後現代主義的提倡與後殖民主義的引進，使得去中心和多元身分認同成了九○年代之後台灣文學的主要議題。[1]文學思潮和社會轉型互相激盪，令九○年代之後的台灣社會，邁向了去威權化和高度的資本主義化。

　　除了性別、族群、國家認同等問題受到重視，資本主義產生的問題也不斷浮現，包括現代科技體制的單一化和機械化、日常生活的工作、家庭和婚姻模式的單調重複、流行資訊和消費文化的氾濫

1　有關於後現代和後殖民思潮在台灣的引進及其所產生的效應，可詳見劉亮雅，〈後現代與後殖民：論解嚴以來的台灣小說〉，收入其所著，《後現代與後殖民：解嚴以來台灣小說專論》（台北：麥田，2006）。

膨脹等等；這些情形造成了如同西方現代主義所批判的個人主體喪失、人際疏離異化等生存的困境。而在後現代和後殖民浪潮席捲下的台灣文學，是否也對這些情形有所回應？毋寧是一個值得探討的問題。如果六〇年代的現代主義文學有理念先行的味道，旨在促成台灣社會與文學的現代化，作家們挑戰的是傳統社會的體制與觀念；[2]那麼相對於此，九〇年代之後的台灣文學對自我喪失和異化問題的關注，則是對於資本主義社會現況更直接和具體的反映。

　　另一方面，現代主義在七〇年代以後的發展變化情形如何，同樣是個耐人尋味的問題。從某些角度看，現代主義在鄉土文學、後現代主義、後殖民研究等一波波新思潮的覆蓋下，似乎日趨式微，但也有學者認為現代主義並未被繼起的新思潮完全埋葬，而是持續存在並發揮一定程度的影響力。例如張誦聖便認為，現代主義在七〇年代雖不再獨領風騷，但現代主義的小說技巧卻已扎根成為當代通行文學符碼的一部分；除了新興的都市作家深受其潛移默化，部份鄉土作家也未脫離現代派的創作形式。[3]然而除此之外，是否存在第三種可能性，即現代主義其實一直持續在發展變化，只是在不同的時代與不同的文學主流相混融？

　　本文認為，九〇年代之後的所謂「新世代小說」中的某些作

2　可參柯慶明，〈台灣「現代主義」小說序論〉，收入其所著，《台灣現代文學的視野》（台北：麥田，2006）。

3　見張誦聖，〈現代主義與台灣現代派小說〉，收入其所著，《文學場域的變遷：當代台灣小說論》（台北：聯合文學，2001），頁 19。

品，[4]相當程度地對上述兩個問題提出了解答。本文所選擇的觀察對象，主要是袁哲生（1966-2004）、朱少麟（1966-）、駱以軍（1967-）、成英姝（1968-）、賴香吟（1969-）、黃國峻（1971-2003）、張惠菁（1971-）、伊格言（1977-）和童偉格（1977-）的作品。這些作品有兩個值得注意的特點，一是它們相當程度地受到後現代思維的影響，但又不完全認同後現代的某些現象，二是它們在主題意識和技巧上其實都相當程度地呼應了現代主義的精神。

　　後現代主義和現代主義之間有某種延續和斷裂的關係。現代主義作爲資本主義和工業社會的美學運動，關注啓蒙理性和科技體制所造成的人的扭曲，反抗工業化與理性化的異化面向，在藝術中尋求創造性的自我實現。後現代主義則是現代主義的延伸和轉型，布希亞（Jean Baudrillard,1929-2007）、李歐塔（Jean-Francois Lyotard, 1924-1998）、哈維（David Harvey,1935-）認爲後現代是電腦和傳

4　關於新世代（或稱新生代）的名稱，高天生、朱雙一、黃凡和林燿德都使用或定義過，如黃凡和林燿德在《新世代小說大系總序》的說法：「所謂新世代……換言之，就是一般而言『戰後第三代』以降的小說作者群。……既有別於接受日本教養的老一代台籍作家，也不同於渡海來台，擁有大陸經驗的作家。他們成長的過程正是台灣工業化、都市化的過程，完整地誕生在資本主義的下層結構中，出生於一九六〇年代以後的新世代更被全島都市化的資訊系統所包容。」（台北：希代，1989）。而李瑞騰在〈九〇年代崛起的新生代小說家〉（收入陳義芝編《台灣現代小說史綜論》，台北：聯經，1998）則指出了活躍在九〇年代的一群比戰後第三代更年輕的新世代作家，他們出生在一九六五年之後，從各大文學獎嶄露頭角，可視爲戰後第四代作家。今日所稱的新世代當指戰後第四代作家，本文探討的對象亦以戰後第四代作家爲主。

播技術、資訊及知識新型態的發展，詹明信（Fredric Jameson,1934- ）則將後現代視爲資本主義更高階段的發展、更深刻的全球性資本滲透與同質化。這些發展使後現代產生了不同於現代時期的主體性經驗與文化模式。比如後現代主義認爲所有對於世界的認知再現都受到歷史和語言的限制，因此質疑必然的眞理，以及某種知識和社會的一致性、普遍化和總體化。他們也不相信現代所預設的理性統一的主體，而偏好一種去中心（社會及語言）的、片斷的主體。[5]

伊哈布・哈山（Ihab Hassan,1925- ）曾將現代主義和後現代主義作對照，指出兩者主要的觀念區別爲：現代主義重視創作的目的與形式、重獨創性、體裁邊界分明、陽物中心等等，後現代主義則是遊戲性和反形式、反創造、解構、互文和雙性的等等，[6]可以發現後現代強調的是差異與多元，鬆動中心、破除二元對立的框架，主張跨界與混雜，也更向零散化、扁平化和通俗化靠攏。

現代主義和後現代主義還有另一項重要差異，那就是對於自我和主體的看法。現代主義相信某種本質性自我的存在，以自我爲世界中心而建立「現代主體」，例如沙特（Jean-Paul Sartre,1905-1980）的存在主義便將人的存在視爲不斷自我創造又自我超越的過程，由此突出人的主體性。[7]「現代主體」乃是一個能賦予世界意義又富

5　可參考 Steven Best ＆ Douglas Kellner 著，朱元鴻等譯，《後現代理論：批判的質疑》（台北：巨流，2005），頁 19-22。

6　詳細的列表請參酌伊哈布・哈山著，劉象愚譯，《後現代的轉向：後現代理論與文化論文集》（台北：時報文化，1993），頁 153-154。

7　存在主義是現代主義眾多流派中一個極重要和影響巨大的思潮，它對主體的自我創造、自由選擇和抵抗集體化壓迫的主張，以及對現代主體孤獨荒

於創造力的能動的自我，它試圖在社會體制的壓迫與變動失序中維護和強化自我，建立強大的思想主體作為抵抗異化的憑藉。相對於此，後現代主義則解構了本質性的自我，認為自我只是社會文化的建構，並非本質性的存在，因此「現代主體」成為啓蒙和理性的虛構物，「後現代個體」取代了「現代主體」，主體被溶化了，自我愈來愈成為一種構造物，是各種規範體系的結果。[8]正如傅柯（Michel Foucault,1926-1984）認為主體是各種權力關係的構成而非既定不變的人類本質；布希亞更指出主體已成為擬像（simulation），透過模型去認識和生產真實，而不需要原物或實體。於是後現代的自我也在各種影像和資訊的穿透下消亡，成為扁平和零散的個體，無力對抗異化。[9]

　　詹明信也指出，現代主義和後現代主義的一大不同，就是現代主義面對外界變動時，存在一個焦慮的中心化的主體，在焦慮中仍有自我，想縮回到自我裡保持自我的完整；然而在後現代主義的「耗盡」（burn-out）裡，連續的工作和體力消耗使人完全垮了，人成了「非中心化的主體」，已經沒有自我的存在了。自我無法統一，沒有一個中心的自我，也沒有任何身分。因此後現代的病徵是零散

謬的存在感受的刻劃，成為現代主義流派中一面鮮明的旗幟，可以說是現代主義重要的精神骨幹，對台灣作家的影響也很大。本文所談的現代主義在許多方面都和存在主義有很大的交集性。

8　參考張國清，《中心與邊緣：後現代主義思潮概論》（北京：中國社會科學，1998），頁120。

9　可參黃瑞祺，《現代與後現代》（第二版）（台北：巨流，2001），頁120-121。

化，主體的疏離異化已經被主體的分裂瓦解所取代。[10]我們看到，現代主義的困境是必須以個人力量（中心化的主體）對抗體制壓迫和異化危機，後現代主義的困境則是個人的力量消失了，自我和主體成為分裂和被建構的產物，無力反抗。

　　台灣的社會自解嚴以後，政治上的去威權和民主化，以及媒體解禁和資訊的爆炸，商業化、消費化的加深與資訊化的普及，使得台灣社會也出現了後現代主義的文化情境，例如大敘述的崩解、資訊和消費化對主體的宰制和解消等等，而新世代作家成長於八○年代、活躍於九○年代以後的台灣文壇，正是資本主義在台灣高度發展的時代，在後現代的商業文明裡，所有嚴肅的意義都面臨解構的危機，新世代作家因此難以對某種價值有堅定信仰，消費的熱情取代了對政治的關心，探索自我的興趣遠高於思辯文化或社會問題。[11]學界一般也認為，新世代小說多半受到後現代主義的影響，表現出一種迷失、虛無或遊戲的傾向。

　　但若我們從現代主義和後現代主義的上述脈絡加以觀察，則會發現本文選取的新世代小說對於自我、主體和異化問題的探索，並不完全採取後現代的立場，而是某種程度地呼應了現代主義。這些作品有幾個特點：第一，在關於自我的看法上，這些作品表現出兩

10　可參詹明信著，唐小兵譯，《後現代主義與文化理論》（台北：合志文化，1994），頁 207-208；〈晚期資本主義的文化邏輯〉，收入詹明信著，吳美真譯，《後現代主義或晚期資本主義的文化邏輯》（台北：時報文化，1995），頁 34。

11　可參徐國能，〈孤獨自語或浪跡天涯：新世代散文觀察〉，《文訊》230期，（2004.12），頁 35。

種態度，一是不質疑自我的存在，關注自我所遭遇的困境，並設法尋求某種出路；二是雖然質疑自我的存在，但並未根本放棄對於某種主體性的深層信念，只是以徬徨摸索的姿態企圖保留某種自我的存在感。第二，對於使自我破碎化的異化問題，這些作品並非全然消極以對，而是採取了各種新策略進行抵抗。第三，在美學技巧上，這些作品雖然有部分受到後現代主義的影響，但它們也吸收了現代主義技巧，從而呈現出一種混融了現代主義和後現代主義的美學風格。

如果從現代主義的角度切入，便可看出這些新世代小說所具有的獨特且重要的意義，例如對於自我問題及自我困境的關注、對於高度資本主義社會裡的異化形態的試圖抵抗，這些其實也正是現代主義的主要關懷。不過，新世代小說已經不存在現代主義式的強大的中心化自我，但亦未盲目附和後現代主義對自我與主體的根本解構，他們對異化的抵抗或許微弱，但猶有掙扎反思，可以說這些新世代小說是處於後現代的困境之下，卻不甘俯首聽命，而想努力為自我尋找出路，在主題意識和美學技巧上，他們呼應了現代主義卻又混融了後現代主義，因此呈現出一種雜匯的面貌。

在本文的以下部份裡，「新世代小說」一詞均指前述的那些作品，而不是指所有的新世代作家作品。在第二節裡，筆者探討新世代小說對於自我困境和有關自我的各種不同態度，論證指出新世代小說對自我困境的反思與現代主義的相關性。第三節討論新世代小說抵抗異化的新策略，並將之與現代主義抵抗異化的方式加以對照。第四節則分析新世代小說在美學技巧上混雜現代和後現代的情形，最後再做出總結。

二、自我困境之反思：自我隱閉／解消 與主體性的追尋

　　新世代小說中對於自我或主體的看法，是一個重要的問題。這些作品對於自我的看法大致可分爲兩類，一類是不質疑自我或主體的存在；另一類則質疑自我或主體的存在。前一類看法反映在袁哲生、賴香吟和伊格言的作品裡，後一種看法則反映在張惠菁的作品中。駱以軍似乎兼有這兩種看法。以下我們分別探討這些作品本身的特點。

　　袁哲生作品裡的主要關心，是自我作爲一種隱藏封閉的存在，以及由此一處境所產生的困境。[12]他的小說常見鄉土背景和童年經驗的刻劃，其中預示了存在主義式荒謬孤寂的雛型，描寫出人物的孤獨與生命虛耗的本質。[13]在〈寂寞的遊戲〉中，男主角發現人的

12　本文將此困境稱為「自我隱閉的困境」，強調自我的隱藏封閉的狀態，以及所產生的人際疏離與溝通障礙。在新世代小說中，這種自我隱閉的困境十分特出，小說主角常將自我封閉起來，不與外界溝通，有些是出於維護自我的需要，有些則因此陷入孤獨迷惘的深淵，他們共同的問題都是無法與人溝通。由於有某種自閉的成分，因此本文使用主動性較強的「隱閉」而非僅被動受遮蔽的「隱蔽」。這種自我隱閉的狀態可能與新世代的成長背景有關，因為家庭結構轉型為小家庭，新世代通常遠離祖父母，加上父母忙於事業，新世代便容易與家族疏離，造成自我的隱閉；而後現代強大的擬像統治，也使自我隱閉／隱蔽的狀態更形嚴重。

13　這是范銘如和陳國偉的看法。見范銘如，〈放風男子與兒童樂園〉，收入其所著，《文學地理：台灣小說的空間閱讀》（台北：麥田，2008）；陳國偉，〈時針劃過生命的荒原：袁哲生與黃國峻的小說〉，見《台灣文學館通訊》，（2004.6）。

記憶最幽暗的部分都和寂寞有關，他自己最幽暗的記憶則是童年時代的捉迷藏遊戲：「我看見自己用一種很陌生的姿勢躲在一個寂寞的角落裡，我哭了。」[14]玩伴看不見主角的藏身之處，面無表情、眼神空洞，對主角視而不見，兩人彷彿隔著兩個星球的漫長距離，每個人都是一種隱閉的自我，對他人的存在視若無睹。男主角並改編了司馬光打破水缸的故事：司馬光堅持尋找失蹤的玩伴，打破水缸發現其中躲藏的小男孩竟然和自己長得一模一樣，「司馬光怔在原地，不知該如何面對自己……。」[15]這是認識自我真相的一則隱喻，最後被發現的自我，其實是一個隱藏封閉在水缸中的自我。

　　隱閉自我的主要困境，是與其他隱閉自我的溝通問題。在另一篇小說〈送行〉中，透過火車站的一個逃兵被兩名憲兵銬住的場景，帶出了逃兵的父親和弟弟（小男孩）、問路的老婆婆、少婦和小女兒及丈夫等人物，還有一連串溝通無效的情節：父親想替逃兵兒子穿上襯衫而未果，老婆婆問路卻不得要領，少婦和丈夫溝通卻失敗，小男孩約同學打棒球也被放鴿子，接電話的小女生說她和他要找的人早就沒有說話了。小說中的每個人都是隱閉的自我，人際關係是疏離而冷淡的，想和對方溝通的人是無望而徒勞的，彷彿手銬所發出的寒冷光澤，「感覺像一堵牆。」[16]所有人物都陷入僵局，時間虛耗、徒勞無功。小說中出現的白蟻，不斷撞擊燈罩而落地折翅，也呼應著此種徒勞的僵局，白蟻則是夢想與現實差距的嘲弄象

14　見袁哲生，〈寂寞的遊戲〉，收入袁哲生，《寂寞的遊戲》（台北：聯合文學，1999），頁21。

15　見袁哲生，〈寂寞的遊戲〉，頁66。

16　見袁哲生，〈送行〉，收入《寂寞的遊戲》，頁98。

徵。[17]然而袁哲生安排了一場白蟻啃光車頂、啃食乘客並爬滿憲兵身體致使憲兵拔槍射擊的超現實想像，似乎暗示了夢想只能以毀滅性的反撲與冷酷現實對決。

　　袁哲生點出了當代生活裡自我作為隱閉存在的處境，以及由此處境產生的溝通困境。對於此一困境，他似乎並非消極以對。在〈送行〉裡，小男孩回到學校，所有故事沒有開始也沒有結束，一切似乎只是原地踏步，但小男孩幫忙照顧少婦的女兒及他對未來的朦朧憧憬，卻為這個徒勞絕望的人際僵局帶來了一絲光明。可以看到，袁哲生似乎不甘於接受隱閉自我，而嘗試點出突破此一困境的可能性：即勇於開放自我、實踐自我。正如〈寂寞的遊戲〉中以阿姆斯壯乘火箭登陸月球、吳剛揮巨斧伐向桂樹為喻，暗示了自我的追尋需要勇氣，否則只能隱閉自我，與人隔絕，不斷重複寂寞孤獨的命運。袁哲生的此一態度，透顯出他對自我的某種信念，以及對於打破隱閉自我與溝通困境的希望。就此而論，袁哲生和現代主義關於自我的看法頗有相通之處。

　　和袁哲生相比，賴香吟和伊格言代表了另一類型。後者雖然也相信自我的存在，也關心溝通困境，卻和前者有所不同。在袁哲生那裡，是隱閉自我導致了溝通困境。在賴香吟和伊格言那裡，則是語言本身的困難造成了溝通困境；不僅如此，語言甚至威脅到主體的存在。賴、伊的這種看法，反映出受到後現代主義影響的痕跡（賴

17　見廖淑芳，〈一則關於夢與超越的現代寓言：閱讀袁哲生「送行」〉，《水筆仔》第五期，（1998.6），頁22。

香吟還受到女性主義和後殖民主義的影響）。我們先看一下賴香吟
的作品。

在〈翻譯者〉裡，賴香吟明確地以「翻譯」指涉溝通，點出了
人與人之間的翻譯關係──人生的一切都是翻譯的，夫妻的理念不
同需要翻譯、女兒不了解父母的想法需要翻譯、甚至自我的表達也
需要翻譯：「我們全都生活在一個翻譯的過程裡，不只是語言，連
行為連價值連理想，我們全都說不出來自己的心意。」[18]小說以翻
譯的困難指涉溝通的困境，夫妻、父女之間無法溝通理解彼此，最
後連表達的欲望都放棄。女主角是一名翻譯者，她的父親熱衷政治
反對運動，母親則是藝術家兼翻譯者，互不認同對方的理念且相繼
去世，女主角試圖了解父母的歷史，以虛構的人物 W 來追溯母親
的內心，並與自我相呼應。女主角和 W 都有自我追尋和表達的欲
望，可惜終究徒勞，「被不能明確翻譯之物所苦擾」。[19]她藉由 W
反省翻譯的無力：

> 像是覺悟到了自己翻譯者的身分，她想原來她生活著只是依
> 恃翻譯的方法，翻譯別人的語言，翻譯自己的語言，翻譯自
> 己的姿態啊，她蹲下來緊緊地抱住我說：（妳知道嗎，我們
> 就是這樣停不下來地翻譯再翻譯⋯⋯）（它不過是一種技術
> 啊，然而我們一生都在學這個技術，這個需要客觀需要文法

18　見賴香吟，〈翻譯者〉，收入賴香吟，《散步到他方》（台北：聯合文學，
　　1996），頁 115。
19　見賴香吟，〈翻譯者〉，頁 69。

需要倫理的技術……） [20]

W 努力學習翻譯的技術，但是卻感到自我無法被語言所翻譯和表達，遂緘默以對；女主角亦與之同感，她不願開口說話，長期裝作啞人，將自我隱閉起來。

〈翻譯者〉所深刻描述的溝通困境來自翻譯困境，而翻譯困境其實來自語言本身。小說女主角放棄溝通的根本原因其實是不相信語言，更準確地說，是不相信男性主導的父權語言秩序。

在小說中，女主角雖然想表達自我，但她在想表達自我的時候「老是寫錯字，要不就是用錯標點符號，我的文法奇怪，因為我的句子總是太長，總是把不相稱的詞類放在一起。」[21]劉亮雅曾從女性主義和後殖民的角度指出，翻譯者意識到翻譯不只涉及語言的各個不同語境，也涉及語言內在的父權倫理秩序，女主角和 W 在父權語言秩序下選擇沉默，是抗議父權語言秩序抹煞女性的異質性，批判了反對運動國族主義的男權中心，同時也隱喻了台灣經歷不同殖民政權的瘖啞狀態。[22]如果從此一分析出發，則可以看到，在〈翻譯者〉中，女主角其實有一個受到壓迫的女性自我，無法被語言所完整表達，為了堅持此一自我的獨立性，她放棄了語言，或使用怪句子說話，在這裡，女性自我既是父權語言秩序的受害者，同時也

20　見賴香吟，〈翻譯者〉，頁 85。

21　見賴香吟，〈翻譯者〉，頁 105。

22　見劉亮雅，〈跨族群翻譯與歷史書寫：以李昂「彩妝血祭」與賴香吟「翻譯者」為例〉，收入柳書琴等主編，《後殖民的東亞在地化思考：台灣文學場域》（台南：國家台灣文學館，2006）。

是抗拒者。從女性自我的立場出發，賴香吟質疑了語言背後的性別權力結構，並且以抗拒父權語言的另類語言努力表達自我，這種對自我的堅持與對異己力量的抵抗，其實正呼應了現代主義精神。

更年輕一輩的新銳作家伊格言，同樣關心自我與溝通困境的問題。不過他對於此一問題的理解又和賴香吟有別。賴香吟雖然認為翻譯困境的根源在語言，但她似乎只質疑父權語言秩序，並沒有根本質疑語言可作為自我表達的工具，因此她的小說女主角仍努力要以另一種語言表達自我。相對於此，伊格言卻似乎認為，語言不僅不能作為表達自我的工具，反而會威脅到自我的主體性。這個看法顯然受到後現代主義的影響。

後現代主義認為，語言並非主體賴以相互溝通的工具，反而是解消主體的力量。傅柯便指出，主體沒有自作主宰和自我表達的力量，主體只是被話語和權力關係所塑造的產物。塑造主體經歷的最重要的力量之一就是語言。我們只能用語言向別人解釋我們的想法和感覺，我們也只能用語言來理解事物並自我解釋，從這個角度說，人的存在方式即是語言，它塑造了我們自身，也塑造了我們對世界的理解。但語言實踐卻不是孤立的個體行為，它受到社會環境、文化傳統和公眾輿論等多種因素的影響，社會的壓迫也因之嵌刻在所有語言之中，社會性的話語不但外在地塑造了我們的主體性，而我們也利用這些話語來內在地規範自身。[23]因此語言對主體的模塑其實是導致了主體性的消亡。

23　見李楠明，《價值主體性：主體性研究的新視域》（北京：社會科學文獻，2005），頁 129。

　　從後現代主義關於語言和主體性的觀點出發，我們更可理解伊格言對自我與溝通問題的看法。在伊格言〈虛稱作者回函的小說〉中，敘述者「我」是一個懶得說話、獨自隱居在山間小屋的作家，以虛擬的讀者來函與自我展開對話，帶出一連串對自我意義的思索。小屋如同一座孤絕的島，隔離了外在的世界，使自我得以浮現：

> 照見島嶼的孤絕，需要的是獨立於島嶼之外、自身心境的切
> 裂，像是一種懸吊在夜空中的冰冷視角。真正內化的材質無
> 從援引，唯有獨立的荒寒才是可能得見的座標。而我獨立於
> 島嶼之外的荒寒，又和你有著什麼樣的區別呢？[24]

此處的荒寒顯然是自我意象之投射。不過更值得注意的其實是這種荒寒（自我）的特質。在小說裡，伊格言宣稱荒寒是一種「獨立於這山林之外的切裂，無關乎所謂的文明與原始」，它「獨立於文明和野蠻之外」，[25]這種荒寒（自我）具有獨立性質，它存在於逸出城市與山林、文明和野蠻的冷僻空間，即是一種本質和本真，而且需要以隱閉的方式來抗拒語言文字對自我的建構。小說中的敘述者「我」拒絕溝通，不願和來訪的女編輯 X 說話，對語言文字反感：「我很高興她來，但還是一樣不大喜歡和她說話，甚至變本加厲地抗拒溝通。……或許我已然對文字或語言愈來愈反感了。那是文明

24　見伊格言，〈虛稱作者回函的小說〉，收入伊格言，《甕中人》（台北：印刻，2003），頁 88。

25　見伊格言，〈虛稱作者回函的小說〉，頁 92、93。

嗎？我想是的。」[26]敘述者「我」認爲語言文字是文明的產物，因此抗拒語言文字對自我的建構，這裡可以看到後現代的語言和主體之關係，敘述者「我」正是爲了維護自我的獨立完整，才拒絕以語言進行溝通。敘述者「我」並進一步反思荒寒（自我）的不可言述和不可相互理解：「未明的荒寒再生出荒寒，空間之外又有空間，其間收藏的譯文展現著不同的形式，甚至有著無以計數、彼此互異的語言？」[27]這裡點出語言無法翻譯完整的自我，不同的自我更不可能以語言互相溝通理解，因此溝通是無益的。小說最後，敘述者「我」被迫離開隱居的小屋，回到了城市，代表了自我的失落（遺落荒寒），小說並暗示，遺落荒寒就等於失去了獨立價值，易於被文明或各種思維所收編。

　　伊格言和賴香吟一樣，看到了語言對自我的建構性而加以反抗，賴香吟抗拒的是語言的陽物中心和父權秩序，並試圖摸索女性語言表述的可能性；伊格言則抗拒語言作爲文明體系的操控形式，從根本上棄絕表述和溝通。他們寧願作爲隱閉的自我，質疑語言，放棄溝通，以示抗議。

　　以上分析的袁哲生、賴香吟和伊格言的作品，我們可以看到，同樣相信自我的存在，袁哲生是因爲自我的隱閉而產生溝通困境，想要表述和開放自我，重啓溝通；賴香吟和伊格言卻是因爲意識到語言對自我的建構性，特意隱閉自我，棄絕溝通，以維護自我的完整性。因此，自我的隱閉可以是主體迷失和溝通困境的根源，需要

26　見伊格言，〈虛稱作者回函的小說〉，頁92。

27　見伊格言，〈虛稱作者回函的小說〉，頁94。

重新去開啓、認識和實踐；也可以是存乎於心、不言於外的主體堅持，不願被語言所模塑操控，而情願棄絕溝通。這兩種姿態的共通性就是肯定自我的存在，或者力求突破此一自我的困境，或者致力於維護其主體性的完整，這便是現代主義精神的延續。而賴香吟和伊格言對於語言建構自我的完整性和合理性保持警覺，拒絕被語言代表的體制文明收編，則是受到後現代觀念的影響，從這裡又可看到新世代小說消化後現代主義的痕跡。

但是，新世代作家中還有另一派是對自我產生了懷疑論：若進一步解消自我的存在，那麼主體將何所依憑與建立？這就產生了徬徨漂浮的失根困境，張惠菁的作品可以作爲代表。她一方面對現代主義式的自我表示質疑，另一方面則描述了後現代社會裡自我消失的情形。在〈蒙田筆記〉裡，張惠菁藉由一個女研究生揣想文藝復興時期法國的懷疑論者蒙田在隱居中鞏固自我的過程，提出了對現代主義式自我的懷疑。蒙田所代表的現代主義式自我，藉由隱居來確定自我的面目。隱居可以與世俗隔絕，使他保持自我的完整與不變。而這個恆定不變的自我，乃是蒙田理想型自我的投射。他想像並自以爲是地繼承父親的隱士命運，卻在發現父親並未終生隱居的秘密後頓感自我價值幻滅。自我所形塑的父親形象既無法成立，與之相連的理想自我形象亦隨之崩解。經由張惠菁的此一揭露，現代主義式的自我只是個人的理想性虛構。

此外，張惠菁又藉著女研究生對其朋友胡媛媛的自我認知所做的分析，呈現了後現代社會中的自我處境。胡媛媛在紫微斗數、心理測驗、彩妝保養等資訊中認識自我，「心理分析替她畫出的個性型類，命相替她預測的生命圖軌，流行文化與暢銷書提供的格言，

像雨一般打在她身上，她仰著臉張開嘴，把它們全都喝下肚去。」[28]
正如布希亞所說，在時尚、傳媒、廣告、信息傳播網路的再生產層
面上，任何物體都可以被簡單地複製，於是生產被模型所替代，任
何東西都不再按照自己的目的發展，而是出自模型，這就是符號社
會的擬像。[29]眞實是根據模型而產生，以致擬像模型比眞實還要眞
實。胡媛媛透過命理和流行資訊建構出擬像自我，呈現了後現代主
義式的自我其實已被外物所穿透，所謂的主體性也不再存在，而成
爲零散扁平、沒有個性的個體。對於這樣的個人存在處境，張惠菁
用了一個沙粒的意象加以描述：：「我們都不過是一粒粒的沙」，
「在大街上，在公車裡，在商店的櫥窗前，整個城市充滿了不能辨
識，不能區別的沙粒。」[30]後現代社會裡的個人在失落自我與主體
性之後，已然成爲在城市中流動的無名沙粒。

　　張惠菁一方面對現代主義式的自我建構表示質疑，另一方面對
後現代社會下的自我喪失冷眼凝視。但她是否安然接受這兩種結
果？值得注意的是，在質疑或凝視中，張惠菁其實都採取了一個質
疑者和觀察者的位置，以冷靜和保持距離的方式，對現代主義的自
我論述不斷進行分析、思考和懷疑，對後現代社會的個人處境進行
觀察凝視。張惠菁對現代主義的自我和後現代的擬像自我都加以質
疑拆解，反映出解構的精神，但她仍懷有一種尋找主體所寄的渴

28　見張惠菁，〈蒙田筆記〉，收入《惡寒》（台北：聯經，1999），頁 71。

29　參考 Jean Baudrillard 著，車槿山譯，《象徵交換與死亡》（南京：譯林，
　　2006），頁 77-78。

30　見〈蒙田筆記〉，頁 101。

望，並未放棄對某種主體性的深層信念，因此仍和現代主義的主體
堅持有共通之處。

　　如果袁哲生、賴香吟和伊格言的態度是肯定自我，而張惠菁的
態度是否定自我，那麼駱以軍的態度則在這兩者之間。一方面，駱
以軍似乎感受到和袁哲生類似的溝通困境。在小說〈降生十二星座〉
裡，主角楊延輝斯文內向，不懂女性的心，對小學女同學的挑釁無
力招架，對大學時代女友的抱怨也不知所措：「我從來不知道你腦
子裡在想什麼」、「你不要老是一副置身事外的樣子……如果有一
天我毫無來由地自殺，你知道我心裡在想什麼嗎？」[31]雙方溝通不
良以致愛情關係缺乏了解。小說中以電玩遊戲「道路十六」破解第
四格入口之謎來象徵愛情的難解，第四格被日本電玩設計師取名為
「直子的心」，沒有缺口無法進入，正如女性的內心，難以索解，
道出了兩性關係的隔閡與愛情的溝通無力感。「不能進入」是主角
心底絕望沮喪的呼聲，他開車在街道上奔馳，恍如置身在道路十六
的迷宮，每輛車子都是自成空間的格子，不能進入，「你有時真的
想瘋狂地大喊：只有我一個人！只有我一個人！」[32]因此，每輛車
子都代表一個封閉的自我，互相無法進入，個人自囚在自己專屬的
牢籠之中，人際關係斷絕而疏離。道路十六影射的是當代社會個人
的隱閉自我與溝通困境。這個隱閉的自我受到壓抑和忽略，漸漸失
去它的面貌，連自己都不可辨識，最後只有借助星座學的幫助來理

31　見駱以軍，〈降生十二星座〉，收入駱以軍，《降生十二星座》，（台北：
　　印刻，2005），頁34-35。

32　見駱以軍，〈降生十二星座〉，頁58。

解它。換言之，自我的隱閉程度是如此深重，以至於不僅他人對之無法理解，連自己都對之難以認識。這種對於隱閉自我的絕望看法，其悲觀程度遠超過袁哲生。

以上的分析顯示，駱以軍雖然肯定某種自我的存在，但又認為此一自我處於至深的溝通困境之中。他不僅對於突破自我與他人的溝通困境表示絕望，甚至認為自己與自我的溝通都有其困難。

另一方面，駱以軍對於後現代社會個人自我喪失的情形，也有和張惠菁類似的觀察。〈降生十二星座〉除了以「道路十六」電玩迷宮來隱喻自我的隱閉與溝通的困境，還將「快打旋風」的電玩人物與西洋十二星座串聯起來，進一步帶出個人自我的消滅與後現代社會的擬像統治。男主角楊延輝每次都選擇天蠍座的春麗來破關，只因她背負著為父報仇的星座宿命，而春麗這角色永遠逃不開星座命運的設定及玩家的操控，就如同現實生活中的人逃不開社會體制和規則的擺弄。男主角的生命中也有許多不同星座的春麗，她們都有互異的個性與命運，令人無從認知與掌握，於是男主角只好求助於星座，然而他卻意識到：

> 十二個星座乍看是擴張了十二個認知座標的原點，實則是主體的隱遁消失。他人的存在成了一格一格的檔案資料櫃。認知成了編排分類後將他們丟入他們所應屬的星座抽屜裡，而不再是無止境地進入和陷落。……可以挑選任何一套詮釋的系統，只要你按下你所屬的或你要的星座，所有的表象於外的乖詭行為、歇斯底里的扮相、你不能理解的沉默或空白，都可以匯編入它的星座解剖圖。啊！你只要握有那個星座的

　　指南，就可以按因應於他（她）們性格節奏而設計的謀略，
　　照著路線，一步一步直搗私處。[33]

十二星座將人劃分成十二種個性類型，所有的人只要對號入座再按
圖索驥，即可認知自我與他人，這種經由外物來認知與建構的人我
圖像，正是布希亞所說的擬像，呈現的是喪失主體的模型化的空洞
個體。當星座已成爲九〇年代之後建構自我的主流資訊和工具，若
拋開星座，還有什麼可以當做認知自我的方便法門？在小說結尾，
衆人仰望天空看著快打旋風的角色互相格鬥，與天際璀璨的銀河星
座相輝映，在這超現實的夢幻中似迷若失；主角也想起許多友人的
星座並熟知其特性，「但我完全無法理解那像一大箱倒翻的傀儡木
偶箱後面的動機是什麼。」[34]擬像作爲自我喪失後的個人存在形
式，其背後已不存在所謂的自我可供探索。

　　可以看到，駱以軍一方面肯定自我的存在，另一方面卻觀察到
自我的喪失與擬像自我的出現。這兩種看法是否矛盾，尚難論斷，
但在此不妨指出一點，那就是駱以軍的隱閉自我和擬像自我之間，
似乎存在某種互爲因果性：自我愈隱閉，自我愈只能表現爲擬像；
擬像的統治愈強大，自我就愈隱閉。自我的隱閉和消逝，就是星座
建構擬像自我的開始。小說主角察覺到自我是被外物操弄的「傀儡
木偶」，被許多遊戲規則所界定和擺佈，但卻不知道能用什麼方式

33　見駱以軍，〈降生十二星座〉，頁 50-51。
34　見〈降生十二星座〉，頁 60-61。

抗拒操弄並重新認知自我，從而擺脫傀儡木偶的命運，因此有著失根的迷惘與無依感。

在〈蒙田筆記〉和〈降生十二星座〉中，我們看到現代主體所依恃的自我的解構和消失，以及後現代個體藉外物建構自我，以擬像代替真實，實則主體已經死亡。主體果真是現代社會啓蒙和理性的虛構嗎？喪失主體的個體，要如何面對資本主義龐大的權力機制和物化危機？既失去了現代主義的自我，又不甘棲身於後現代的擬像自我，故對於自我的概念無從把握而感到深深的困惑，但從小說主角對現代自我的拆解和後現代自我的質疑上來看，卻顯示獨立思考的主體仍然存在，只是這主體極其脆弱；在揭示了自我的建構和外物的操控皆為虛幻後，也頓失立足點而茫然無依，有著強烈的主體失落危機感，陷入了徬徨失根的困境。

黃錦樹曾指出：駱以軍小說中形成了一個「脆弱、敏感、多愁、易於被存在的細節所撼動的小主體」，是一個「極其易碎的自我」，它試圖以抒情對抗存在的荒謬，[35]這是駱以軍和張大春那種後現代的屏除主體與抒情形式的最大區別。有趣的是，在張惠菁的〈蒙田筆記〉也有一個冷靜、保持距離、不斷分析、思考和懷疑的小主體，不走抒情路線而走理性路線，最後被層層的理性分析和拆解所擊倒，和駱以軍的抒情主體一樣脆弱無依。不管是抒情主體還是理性主體，對自我解消後的失根困境都無能為力，在迷霧中徬徨摸索，卻找不到答案。

35　見黃錦樹，〈隔壁房間的裂縫：論駱以軍的抒情轉折〉，收入《謊言或真理的技藝：當代中文小說論集》（台北：麥田，2003），頁346-347。

　　張惠菁和駱以軍雖面臨自我解消的困境，但仍希望尋找主體的寄託，對後現代的擬像自我也有深刻警覺，因此是現代主義精神的另類發揮：自我雖解消，仍拒絕被外物穿透或替代，流露出一種捍衛主體的本能與渴望。

　　經由上述的討論可發現，不論是否相信自我的存在，新世代小說作家都保持著對主體的關懷，他們或許不信任語言，不信任後現代建構主體的形式，但又無力超越，因此深陷在各種自我問題與存在困境之中，不斷的嘗試尋求出路和解答，透出一種不懈的主體性的追尋。由此也可以看到，新世代小說刻劃了自我隱閉和解消的困境，隱隱透出對後現代主體危機的困惑和焦慮，不論他們是否相信本質和先驗主體的存在，他們都不願完全屈服於後現代的困境，試圖摸索和尋找出路，相較於現代主義的孤獨而強大的自我形象，新世代的自我形象則是脆弱和微小的，但又不是後現代「非中心化的主體」，因此他們可說是呼應了現代主義的主體追尋精神，而又無力建立強大的中心化主體的族群。

三、抵抗異化的新策略

　　主體的失落和人的異化常相伴而生。異化（alienation）是人在現代社會中的一種狀態，意指生命被外在的異己力量決定，使個人無力掌控自我存在，從而喪失本真或自我的一體感。馬克思（Karl Marx,1818-1883）指出了人在資本主義剝削下的勞動異化情形，資本家剝奪了勞工的勞動結晶與參與生產的感覺，使得人們的勞動與自身脫離，人成了非自主性的、異化的勞動，導致了自身的喪

失。[36]後來異化也被用來描述現代都會生活的特徵，現代科技的非人性、集體化的制度和機械式的日常生活，使人喪失了對自身存在的自主能力，這種都市生活的異化是現代主義文學常見的主題。[37]存在主義思想家也關心異化問題，例如海德格（Martin Heidegger,1889-1976）便提出「常人」（das Man）的概念，指出作為「常人」的自我存在，乃是日常生活中人云亦云、庸碌而缺乏主體性的存在，是一種「非自立和非本眞狀態的存在」。

　　當代的一些理論家，則將異化概念應用到對後現代社會的批判上。列斐伏爾（Henri Lefebvre,1901-1991）便指出，當代資本主義社會是一個全面異化的社會，人的異化的現實比馬克思當時所說的更嚴重，因爲社會的各個領域，包括日常生活中都包含著異化之網，使人精神上感到更加苦悶，而日常生活的異化離群眾最近，對人的本能的壓抑和創造性的窒息也最嚴重。[38]這種發達資本主義對人在心理和精神上的壓抑，表現在家庭、婚姻、民族和日常生活的各個領域，還有消費、旅遊、廣告等休閒活動。[39]科技理性和消費文化主導了日常生活，使其成爲刻板重覆、無意義和無深度的所在。赫勒（Agnes Heller,1929- ）也說，日常生活是一種重複性的思

36　可參馬克思著，伊海寧譯，《1844 年經濟學哲學手稿》論「異化勞動」部分，（台北：時報文化，1990）。

37　參考 Peter Brooker 著，王志弘等譯，《文化理論詞彙》第二版（台北：巨流，2003），頁 6-7。

38　見陳學明等人編，《列斐伏爾、赫勒論日常生活》（昆明：雲南人民，1998），頁 9。

39　見陳學明等人編，《列斐伏爾、赫勒論日常生活》，頁 14、37。

維和實踐，對創造性活動有抑制作用，與官僚體制有異曲同工之處。[40]因此我們看到，異化已滲透到日常生活的每一個層面，人也在其中喪失了自我的創造性和主體價值。

異化的問題在六〇年代以來的台灣現代主義文學中已有不少描寫，成爲現代性批判的先聲，而新世代作家身處高度資本主義化的九〇年代台灣社會，對此問題亦有許多發揮，並創造出抵抗異化的新策略，成英姝、黃國峻、朱少麟、童偉格的作品可作爲代表，以下分別探討他們的作品中表現出的四種抵抗異化的模式：

（一）失憶症與狂想曲

成英姝擅長寫荒謬劇場風格的黑色小說，像《公主徹夜未眠》中的都市小人物，常常掙扎在一成不變的生活模式中，無力改變，而有許多無厘頭的作爲和超現實的狂想，演出一幕幕荒謬可笑的情節。她筆下的小人物也因爲在日常生活異化的困境中不斷重複相同的命運而顯得可悲。

〈公主徹夜未眠〉和〈我的幸福生活就要開始〉以不同的敘述角度描述一個有著殘廢的工人丈夫、需撫養兩名女兒、身負家庭經濟重擔的母親，以失憶症和種種乖張離譜的行爲來逃避身爲母親／妻子的責任和生活的壓力，引起他人的不解和指責，例如她以失憶爲由，不承認丈夫和女兒，常常我行我素，又將紅色的西瓜渣幻想成是殺死丈夫和女兒的血跡，然而她仍無法擺脫工作養家的生活，

---

40 參考周憲主編，《文化現代性與美學問題》（北京：中國人民大學，2005），頁 56。

「她這幾年老得特別快，背也有點駝，她本來就很矮小，現在變得更小，像那種死掉的，剩下硬硬的殼子，六隻腳都縮在一塊兒的昆蟲。」[41]婚姻和家庭生活令一個女人異化如死硬的昆蟲，失憶症則是女性主體的微弱反抗，但終歸無效，突顯女性被婚姻和階級身分綑綁的、不堪承受的生命之重。

〈等待火車〉中的女人，一大早就到火車站臥軌自殺，遇到一個男人和一個推銷員，三人討論世界上有什麼解決不了的事，女人說是「生活」，一語道破日常生活本質上的重複和無可逃脫，只能以自殺來結束此種困境。但等了四個鐘頭的結果竟是車站要拆掉，火車不從這裡經過，連自殺都不能如願，生活還是要繼續下去。這個故事令人想到貝克特的《等待果陀》。在《等待果陀》裡，主角們等待一個永不來臨的承諾，雖然因此產生不確定的荒謬感，但仍保有希望；相對於此，〈等待火車〉卻是宣告希望破滅、等待無效、生活乃永遠不能結束的可怕循環，其荒謬性更甚於《等待果陀》。

〈聖誕夜的三根火柴〉的男主角在聖誕夜被炒魷魚，滿腔失落，藉著三根火柴的光亮，召喚對婚姻、工作和財富的「狂想曲」，因為老婆和孩子已變成雞肋、工作也常遲到充滿倦怠、又無萬貫家產可繼承，這就是凡人生活的實相，人成為婚姻家庭和工作的奴隸。他在火柴的光亮中幻想老婆外遇以刺激平淡的婚姻，又殺死了解雇自己的老闆來洩憤，最後幻想有個闊綽的父親，但火柴熄滅後一切又回到原點，人面對機械式的生活異化，完全無能為力。

41　見成英姝，〈公主徹夜未眠〉，收入成英姝，《公主徹夜未眠》（台北：聯合文學，1994），頁146。

　　《公主徹夜未眠》是「從超現實到憎恨現實，從憎恨現實到存在性之不可掙脫，從存在性之不可掙脫到無目的之等待，從無目的之等待到小說凝視現實」[42]的存在困境之書寫，以後現代形式表現了存在異化的荒謬現實，並試圖作微弱的抵抗。雖然人物的失憶症和狂想曲無法改變現實，卻仍可視為一種逃脫、抵抗生活異化的新策略。

（二）以翻譯體表現異化心聲

　　以獨特的翻譯體和現代主義式寓言在新世代小說中獨樹一幟的黃國峻，也關注異化的問題。他的小說人物和場景多為洋名和陌生的異域，張大春曾指出此種設計所引發的陌生感、域外感是與作品內在情境相合的。[43]黃國峻在敘述的文法上任意變換主詞，形成跳躍迂迴、表意不明的怪異句法，類似翻譯體的形式，遙接七等生的「小兒麻痺式」文體，這是典型現代主義的語言陌生化表現，也是展現小說人物異化心境的獨特形式。從人名場景到敘述語言的洋腔洋調，黃國峻製造了個人化的疏離美學，[44]呼應的正是他對於異化問題的思考。

42　見張大春，〈凝視時間：成英姝「公主徹夜未眠」弁言〉，收入成英姝，《公主徹夜未眠》（台北：聯合文學，1994），頁 12。

43　見張大春，〈首獎留白〉，此文為張大春講評黃國峻〈留白〉的意見，《聯合文學》226 期，（2003.8）。黃國峻〈留白〉獲得第十一屆聯合文學小說新人獎推薦獎。

44　可參考李奭學，〈疏離的美學：黃國峻短篇小說綜評〉，收入《書話台灣：1997-2003 文學印象》（台北：九歌，2004）。

例如〈留白〉藉一對夫妻——雅各和瑪迦各自無法突破的畫家生涯和家庭主婦生活，暗示其生命留白的空虛和空洞：「留出來的空白，在整個構圖上的比例擴大了，而且移向中心。那些色塊、線條，在圖框中沒有出口，像撞球一樣，來回碰撞，什麼事都要擔心，都要逃避。」[45]生命的空白擴增並擠壓僅存的意義，人遂淹沒在無盡的空虛之中，如同瑪迦為配合丈夫專心作畫而擔起所有家務，犧牲自己的志向，變得愈來愈瑣碎、退化與封閉：「揮之不去的空洞，把瑪迦稀釋得輕盈透明」、「她要將一生葬於這座墓中」、「日子樓在她身上，沒有動靜」。而雅各背負著成名畫家江郎才盡的壓力，每天畫著沒有創意、不知所云的畫作：「雅各不滿意才剛畫下的那幾筆。可是偏偏放棄之後，他才又發現了其他可能性。繼續將錯就錯下去好了。那幾筆，囤積在畫面四處，像烏雲逼近，蓋過了圖像。再怎麼反覆琢磨都是徒勞。」[46]夫妻倆各自陷在重複而沒有出口的創作和家庭生活中，成為空白的、異化的存在。小說中不斷變換的主詞和任意跳接的怪句子，即反映了主體異化的扭曲及錯亂，以此喚起讀者對異化的警覺和抵抗。

（三）傳奇式的思辯與悟道之旅

朱少麟的《傷心咖啡店之歌》藉由女主角馬蒂追尋自我的旅程，檢討了人為謀生而工作，工作反過來決定人的價值的荒謬現象，批判資本主義社會將人納入工作和身分地位的框限而導致的異

45　見黃國峻，〈留白〉，收入《度外》（台北：聯合文學，2000），頁 17。
46　見黃國峻，〈留白〉，頁 21。

化：「我們都被社會機器異化了，變成先有工作，有身分，然後才有人。」[47]馬蒂婚姻失敗、頻換工作、一事無成，透過和不同人物的辯難，她不斷思索在社會機器的規範中，人的自由應如何獲得？書中的人物或困於愛情的執著、或陷於金錢和工作的泥沼，都不得自由，但最後卻在各自的人生經歷中得到新的生命體會：「哪一種生活都有它必須經歷的路途，即使從一切生活方式中逃離，像浪遊的耶穌，他還是在經歷；經歷過了，收進自己的意識裡，又朝圓滿接進了一步。……這就是活著的意義。」[48]

從對社會機器的異化問題的檢討、人類自由問題的思考，到肯定不同生命經歷的存在意義，《傷心咖啡店之歌》頗似馬森的《夜遊》，繼承了六〇年代存在主義的精神，試圖以人的自由選擇來超越存在的困境，兩書皆是透過女主角對婚姻和工作的反省，和不同的人物進行觀念的對話，並展開一場自我追尋的漫遊。馬蒂著迷於俊美的海安，追逐與之相像的耶穌，最後在馬達加斯加體悟生命經歷的重要，且因捨身救人而喪生，以愛的付出作為自我的最高實現，完成了自我悟道的旅程。這樣的情節安排雖然過於傳奇，有通俗夢幻的愛情歷險成分，削弱了現實性，但或如馬森的評論所指出，馬達加斯加代表一個夢境和理想，是台北社會的倒影，用以反襯現實的庸俗，[49]則發生在馬達加斯加的事物也就跟著傳奇起來，成為現實中不可觸及的幻夢。

47　見朱少麟，《傷心咖啡店之歌》（台北：九歌，2000），頁73。

48　見朱少麟，《傷心咖啡店之歌》，頁359。

49　見馬森，〈遇到了一位天生的作家〉，《傷心咖啡店之歌》序，頁7。

此外，《傷心咖啡店之歌》也暗示了抵抗生活的異化，必須要靠獨立思辯和不斷經歷各種人生過程，勇於自我追尋，體認愛的價值，才能對生命意義有透徹的了悟，並由此得到心靈的救贖。有趣的是，《傷心咖啡店之歌》將獨立思辯和悟道的旅程刻劃得像大觀園中的幻景，雖然反襯了現實的庸俗，卻也暴露了「悟道」如同傳奇般的虛幻性質。對於凡人來說，悟道其實是可遇而不可求的，只有借小說情節來抒發「不得悟道」之鬱悶了。

（四）無所為與無希望的寄生

與伊格言同年的年輕小說家童偉格，善於經營鄉土素材和荒村人物的生存狀態，他對都市中的特殊族群──「另類潮流新邊緣人」也有深刻的描寫，例如〈暗影〉的主角就是居無定所、打工度日、沒有生活目標的都市另類潮流新邊緣人，他在咖啡館打工，和失意的流浪漢、搞小劇場的老闆、非法打工的印尼人相識，這些新邊緣人其實是詩人、哲學家和藝術家，但卻不見容於主流社會的體制和價值觀，故而自我放逐，甚至自我否定，過著「即使對未來沒有任何希望，我還是會用最低的能量寄生下去」的日子。[50]這些新邊緣人不像六○年代的邊緣人（如七等生筆下的隱遁者）試圖建立強大的思想主體來對抗主流體制，他們不標榜自我的價值，在生活夾縫和社會邊緣無所為、無希望的漂浮與生存。這種逸出體制收編之外

50　見童偉格，〈暗影〉，收入童偉格，《王考》（台北：印刻，2002），頁103。

的存在狀態，亦可視為抗拒資本主義社會與生活異化的力量，哪怕他們是如此微不足道的渺小。

〈騾虞〉則是一篇在高度的時空跳躍和壓縮下不斷變換敘事人物、從山村大廟到都市場景、將鄉土民俗與都市生活百態融於一爐的小說，城鄉元素的快速切轉，暗示了鄉土的消逝與都市的無限膨脹，即期外匯交易員、理性乾淨像隻蠶的上班族、擔任編輯校對的妻子與只會說書生故事的丈夫，全都被制式的工作和生活所綑綁，「我們是對許多問題都無能為力，一點用也沒有。只是，如果這世界一塊陸地也沒有了，我們興許還是得活下去，……我們總能活著，如此而已。」[51] 面對無法逃脫的異化威脅，童年回憶、大醮做戲、遙遠的國際新聞、杜撰的書生故事、意識流奇想……，各種方式都不能得到真正的歡娛，生命就只是活著而已。「總能活著」固然或許是一種煎熬，但也或許是一種不放棄，〈騾虞〉傳遞了生命方生方死的滄桑循環和不死不生的恐怖歡娛，以無所為與無希望的寄生形態，表達了異化生命的卑微掙扎。

從以上的分析可看到，對於社會機器和體制的束縛、婚姻家庭和工作的一成不變所造成的日常生活異化，新世代作家已拋棄了現代主義建構強大的自我以資抵抗的企圖，而是另外發展出抵抗異化的新策略，例如以失憶症和狂想曲、隱喻異化的翻譯體、傳奇式的思辯與悟道之旅、無所為與無希望的寄生來消解異化的壓迫，並同時揭示異化的生存狀態。這些柔弱的抵抗方式，在異化生活的籠罩下時常顯得虛幻不實、慘然無力與卑微不堪，反而因此更加凸顯了

---

51 見童偉格，〈騾虞〉，收入《王考》，頁182。

後現代情境下人們生活的重複與徒勞之本質。從新世代作家試圖抵抗無所不在的日常生活異化來看，新世代作家應是具有現代主義的抵抗異化之意識的，然而他們面臨的又是更爲深刻的後現代異化困境，只能以較爲柔弱、不具強大思想力量的主體作爲抵抗策略，此即與身處後現代的文化情境有關。當後現代的自我面臨隱閉和解消的危機時，已無力建構完整的關於自我的思想面目，而是採取了幻想、逃逸、卑微營生等相對弱勢的手法，表達他們對體制的不滿與抗議，也傳達了後現代主體卑微掙扎的存在意識。

四、現代主義／後現代主義相混雜的美學技巧

　　劉亮雅曾指出，解嚴以來的台灣小說吸納了現代主義和寫實主義，又特別強調後設小說、私小說、反諷、諧擬、內心獨白、雙重聲音或多音敘述、眞實與虛構的混雜、魔幻寫實、夾敘夾議、文類雜揉、表演性、拼貼，[52]這些特質在本文所討論的新世代小說中也經常可見。

　　本文所討論的新世代作家中，有的以後現代技巧見長，如成英姝《公主徹夜未眠》是以後現代形式表現人類存在困境的例子，當中所出現的某些人物在不同故事中的多角度形貌，或是將經典文類如普契尼的歌劇詠嘆調、安徒生童話故事、貝克特的荒謬劇等翻轉

52　見劉亮雅，〈後現代與後殖民：論解嚴以來的台灣小說〉，收入《後現代與後殖民：解嚴以來台灣小說專論》，頁 40。

為市井小人物的黑色狂想曲，均表現出文本互涉（Intertextuality，或譯互文性）、後設和拼仿（pastiche，或譯恣仿）等後現代技法。[53]有的作家則傾向現代主義，如黃國峻在《度外》所創造的小說翻譯體，[54]承繼現代主義的語言創新美學觀，以怪異句法和異國場景營造異化氣氛，以寓言形式表現溝通和異化問題。在以下的部份裡，筆者將討論揉合了現代主義／後現代主義美學技巧的新世代作家作品，以童偉格、駱以軍、朱少麟等人為例，分析他們如何將現代主義的內心獨白、意識流、象徵、時空跳躍，以及後現代的後設、魔幻寫實、文類雜揉、諧擬巧妙的融混在一起，發展出混雜性的美學風格。

　　童偉格的〈驩虞〉以大量的時空跳躍和意識流混合了魔幻寫實，從老爹出殯前一夜穿越時空的想像與回憶、神明誕辰做醮的民俗搬演，「順著轉著，順著轉著，順著轉著，時間並不因為人的惶惑而稍加停留，小路繼續奔走出亡，離了山村大廟」來到了濱海公路、都市生活百態，又回到十二年一度的大醮，其間諧擬了古典俠義小說的敘事語調，又穿插現代小說的修辭，例如以下這段：

53　見羅夏美，〈成英姝「公主徹夜未眠」的寫作技巧探討〉，《台灣文學評論》第二卷第二期，（2002.4）。

54　另一位同樣擅長翻譯體的新世代小說家黃柏源，其小說《帕洛瑪》則是一種後設、擬仿的翻譯體，展現的是戲耍和嘲諷的後現代本質，與黃國峻的翻譯體有著不同的創作目的與成因。參見李奭學，〈異國情調與異化文體：序黃柏源著「帕洛瑪」〉，收入黃柏源，《帕洛瑪》（台北：木馬文化，2004）。

老爹您好樣的，您這麼好本事，給咱弄隻小烏龜您都不肯，您這麼好本事，也不在人前顯露顯露，讓咱威風威風，您要教訓咱，也不換套新步數，次次就是那套虛虛的伏魔拳，咱人還沒長大，已經招架得差不多了，您說活物不能當玩具耍，您自己怎麼就這麼漂亮地幹掉一條大蛇？……星光再也不奇妙了，它們彷彿遠遠張著眼，見證了一切，卻冷冷地不發半點聲息，他想找一些字眼來形容自己的感受，片刻，他找到了目前唯一能找到的字，他想，他恨他老爹。[55]

這一段兒子對父親的埋怨，前半部以俠義敘事口吻開始，到後面又出現星光見證一切這種現代修辭語法，可說是十分矛盾又駁雜的敘事風格，通篇這樣的案例出現不少。小說最後更以沒有邏輯的意識流，將法會、做醮、都市日常生活的瑣碎事物拼貼在一起，使得〈騶虞〉成為敘事和美學技法的大雜匯，這種極度混雜和壓縮的手法，貼切地傳遞了現代社會資訊爆炸和變遷快速的感受，反映了現代人的時空體驗，看似琳瑯滿目，實則虛幻而空洞。

　　駱以軍的〈降生十二星座〉，也融合了現代主義的內心獨白、象徵隱喻和後現代的後設成分。小說中不時插入括弧按語傳達男主角的想法，干擾小說敘述的進行；各種不相干訊息的並列，也顛覆了原有的價值與意義，例如：

　　清掃廁所時，發現猙獰盤紮在牆上的簽字筆留言：各種性器

55　見童偉格，〈騶虞〉，頁150。

　　官和性交的圖案，還有諸如「台灣共和國萬歲！」「余永卿
　　我操你屁眼！」（那不是我高中教官的名字嗎？）還有重覆
　　了至少一千遍各種字體的 FUCK，突然在其中發現一長排的
　　工整的字：波特萊爾是牡羊座齊克果是金牛座福克納是雙子
　　座柏格曼的巨蟹座空缺歌德是處女座葛林是天平杜斯妥也
　　夫斯基是天蠍當然嘍貝多芬是射手三島由紀夫是魔羯大江
　　健三郎水瓶而馬奎斯是雙魚。[56]

這是男主角常去的一家 PUB 廁所牆上的塗鴉。在這裡，性交、國
族、教育體制、星座次文化，剎那間都變成一種等值和廉價的發洩，
形成意義的失重和存在的荒謬感。小說中多重敘述時間的交錯，不
連貫空間組合的拼湊，將主角回憶、現實生活和電玩世界融於一
爐，造成過去與現在、現實與虛擬之間的混淆，打亂讀者的直線思
考，使讀者從閱讀的停頓和錯亂中，去感受失序漂浮的不確定、反
思虛構與真實的關係，駱以軍以此來傳遞新世代「確確實實『被造
成』的歷史失重感、蒙太奇式的身世切割、獨白式的聲音氾濫替代
了敘事主體」。[57]他以後現代形式來包裝作品，實際上探討的卻是
主體存在的處境，適切地讓存在主義和後現代主義兩種看似衝突的

56　見駱以軍，〈降生十二星座〉，頁 37。
57　見駱以軍，〈駱以軍的小說觀〉，收入陳義芝編，《八十二年短篇小說選》
　　（台北：爾雅，1994），頁 262。

理念並置，[58]也將現代主義的技巧和後現代技法串聯在一起。

　　朱少麟的《傷心咖啡店之歌》也探討存在異化的處境，但卻不走後設和魔幻的路線，而是以部分心理分析和內心獨白，「揉合了感傷、傳奇、遊記、宗教等敘事之類，炒作成一個豐富綿長的說部」，[59]書中都會女子的戀愛故事、俊美無匹的男主角、傳奇的求道旅程，頗似通俗的言情小說，因此王德威將之歸類爲新鴛鴦蝴蝶派，但又承認其「說教」的厚實——對異化的抵抗和存在主義式的自我追尋與哲學思辯。這就使《傷心咖啡店之歌》在嚴肅和通俗之間遊走，模糊了兩者之間的界線；而其敘事類型的雜揉，其實也體現了後現代的跨界和雜匯特性。或者可以說，這是菁英性的現代主義和後現代通俗品味的一次弔詭的結合。

　　另外，袁哲生在〈寂寞的遊戲〉中引用吳剛伐桂、司馬光打破水缸的故事，則一方面形成了後現代的互文性，同時又是一則現代主義尋找自我的象徵隱喻。以上的例子均顯示，部份新世代作家嘗試將現代主義和後現代主義的技巧混雜在一起，創造出新世代特殊的混雜型美學風格。

58　見鄭千慈、楊佳嫻，〈遊走虛實之間〉，收入東華大學中文系主編，《多向的蛻變：第三屆全國大專學生文學獎得獎作品專輯》（台北：行政院文建會，2000），頁 515。

59　王德威語，見〈新鴛鴦蝴蝶夢：X 世代的言情小說〉，收入王德威著，《眾聲喧嘩以後：點評當代中文小說》（台北：麥田，2001），頁 398。

五、結語

經由以上的論證分析，我們看到：九〇年代之後的新世代小說的某些作品，呼應了現代主義的精神，而且產生了此一精神和後現代主義混雜結合的現象。就主題而論，新世代小說中經常出現的兩個主題——自我困境之反思：異化問題及抵抗策略——其實和現代主義對於自我的關注與對異化壓迫的抵抗精神有許多交集。就技巧而論，新世代小說並未全然拋棄現代主義技巧，而是將之和後現代手法混用揉合。

上述這種混雜結合的現象，顯示出新世代小說所具有的獨特且重要的意義。雖然學界一般認為，新世代小說多受後現代主義的影響，表現出一種迷失、虛無或遊戲的傾向，但如果從現代主義的角度切入解讀新世代小說，將可發現新世代小說雖然受到後現代主義的影響，但其作者並未盲目附和後現代主義對自我與主體的根本解構，而是努力為自我尋找新的出路，並未根本放棄對於某種主體性的深層信念。此外，新世代小說對於使自我破碎化的異化問題並非全然消極以對，而是採取了各種新策略進行抵抗（儘管這些抵抗可能顯得軟弱無力），這些特點均相當程度地呼應了現代主義的精神。

然而新世代小說的現代主義，是混合了後現代主義的一種雜匯的呈現，其主體和抵抗的力量相對微弱，這和其所處的社會背景有關。新世代作家從小成長於台灣的資本主義體系之中，多數遠離農村，在都市化、商業化和資訊化的環境中生活，他們的物質豐裕，但也面臨資本主義的商業化和資訊化無所不在、掏空主體的威脅，深陷後現代主體消亡的困境。相較於現代主義時期的作家，因為經

歷了從農業社會到工業社會的巨變，他們可以批判傳統體制的壓迫、也可以批判資本主義和現代化的弊端，以此建立個人的中心化主體；新世代作家卻沒有社會轉型可供參照，他們面對的是富裕而單一的高度資本主義的宰制，刻劃的對象也從現代主義的失業者、瘋人或漫遊者，轉變為具中產身分的上班族、研究生或藝術家，這些人的邊緣處境或許不如現代主義的主角那般可憐，但是卻也反映出中產階級面對日常生活異化和主體危機的無力與苦悶。

　　就如徐國能所說，新世代放棄了文學對世界的使命而沉溺於自我，看似頹廢實則哀傷。它表現出新世代對於這個本質虛浮的世界充滿厭棄與無奈之感，在這個無處不是權力運作與消費欲望的社會，參與共同的沉淪或遁世逃避成了僅有的兩種出路，多數的新世代作家顯然選擇了後者。[60]如果我們對新世代的社會背景有所理解和同情，或許也就更能明白現代主義在新世代小說中的呈現，何以是如此脆弱的自我和卑微的反抗，在後現代的困境中掙扎求索，表現出現代和後現代之間的交錯與混融。

60　見徐國能，〈孤獨自語或浪跡天涯：新世代散文觀察〉，《文訊》230 期，（2004.12），頁 35。

世紀末的存在之思

—— 論朱少麟的小說創作

一、前言

　　朱少麟，是台灣頗受矚目的新世代作家之一，一九六六年出生於嘉義，輔大外文系畢業，一九九六年以長篇小說《傷心咖啡店之歌》崛起於文壇，受到年輕讀者（尤其是大學生）的喜愛而熱銷，在此之前她從未創作過小說。一九九九和二〇〇五年，又出版長篇小說《燕子》和《地底三萬呎》[1]，同樣暢銷不衰。未經文學獎洗禮的新人能有如此成績，可算是台灣文壇少見的異數。

---

[1] 這三本書是朱少麟正式出版的作品，也是本文主要討論的範圍。其他作品還有一九九八年發表在中時人間副刊的〈誰在遠方唱歌〉，連同未發表的〈北風〉、〈來自挪威的明信片〉，因朱少麟自覺三篇都與《傷心咖啡店之歌》的主題太接近，故不打算出版，還把電腦檔案殺光。見陳文芬，〈朱少麟燕子發表，再說新都市神話〉，《中國時報》11 版，1999.3.12。另外筆者又發現朱少麟一九九七年發表於自由時報副刊的中篇小說〈我是鬼王〉，主題和人物也與《傷心咖啡店之歌》近似，因此本文暫不將這些作品列入討論。

　　然而朱少麟的小說卻讓評論者困惑，因爲不知該如何定位和歸類，列入通俗作家，她太文學性，列入純文學作家，她又頗大衆化。她的寫作自創一格，文字豐美而具詩意，人物皆美形且際遇奇特，間或流露對美和藝術的執迷，在閱讀上帶給人官能的美感，因此搏得「耽美」之評[2]；她的小說又富含哲理，借人物之口批判資本主義對人性的扭曲，討論自由與存在的意義，展開自我追尋的深度之旅，又是存在主義精神的發揚[3]。從中可以想像一群具有哲學和藝術氣質的俊男美女在對他們的時代、人生和命運進行叩問，深刻處直指存在問題的核心，但有時又似乎流於美的浮面而失之虛幻，這或許就是朱少麟小說既嚴肅又通俗的曖昧性格。但是讀者其實不在乎她是嚴肅還是通俗，喜歡她的小說是因爲書中揭露了現代人的疏離感，說出了現代人的空虛與徬徨[4]。

　　可見朱少麟是善於捕捉現代社會的心靈病徵的，在嘉義出生的她，到台北讀書、工作和定居，她的小說充滿對台北都市的批判、對資本主義科層體制和功利主義的厭倦，尤其是後現代社會物質豐盈卻思想單一的集體庸俗化和平均化的現象，而瀰漫其間的空虛、孤獨與疏離，不但與六○年代的現代主義如出一轍，且融入了世紀末的時空特點。在其他新世代作家熱中於後現代的魔幻解構、後設

2　可參袁瓊瓊，〈「燕子」：追尋自我的現代寓言〉，《聯合報》讀書人版，1999.3.8；郭強生，〈美在藝術蔓延時：談「燕子」的耽美情懷〉，《中央日報》22版，1999.8.30。

3　可參馬森，〈遇到了一位天生的作家〉，收入《傷心咖啡店之歌》序，（台北：九歌，2000）。

4　見賴素鈴，〈朱少麟的燕子是‘對付憂傷的藝術’〉，《民生報》，1999.3.25。

諧擬之際，朱少麟卻繼承了現代主義——特別是存在主義的思想[5]，關注集體化對個體的壓迫、以及如何恢復獨立的自我等議題。當後現代的自我已經被各種權力機制、商業邏輯和大眾媒體所消解，朱少麟卻想尋找並恢復存在主義式的那個獨立思辯的「自我」。

　　因此，存在主義是切入朱少麟小說的一個重要的觀察角度，本文將以存在主義的概念去分析她的小說，並特別關注朱少麟在後現代社會重新以存在主義拯救自我，這種「世紀末的存在之思」是用什麼樣的方式抗拒集體庸俗化，恢復個體的存在？此外，朱少麟的小說也融入了唯美主義（aestheticism）的色彩，一般評論者似乎都將她的唯美理解爲耽美，只有過度的沉溺而無深刻的內涵，本文則試圖發掘一些正面的意義，探討小說中大力塑造的美型男形象是否有其特殊意涵？這關係著她的小說是浮泛的耽美抑或另有深意。接著，本文將釐清朱少麟小說以「愛的救贖」作爲自我實現的最高層次，與存在主義思考脈絡之關係爲何？最後，則嘗試從世代和性別差異的角度，觀察朱少麟打造出來的「世紀末的存在之思」與二十世紀中的存在主義有何不同，並分析它產生的原因以及提供了什麼樣的反思空間。

5　六○年代盛行於台灣的現代主義包含了很多理論派別，如象徵主義、超現實主義、精神分析和意識流等等，然而其中影響最廣泛的是存在主義，當時的小說家們多受到存在主義影響，因此存在主義與台灣的現代主義小說關係至爲密切，可以說存在主義是台灣現代主義小說重要的思想骨幹。

二、逃出「常人」的世界

> 大家的命運大同小異，都是先上學，領畢業證書，找工作，
> 建立一個別人弄得懂的身分和地位，結婚，開始養小孩，開
> 始買房子，花一輩子賺錢，然後慢慢變老。……這種人生，
> 還不如用影印機來拷貝來得乾脆[6]。

這是《傷心咖啡店之歌》的女主角馬蒂，對台灣社會普遍的人生觀
所發出的質疑。馬蒂年近三十，有段失敗的婚姻，因不停的換工作
而一事無成。她厭倦了人必須不斷工作賺錢的生存模式，開始懷疑
人生是否有別的可能。每個人都按照同樣的人生觀過生活，導致了
人的思想單一和缺乏個性，變成人云亦云，最後喪失了自我。存在
主義思想家海德格（Martin Heidegger, 1889-1976）曾以「常人」（das
Man）來概括現代人日常生活的存在方式。「常人」是處在一般的
日常狀態中的人，以平均、平整和服從公眾意見的存在方式而生
活，不具備主體性質，沒有自己的思考和判斷，依大家認同的生存
方式塑造自己，於是人的獨特性便消融於「常人」之中，成為一種
「非自立和非本真狀態的存在」[7]。求學、工作、賺錢、結婚，就
是一種按表操課的「常人」生存模式，尤其是工作，人如果沒有工
作，就沒有身分地位，人的價值反過來被工作所決定。在資本主義

6　見《傷心咖啡店之歌》，頁 131。

7　見海德格著，王慶節、陳嘉映譯，《存在與時間》，（台北：桂冠，1994），
　　頁 176-179。

社會，工作和賺錢成了大家唯一的生活目標，形成一個被科層體制和金錢利益所宰制的「常人」世界。如何逃出「常人」的世界，抗拒日常生活的集體庸俗化，是存在主義思考的問題之一[8]，也是朱少麟小說探討的主題。在朱少麟的小說中，常用以下兩種方式逃離常人世界的束縛：

（一）追求藝術

　　海德格曾指出，現代科技的實用與功利，造成了人從單一角度看事物，忽略了其他層面的豐富性，人被技術思維所限定，喪失了自己的存在，而藝術的非功利性和創造性可以拯救日常共在的沉淪，並且可以通過藝術體現真理。他說：

> 真理乃通過詩意創造而發生。凡藝術都是讓存在者本身之真理到達而發生，一切藝術本質上都是詩。藝術作品和藝術家都以藝術為基礎；藝術之本質乃真理之自行設置入作品。由於藝術的詩意創造本質，藝術就在存在者中間打開了一方敞開之地，在此敞開之地的敞開性中，一切存在遂有迥然不同之儀態。……只有當我們本身擺脫了我們的慣常性而進入作

8　存在主義大約在二十世紀中期開始流行，創始者是丹麥哲學家齊克果（Soren Kierkegaard,1813-1855），後來主要發展出德國學派的海德格和雅斯培，以及法國學派的馬賽爾和沙特。海德格使存在主義理論化，沙特則使存在主義廣為流行。存在主義有許多不同的思想主張，大致來說，強調個體和自我、反對近代文明中的集體化趨勢，是存在主義重要的精神特徵。見勞思光，《存在主義哲學新編》，（香港：香港中文大學，1998）。

> 品所開啟出來的東西之中，從而使得我們的本質置身於存在
> 者之真理中時，一個作品才是一個現實的作品。藝術的本質
> 是詩，而詩的本質是真理之創建[9]。

海德格認爲藝術是眞理的發現和創造，它以自己特有的方式開啓世
界，同時亦開啓存在。而藝術的本質是詩，海德格並以荷爾德林「人
詩意地棲居」的詩句爲例，認爲作詩可讓人之棲居進入其本質之
中，完成本眞之築造[10]。浪漫主義和唯美主義的思想家，也早就主
張以追求藝術和美的方式，恢復人在機械生活中的自由。著名的德
國美學家席勒（Friedrich Schiller,1759-1805）爲了挽救在科學、理
性和文明發展下被分割和宰制的人性，便提倡以審美藝術作爲人類
獲得自由的方式，以此來恢復人的完整性[11]。

　朱少麟的小說也常以藝術的追求來超越常人的俗境，開啓自我
的存在。《傷心咖啡店之歌》中的海安，曾因爲馬蒂知道一首國內
詩人所作的新詩而開心的說：「這些年，讀詩的人不多了。我們的
社會正在被集體的平庸化侵沒。你看看吉兒，她就不讀詩。」[12]可
見海安認爲讀詩可以使人免於「集體的平庸化」，得到開啓世界和

9　可參海德格，〈藝術作品的本源〉，收入孫周興選編，《海德格爾選集》，
　　（上海：三聯書店，1996），頁 292-293、295。

10　可參海德格，〈……人詩意地棲居……〉，收入孫周興選編《海德格爾選
　　集》，頁 478。

11　可參席勒著，馮至、范大燦譯，《審美教育書簡》之〈第二封信〉和〈第
　　六封信〉，（台北：淑馨，1999）。

12　見《傷心咖啡店之歌》，頁 70。

自我的契機。《燕子》則透過舞蹈來完成對藝術、自我與美的追求。女主角張慕芳（阿芳）厭惡常人的世界，找不到人生的方向，卻因看了卓教授的舞蹈，深受感動而得到啟發：「她所扮演的燕子翩翩起舞時，當場我落淚如雨，我的左衝右撞的靈魂終於鑿開了決口，那隻燕子從此棲進我心深處。」[13]當阿芳加入舞團接受訓練時，被要求不能看電視，因為高度發展的視聽環境帶給人的是平均化，藝術家要有抵抗平均的本能。卓教授對舞者的教育就是「藝術的目的不在技巧，而在美和動人」、「跳舞是為了純粹的美」、「讓這個世界多一點美，世界就多一點自尊，自尊的來源就是美」[14]，並追求一種「在舞蹈中進入天啟，接近那一隻上帝之手」的境界，如果天啟就是真理的顯現，那麼這種意境也就是海德格所說的「藝術之本質乃真理之自行設置入作品」，舞者和詩人一樣，都在創造中體現了真理。可見，朱少麟小說對藝術和美的信仰，是為了抵抗和超越常人世界的集體與單一、庸碌和卑俗，希望能夠恢復人的創造力和豐富性。

（二）擺脫身分

　　除了藝術之外，還可以用什麼方式逃脫庸俗的常人世界呢？西方各派理論家提出了遊戲、白日夢、狂歡節、甚至遁入瘋狂等種種方式，無非都是力抗平均化、恢復自由創造的嘗試。在《地底三萬呎》中，則出現了「河城」這樣一個地方。河城是專門收容破產者

13　見朱少麟，《燕子》，（台北：九歌，2007），頁13。
14　見《燕子》，頁157、198。

的中途站，「人們之所以被遣送到此，都是各種荒唐與墮落故事的結局」，來此地者皆被取消公民身分，只有工作償債才得以離開。換言之，住在河城的人都是「沒有身分」的「邊緣人」。例如帽人和禿鷹，在入住河城之前都活在常人世界之中，而且頗爲風光。帽人一路力爭上游，成爲跨國企業的菁英，但是「不太自然」，來到河城後變成收垃圾的清潔工，卻變得自然多了，再也不會因忙碌緊張而失眠。禿鷹的名言是：「一個只用綽號過活的人何必再失眠？」[15]綽號取代了人的名字，也取代了人的身分，從常人世界的菁英份子，變成邊緣地帶的無名小卒，帽人卻對人生有了另一番體會，發展出他的垃圾哲學：「這個世界的一切，包括你在內，要不就是垃圾，要不就是漸漸變成垃圾中，垃圾本身就是歷史。」[16]這眞是對常人世界的自我淪喪、存在失眞的現象最深刻的嘲諷。

在卸除了常人世界的身份和價值觀以後，帽人反而可以發揮獨立批判的自我，使自己的存在得到恢復。借用小說中關於河的隱喻：

> 有人說，你不可能找到一條河真正的源頭，也有人說，河沒有真正的盡頭，它只是延伸進入了海洋；當你確實看見一條河，那是它最不快樂的局部，因為一段河床拘束了它，匯集了它，也顯出了它[17]。

15　見朱少麟，《地底三萬呎》，（台北：九歌，2005），頁 17。
16　見《地底三萬呎》，頁 17。
17　見《地底三萬呎》，頁 303。

如果將身分視為侷限人的河床，那麼人就是被身分綑綁的不自由的河段，別人可以清楚的指認它，但是它卻不快樂。拋開身分的束縛，人才能釋放自己，創造廣闊的海洋。河城作為一個喪失身分的邊緣人收容所，作為和常人世界的對照，也正如那河的隱喻一般，充滿各種思想和解放的可能。因此「擺脫身分」是從另一個角度來逃脫常人標準的壓力，和「追求藝術」有異曲同工之妙。

三、自為存在和自由選擇：尋找自我之路

《傷心咖啡店之歌》和《燕子》的主題，都和自我的追尋有關。兩書的女主角馬蒂和阿芳，分別成為「擺脫身分」和「追求藝術」兩種超離模式的代表。兩人的背景與個性也很類似，她們都對求學、畢業、找工作、一輩子做個孜孜矻矻上班族的制式生涯感到倦怠，個性也都頗為孤僻和疏離。馬蒂的丈夫說她「好像是一顆星星，跟任何人都沒有關係，跟任何人都存在著無限的距離。」[18]卓教授和榮恩則批評阿芳「妳不看別人，恐怕連自己也不看，妳根本不願意接觸別人，也不願意讓別人碰觸到妳，那妳要怎麼去感覺？」「妳跟全世界都沒有關係！」[19]這種疏離的人格，除了不愉快的成長背景，也和她們沒有找到人生的意義，只是隨波逐流活在常人的世界

18　見《傷心咖啡店之歌》，頁 185。

19　見《燕子》，頁 113-114、117。

中有關。她們不知道自己真正想要什麼，所以活得茫然而孤獨，面臨了尋找自我價值的焦慮與選擇。

　　於是這便觸及了存在主義的核心命題，將價值之源歸於「主體」，亦即「歸於自我」。自我的價值必需透過實現來完成，因此存在主義者提出許多理論來說明自我喪失與自我割離的問題，並探索恢復自我之路。雅斯培（Karl Jaspers, 1883-1969）便指出，當人只作為經驗世界中的一個份子的時候，人根本不再是人，只成為一個生物，這時人便不存在。當人做出意志的選擇，不是被決定的，才能成為自己的存在[20]。沙特（Jean-Paul Sartre,1905-1980）則提出了「自為的存在」（being-for-itself,或譯「為己存有」）的概念，即人作為一種靈知或意識而存在，是一種自由、能知的存有，他能意識到存在的痛苦，同時也是虛無的、沒有一定的本質和本性的自由的存有[21]，並聯繫到他極具代表性的「存在先於本質」之概念：

> 人首先存在，碰到各種遭遇，在世界上起伏不定──然後限定他自己。……他把自己造成什麼便是什麼。因此無所謂人性，因為沒有上帝去創造這個概念。人赤裸裸地存在。他不是想像中的自己，而是他意欲成為什麼才是什麼。……人除自我塑造外什麼也不是。……人只有在他計畫成為什麼時才能獲得存在。……每一個人必須選擇他自己[22]。

20　可參勞思光，〈論存在主義〉，收入《存在主義哲學新編》附錄二。

21　見沙特著，陳宣良等譯，《存在與虛無》之導讀，（台北：左岸，2006）。

22　見沙特，〈存在主義即是人文主義〉，收入陳鼓應編《存在主義》增訂本，（台北：商務，2003），頁 304-305。

也就是說，沒有所謂的本質可以去限制人的自我創造和發展。這個本質可以是上帝或是世俗的規範、統一的生活模式，規定人必須做什麼和怎麼做，但是人不應被這些規範所決定，不該一成不變。人的價值應該自己去尋找、去創造，因此人是沒有定義的，人不在於他是什麼，而在於他能夠不是。因此人的自由在於他能說不，向集體的價值觀和社會規範的決定論說不，同時做出選擇，創造自己存在的意義，人的能動性就在於能「自由選擇」。沙特強調，人做出自由選擇之後，便要去承擔責任，完成自己[23]。

用這樣的概念來看馬蒂與阿芳，當她們處於和一般人一樣的制式生活之中時，她們過得很漂蕩，很疏離，因為她們的存在被主流價值和社會規範所決定了，因而感到痛苦與不自由，疏離感既是自我與意志割離的結果，也是對社會體制不適應的消極反應。這時她們的自我尚未甦醒，也未進入自為的存在。當海安建議馬蒂拋開社會符號，重新表述自己的狀態時，馬蒂說：「我害怕做一個作息刻板的上班族做到退休，我想找機會脫離這種生活。我要什麼生活呢？我要的也不太多，就是自由吧？……不用跟別人一窩蜂地去追

23　對沙特來說，存在乃是把自己投射到未來、創造自己的未來的意志。當一個人對自己的圖像，是由看他的他人所提供時，在別人回饋給他的那種扭曲形象裡，他已經拒絕了哲學家稱之為真實的東西，這也即是沙特所說的「地獄即他人」（hell is other people; *l'enfer, c'est les autres*——出自沙特的戲劇《沒有出口》），如此即拒絕了把自己投射到未來以及在最完滿的意義上存在這兩種可能性。參考 Wallace Fowlie, *Dionysus in Paris: a Guide to Contemporary French Theater*, New York: Meridian Books, 1960, p.173-174.

求那種典型的人生」[24]。在海安的鼓勵下，馬蒂試著從社會典型的
價值觀和人生觀中解放，此時她的自我便甦醒了，意識到最可怕的
事莫過於把自己的生命拋到一種無盡的規律中，像鐘擺一樣地過
活，因此她決定跳出來，向陳博士遞出辭呈，這是自由選擇的第一
步，也是馬蒂「擺脫工作所給定的身分」，逃出常人世界的開始。

　　但是既然脫離了社會所賦予的本質／身分，馬蒂就必須重新尋
找自我存在的意義，她決定踏上一條遙遠的自我追尋之路：遠赴馬
達加斯加，換個與台灣完全不同的環境來體驗人生。馬達加斯加有
如一個夢境和理想，看似不切實際，但作為原始社會和台灣的工業
文明做對照，卻有一種反襯和互映的作用。馬蒂在馬達加斯加人民
舒緩遲滯的生活中，體認到他們雖享有接近動物的自由，卻又受制
於缺乏文明的困苦，還有瘟疫和散兵為禍的現實，因此不管生活在
哪裡，生命都有它自己的課題要解決，活著的意義就是要去體會和
經歷自己的生活，不管是哪一種生活。馬蒂追隨浪遊的耶穌，在荒
野中體會天地不仁的道理，以及生命虛無的本質，雖然生命最終要
歸於虛無，但經歷的過程就是存在最重要的意義。至此，馬蒂又做
了決定，回到台北重新開始。這時的馬蒂已經完成了她的自我追
尋，找到了存在的價值，重塑了自己的生命。雖然馬蒂最後為了救
耶穌而中槍身亡，並沒能回到台灣，但她所做的一切都是出於自由
的選擇，她已經走出了和常人不一樣的道路。

　　阿芳的自我追尋，則從觀看卓教授的舞蹈「燕子」開始。燕子

24　見《傷心咖啡店之歌》，頁 103。

作為全書重要的象徵，是每個人心中的導航系統[25]——那個內心裡面追求眞正所欲的呼聲，用存在主義的話來說，就是不願追逐流俗，拒絕順從社會期望與社會規範，尋求「眞實」生活的個人意欲。阿芳受了卓教授的影響，想成爲像她一樣優秀的舞者，從中學到大學，她持續習舞，甚至在工作多年後，毅然辭職，以二十八歲高齡加入卓教授的舞團，只是因爲「沒辦法接受自己成爲一個上班族的事實，不想將自己完全拋給一個公司，一個企業，仔細想來，我的問題在於不想將自己拋給眼前這個世界。」[26]於是阿芳做了自由選擇，以舞蹈來實現自我存在的價值。

　　然而在排練「天堂之路」舞碼的過程中，阿芳卻因性格的缺陷，使她無法跳出眞正感動人的舞蹈——她的疏離導致她的感覺封閉，她又再度選擇放棄跳舞。卓教授告訴她：「沒有什麼創作，精采得過自己的生長過程，妳去好好弄清楚自己，不要再迴避自己」[27]。阿芳決定返回嘉義老家，探索家族對自己生命的影響。她發現自己只是在逃避，用舞蹈逃避制式的人生和傳統的家族，但卻不能明白舞蹈和生命眞實的關聯。小說中提到「天堂與缺陷的關係」是卓教授要舞者們思考的問題，其實也就是藝術之美和生命眞實之間的呼應與昇華。二哥風恆對此的理解是「天堂很冷，所以人才會互相靠近。」阿芳看了沙巴女王的故事，也體會到「完全的完美是完全的頹廢，豐盛的人間，滿溢了磨難之必要，意外之必要，缺憾

25　此處的「導航系統」借用朱少麟自己的說法，見〈一切都是因為導航系統吧：記「燕子」的書寫緣起〉，《文訊》雜誌，（1999.10）。

26　見《燕子》，頁 35。

27　見《燕子》，頁 247。

之必要。」[28]生命的真實是不完美和充滿缺憾的，而藝術之美卻建立在生命真實的基礎上，彼此是一種呼應與昇華的關係。藝術的美，如果只是表面的技巧或為了取悅世界，就不能與生命的內在發生聯繫、與生命的真實有所呼應。它充其量只是一個裝飾、一個供人幻想和逃避的美麗天堂，冰冷而沒有生命力。

　　因此，當阿芳認清了自己的問題是沒有愛與漠不關心，她學會去欣賞「每個人都有他一路的風景」，「美就是去愛一些什麼，去堅持一些什麼，去滿足昂揚伸展的渴望。」[29]她又重回舞團練舞，用嶄新的眼光去體會舞蹈和自我生命的意義：

> 我們的演出不是舞蹈，不是劇情，是舞者成為的那個媒介，
> 媒介到達那個朦朧相識的彼岸，用創造力觸及那冥冥極限[30]。

這樣的境界才真正達到了自我的創造，開啟了自我的存在，也是一種純粹的生命之美，此時藝術便成為完成個人生命體驗的過程，藝術之美與生命之美是合而為一的。阿芳從選擇、放棄到再次選擇，第一次和第二次選擇舞蹈的境界已然有別，也由此完成了自我追尋，實現了自己的存在。

　　馬蒂和阿芳，相對於其他角色，是朱少麟小說中塑造得最真實、最血肉豐滿的人物，這恐怕是因為她們身上都有朱少麟自己的

28　見《燕子》，頁 281-282。

29　見《燕子》，頁 320-321。

30　見《燕子》，頁 324。

影子，她曾自言當初會開始寫小說，就是因為對上班族的生活感到厭倦，藉由這兩個女主角，朱少麟也抒發了她自己存在的苦悶與追尋。

四、唯美的紈絝子：顛覆世俗價值

閱讀朱少麟小說的人物，最大的特色也是最為人詬病的，便是她筆下的人物個個是俊男美女，唯美得「很不真實」，讓人聯想到羅曼史或偶像劇的主角，只有少數的人物沒有特別強調他們的外型美，如《傷心咖啡店之歌》的馬蒂、素園和籐條，是相對上比較真實的角色，其他人物小至不相干的警察、大至關鍵性的要角皆俊秀絕美，例如女扮男裝的小葉「像是雷諾瓦油畫中走出來的秀色少男」，愛慕海安的明子（其實是出走到日本的原住民姑娘克魯娜）「五官完美得樣樣合乎夢想」，至於男主角海安，更是被濃墨重彩極盡渲染的美型男：「他的容貌完全超乎馬蒂對一個東方男子的想像。上帝捏造這形體之時一定耗盡了他對人間的眷戀」、「海安的軀體之美，面容之美，集合了純潔夢幻境地與色情想像深淵之大成的，神祇之美。」[31]

《燕子》裡那一群舞者，更是「在外貌上都是漂亮非凡的年輕人」：失聰的龍子、在台灣成長的美國人克里夫、叛逆少女榮恩、打扮中性的二哥風恆（雌雄同體的女舞者）、還有阿芳（因貌美可愛遭到舞團教授強吻）……，難怪袁瓊瓊會說這些都是憑空降落到

31　見《傷心咖啡店之歌》，頁53、148。

現實場景裡的「夢中的人物」，人物的典型化使朱少麟的小說成為
寓言[32]。人物的美貌與夢幻，在《地底三萬呎》中仍延續不輟，除
了帽人和禿鷹（年輕時風采也不差），其他如辛先生、君俠、紀蘭、
阿鍾，無一不是男帥女美，遂造就了朱少麟小說一種現實和唯美交
織的奇異色彩，感覺很像都市神話和超現實寓言（這種感覺除了來
自美形人物，還在於情節的經營，例如傳奇式的自我放逐與悟道、
追求美的舞團歷練、河城中似幻似真的曲折事蹟）。我們不僅想追
問，朱少麟如此獨鍾美形人物的塑造，到底有沒有特殊的含義？

　　朱少麟小說對藝術和美的執迷，其實頗得十九世紀末唯美主義
者的真傳，例如佩特（Walter Pater,1839-1894）和王爾德（Oscar
Wilde,1854-1900）都主張為藝術而藝術，藝術的目的僅在於本身的
美，是不帶有功利性的純粹審美經驗，以美為最高的人生理想，並
進一步提倡生活的藝術化，在生活中實踐藝術化的人格。王爾德由
此發展出特立獨行的服裝美學，將自己的身體、個性、談吐、舉止
和衣著全方位的予以藝術化和美化，成了一種時尚表演[33]。這樣做
的目的，是為了反對啟蒙主義極端的功利色彩，以及資本主義社會
的中產階級狹隘的市儈標準和道德觀念。而唯美主義者所塑造出來
的「紈絝子」（dandy，或譯浪蕩子）形象，或為作家們身體力行，
或出現在他們的作品之中，更體現了唯美主義挑戰世俗價值的信
念，且看看有關於紈絝子的各種描述：

32　見袁瓊瓊，〈「燕子」：追尋自我的現代寓言〉。
33　可參周小儀，《唯美主義與消費文化》緒論，（北京：北京大學，2002）。

紈絝子身上具有太多的高貴精神與非理性主義，……他卓爾不群的乖僻性格與藝術氣質，在紈絝子身上有足夠的唯美因素：他的生活藝術、他的審美人格理想，誠如波特萊爾所言，使他成為反抗中產階級的最後一道英雄主義的閃光[34]。

這些人物一個個儀表堂堂、談吐不凡。他們講究服裝、外表和修飾，注重生活方式。……這些人物經常是妙語連珠，在詼諧的格言與悖論之中透露出哲學家的智慧。他們思想深刻，思維敏捷，言詞銳利，總是帶有一種高高在上的神氣，似乎世俗的一切都不值得他們重視[35]。

紈絝子對社會的發展、歷史的進步有所不滿，但是他並沒有懷戀過去，也不去瞻望未來。他的目光收斂於自身之上，……他既不樂天，也非理性，只是最最憎恨庸俗。他追求自我的感覺，而且是那種強烈的、超常的感覺極限[36]。

這種紈絝子形象，具有美麗的儀表、高度的藝術和思想修養、重視感覺、拒斥主流社會的生活方式和意識形態，是唯美主義甚至是頹廢派的典型代表。三○年代中國的海派作家筆下也有類似的紈絝子形象[37]，而朱少麟筆下的美形人物，當推海安為此「唯美的紈絝子」

34　見周小儀，《唯美主義與消費文化》，頁42。
35　見周小儀，《唯美主義與消費文化》，頁44。
36　見周小儀，《唯美主義與消費文化》，頁47。
37　例如李歐梵將邵洵美和葉靈鳳作品中的某些主角稱之為 dandy。但是周小儀認為中國和西方的 dandy 仍有差異，中國的 dandy 缺乏西方那種貴族式

形象之代表。海安的面容形體美得不似人間，吸引眾人圍繞，當他在傷心咖啡店跳舞時，女客們都爲之瘋狂，海安的身體提供了華麗的視覺官能享樂，「給他們免費的觀看與遐想，爲他們的生命添一筆狂放的色彩」。海安家財萬貫，又具聰明智慧，博覽哲學群籍，常與馬蒂、吉兒辯論個人、群體與自由的關係，他不在乎社會的價值觀，破除身分／性別的區分，不工作，不想成爲什麼，自願做個廢人，只爲自己而活，搞雙性戀但不愛任何人（除了和他相像的耶穌），可望而不可及，因此被吉兒斥爲「病態地自戀」。他的人生態度是：

> 這個世界像是一場大合唱，……要不妳就加入合唱，…要不妳就大膽唱出自己要的聲音，……至於我，我選擇從合唱團中走開。心情要是不錯，我聽一聽你們的合唱，風度不好時，我放聲嘲笑，有的時候，那嘲笑還掩蓋過了歌聲[38]。

可見海安是超脫於世俗價值之外的，他的俊美和哲學品味，他的不羈、頹廢與諷世情調，形成一種絕美的藝術氛圍——一個遊戲人間、唯美的紈絝子，供世俗中人遙望和崇拜。他不要感情，只要感覺，即使是官能的感覺，因爲他認爲社會規範已將人的天然情欲壓抑過度，人成了不會感覺的「半人」[39]，而追求身體的解放和感覺

的傲慢，而且中文裡沒有現成的詞彙可翻譯出 dandy 的精準意涵。見《唯美主義與消費文化》，頁 45。

38　見《傷心咖啡店之歌》，頁 191。

39　見《傷心咖啡店之歌》，頁 190。

的自由，就是海安藉以挑戰文明禮教的手段。小說中對於海安身體的描寫，都帶有狂放的美感，例如：「海安穿了一件短的皮背心，裸露出雙臂，低腰的牛仔褲，登山靴子，也不怕招搖地戴著一只皮護腕。他的雙臂結實得很性感，馬蒂看到他的左臂上有一個圖案複雜的刺青，他的左耳戴著一只刺眼的銅耳環，梳在腦後的小馬尾，也箍著一個黃澄澄的銅環。」[40]這副痞子的打扮令滿室花朵一般的女客們隨之蕩漾，海安身體的裝扮就是一種訴諸性感與狂野的視覺符號，引起女性內心的欲望與退思；而海安自由舞擺的美好胴體，像一隻熊熊熾焰中的青春之鳥，讓所有的人掙脫了身體上的拘束，女客們深藏的慾念亦隨著海安的軀體搖擺[41]。海安青春美麗的身體、旁若無人的舞姿，觸發了女性的身體解放和欲望想像；當一位女客忘情地貼近海安的身體扭擺挑逗時，他卻又反身與一外國男孩接吻，而這外國男孩原來是一名神父，某次馬蒂撞見他們一起在夜色中離去，「馬蒂看到海安的胳臂輕輕地撫過神父的腰。神父的腰際懸著一條他的教會特有的皮鞭，那皮鞭在暗夜的霧色蒼茫中擺盪著，非常刺眼，感覺非常色情。」[42]這種極具暗示性的同性情欲之描寫，除了顯示海安不在乎性別，亦藐視宗教的戒律，神父的皮鞭本來是宗教懲戒情欲的象徵，卻被轉換成性愛遊戲的道具聯想，宗教與色情的界線遂形成了嘲諷的混淆。

於是我們看到，海安所具有的美形身體、痞味裝扮、雙性欲望

40　見《傷心咖啡店之歌》，頁65。

41　見《傷心咖啡店之歌》，頁75。

42　見《傷心咖啡店之歌》，頁191。

和頹蕩思想，充滿視覺和感官的色彩，這也正是唯美的紈絝子在二
十世紀末的又一次現形，和十九世紀末的唯美主義同具挑釁作用。
尤其是其中的身體描寫，顯然有著解放「文明身體」的意涵，文明
身體所擁有的自我控制，具體表現在道德和理性思維上，也代表了
身體理性化和社會化的過程[43]，而海安唯美狂放的身體，就是掙脫
文明禮教束縛的策略。如果將海安視爲象徵人物，他象徵的就是藝
術、感性、肉體與視覺，代表著對現實、理性、精神與語言的顛覆，
後者正是支撐起現代文明社會的主流價值體系。海安這個唯美的紈
絝子，因此具有反叛世俗價值的美學意義，和唯美主義者的反抗姿
態同樣饒具深意。

在朱少麟小說的美形人物中，就屬海安塑造得最完美和富有象
徵意義，令人印象最深刻。其他值得一提的美型男，還有《地底三
萬呎》的君俠。君俠是全河城長得最好看的男人，「五官勻稱明朗，
不過分華麗，也不顯得傻氣，要命的是他天生那一副乾淨無辜的神
色，讓女人見了就想抱個滿懷，男人想搧自己一巴掌。」[44]君俠的
眞名不詳，只因他長得像電視影集中具有超能力、帥到很欠扁的首
領君俠，故而得到此名。他本是醫學院的高材生，有志成爲一名外
科醫生，習慣隨身攜帶手術刀，然而因爲孤獨與青春期的情欲躁

43　「文明身體」是伊里亞斯（Norbert Elias,1897-1990）對歐洲文明進程中的
　　身體如何受到理性控制和社會的規範所做的分析和指稱，可參 Kathryn
　　Woodward 等著，林文琪譯，《身體認同：同一與差異》，（台北：韋伯
　　文化，2004），頁 132。
44　見《地底三萬呎》，頁 45。

動，他到處入侵民宅性侵婦女，成了轟動報章社會的「手術刀之狼」，被捕坐牢，又被送來河城。

在這連串的性侵事件中，最堪玩味的是當事人兩造的反應：君俠不認為自己像判決書上所稱的「惡性重大」，而感到意外與自憐自傷；被性侵的婦女也因為強暴犯的俊美溫柔而獲得了史無前例的高潮，覺得自己不像被性侵，「從形而下到形而上都遠離了強暴這兩個字義」，末了歹徒還問女方：「釋放了沒有？」

釋放了什麼？當然是在規律和壓抑的日常生活中，內心深處無法被滿足的愛的擁抱與渴望、以及那激情交流的衝動與結合之欲求。婦女因而產生了奇妙的眷戀：

> 她剛剛遭到了強暴，但是一點也沒受傷，其實她渾身哪兒也不疼，只是心疼，就在幾分鐘前，她得到也失去了一些生平渴望的東西，現在她的體內還殘留著一些溫存，打從內心深處想要再看見那個歹徒一眼，她說不出是那歹徒憂傷做愛的容顏讓她心疼，還是他的匆忙離去讓她更心疼，……[45]

美型男的溫存體貼與俊美憂傷，竟改寫了強暴的定義，還令女方心疼、回味不已，這恐怕是朱少麟最讓人瞠目的誇飾手法——多麼藝術，又何其唯美！更誇張的是君俠失手被捕的原因，竟是他犯案後沒有立刻逃走，卻被附近傳來的花香所吸引，因為那花香「彷彿是欠缺了二十年的滋潤，香得滲進了靈魂，為什麼從來沒發現，花香

45　見《地底三萬呎》，頁 271。

是一種擁抱，是新生嬰兒得到的第一個親吻？」[46]他因賞花失了神才被逮。性侵和賞花兩種不同層次的行為，猶如道德和審美的對立與辯証，使君俠的強暴犯形象充滿矛盾，他到底是一個「惡性重大」的強暴犯？還是一個孤獨敏感、追求愛與美的大男孩？當強暴這件事在進行的過程中被提升到藝術的境界時，雙方都能感受到愛與美的愉悅和滋潤，那還是不是強暴呢？

　　唯美主義認為藝術是超越政治、社會和道德教條而存在的，是獨立於現實的法則之外的純粹審美活動，從這個意義上看，生活的藝術化──讓生活中的強暴行為也昇華到藝術的層次，帶給當事人極大的歡愉和享受，那麼這也算是以唯美顛覆世俗的道德觀（當然這些犯行的背後最大的問題是現代人的孤獨與愛的缺乏，關於這點將會在下一節談及）。

　　再從資本主義的基礎是所有權的建立來看，強暴就等於是對身體所有權的侵犯，但強暴若導向了美的體驗，使當事人產生愉悅和感動，則被侵犯的憤怒以及身體所有權所代表的資本主義道德律則的控管亦隨之不存，從而使欲望和身體都得到了解放。所以如果從道德與法律的觀點來看強暴，則強暴是無法被容許的罪行；但若從美的體驗與身體的愉悅去顛覆強暴的定義，則強暴不再是強暴，而是兩個孤獨與渴望靈肉交融的男女以身體歡愉所進行的對話。由此觀之，君俠的美型男形象也是具有深意的，但他不像海安有那麼鮮明的紈絝子的烙印，他的憤世思想較為含蓄，甚至是消極的，因為他面對法律的制裁是選擇認罪與自憐，而非抵抗與嘲諷一切世俗價

46　見《地底三萬呎》，頁271。

值觀，君俠的紈絝子形象因此不夠徹底。不過從君俠的身上，我們仍然可以看到以唯美顛覆世俗的策略操作的企圖。

至於其他的美形人物，大都缺乏顛覆世俗的意義，不具什麼策略性的目的，塑造得太多太濫，只會讓審美貶值，流於廉價的、表象的耽美，使朱少麟難以和通俗／庸俗脫鉤。郭強生已經指出朱少麟小說中對「美」的認真咀嚼不下於王爾德，但若沒有更深度的演繹，則會變成一種理想化與浮泛的美，缺少那股挑戰世俗的精神[47]。唯美主義像一把雙面刃，是顛覆還是庸俗，向來有其爭議空間，就連王爾德自己也受到批評，唯美主義的生活藝術和商業資本的邏輯有相連共生之處，從反庸俗變成了媚俗。朱少麟或許也面臨相同的尷尬，就看她是否有足夠的自覺去掌握這「唯美之舵」[48]。

五、愛的救贖

朱少麟的小說充滿了現代人的疏離感，有上班族的苦悶、家庭的衝突、愛情的遺憾、婚姻的挫敗，以及青春的迷惘、叛逆與自我厭棄，這麼多問題和情緒交織在一起，呈現的是現代人巨大的孤獨

47　可參郭強生〈美在藝術蔓延時：談「燕子」的耽美情懷〉。

48　其實在《地底三萬呎》中有一個無名的帥哥角色，在一次爆炸意外中毀了容，變得奇醜無比，卻從過往的帥哥身分中解脫，從天之驕子變得平易近人，使他悟出從前的人生才是又怪又扭曲，這裡似乎透出朱少麟對外型美的反諷，但是她仍然賦予《地底三萬呎》眾多美形的人物，使人產生審美疲勞，這可能是她創作上的盲點。

與憂傷：人不能了解自己，也不能了解別人。就如《地底三萬呎》中寧靜的星艦飛航：

> 在河一般的時空長流中，我們還將繼續航行，慢慢遊覽。我們見到凡是被聚合誕生的，都是深深的累積，任何一丁點存在都有意義，一切跟一切都有關係。我們開始遭遇到其他星艦，一艘，多艘，無數艘，全都是飄流者，星星點點，稠密滿佈在四面八方，各自卻又顯得那麼孤單[49]。

每個人都是獨自航行的星艦，追尋著自我的方向，互相遭遇，互相影響，但彼此又存在著無限的隔閡。在這個異化和冷漠的時代，自我的喪失和人際的疏離是一個嚴重的問題，我們已經看到朱少麟的小說試圖透過藝術和美的力量，去抗拒社會機器加諸個人的龐大壓力，由此恢復並創造自我存在的價值，但若僅止於此，則藝術和美是否又像是一個夢幻的烏托邦，只作為逃避和象徵的符號而存在？《燕子》裡的阿芳以舞蹈來逃避生活，最終仍然發現問題出在自己的人格缺陷──孤獨無愛及漠不關心。而愛的缺乏及愛的救贖，便是貫穿朱少麟三本小說的思想基調，這是歷來評論者都沒有注意到的。接下來要問的問題便是，愛的救贖與朱少麟小說中的存在主義思考脈絡有何關係？

　　一個有趣的現象是，沙特的存在主義哲學似乎並沒有賦予「愛」重要的地位。然而這並不表示其他的存在主義思想家也是如此。存

49　見《地底三萬呎》，頁382。

在心理學家羅洛梅（Rollo May,1909-1994）便指出，愛是一種獨特的原始生命力，它推動人與所愛的人或物相聯繫，結為一體。愛是實現人的存在價值的一種由衷的喜悅，也是自我實現的最高層次[50]。深具存在主義思想色彩的佛洛姆（Erich Fromm,1900-1980）也指出，愛是人生命中一種積極主動的力量，這種力量將突破他與他的人類同胞隔離的牆堵，把他與他人結合起來，愛使他脫出孤立與隔離狀態，然而仍舊允許他是他自己，允許他保留他的完整性[51]。不過最值得注意的例子或許是法國存在主義思想家馬塞爾（Gabriel Marcel, 1889-1973）。

馬賽爾是法國存在主義運動的先驅，他批評了笛卡爾以降的心物二元論與主體客體二元論傳統，因為這種二元論傳統以自我作為某種純粹意識，不僅和自我所在的身體之間有著無法跨越的鴻溝，自我和他人以及自我與外在世界之間亦然，這使自我的活動只能是一種主體和對象之間的活動，這種思想導致人將一切事物（自我之身體、他人、各種外在事物）對象化，將後者視為和自我相互隔絕、沒有本質關連的物，這就產生把一切存在加以物化的傾向。

針對此一傾向，馬塞爾指出，每一個人的自我並非無差異的抽象普遍純粹意識，而是一種存在，這種存在表現為一種獨特的處境（situation）。在這個處境裡，自我的身體以及他人都是處境的構成部份。他們構成了自我裡的汝（Thou），因此自我本身就是一個

50　見羅洛梅著，郭本禹、方紅譯，《人的自我尋求》，（北京：中國人民大學，2008），頁21。

51　見佛洛姆著，孟祥森譯，《愛的藝術》，（台北：志文，1990），頁34-35。

我汝共在的存在。我汝之間的主要活動是參與和溝通。經由參與和溝通，自我不僅可以與上帝冥契，也可以和他人有更深層的連結[52]。馬塞爾認為，我汝關係（I-Thou relation）是最根本的人類關係，此一關係的基礎是愛。愛不僅超越了自我和他人的區隔，也超越了單純的欲望[53]，消解了自我和他人之間的緊張。

　　馬塞爾和沙特雖然同為存在主義思想家，但在自我與他人之關係的問題上卻有不同的看法。對馬塞爾來說，自我是一種處境；經由以愛為基礎的參與溝通活動而和自我相連互動的他人，構成了這種處境的一部份，他們乃是自我的「汝」。相對於此，沙特雖然也認為自我是一種處境，但他認為他人並非作為「汝」而在我的處境中存在，而是作為對象。在沙特的存在主義哲學裡，自我乃是在某種處境中的自由；這種自由的特點是把自我以外的一切存在（包括他人）加以否定，將之視為自由之對象。因此，在沙特的哲學裡，當自我所在的處境中有他人存在時，他人只能被視為自我自由之對象，而無法被自我視為另一個自由之自我，否則他人就會威脅到自我之自由，把自我視為他之處境中的對象[54]。簡言之，對馬塞爾來說，他人是自我的重要構成部份；但對沙特來說，對他人的否定和疏離才能確保自我之自由。

　　就朱少麟小說的存在主義思考脈絡來看，她重視愛的力量，希望藉此打破自我與他人之間的溝通障礙，恢復人我的連結，應較為

52　參考 Kurks, Sonia. *Situation and Human Existence*. London: Unwin Hyman. 1990,P.28-47.

53　同前註，P.38.

54　同前註，P.71-73.

接近馬塞爾、羅洛梅和佛洛姆的主張——愛是消除孤獨、與他人建立關係、同時也是完善自我的重要能量，這是現代社會普遍缺乏的，也是亟待恢復的。我們且以小說中的兩組人物，來說明愛是化解疏離孤獨與冷漠無情的救贖力量：

（一）馬蒂、海安與耶穌

《傷心咖啡店之歌》的海安，擁有眾多女子的愛慕，包括馬蒂也愛他，他卻誰也不愛，看似自戀且無情，其實他因雙胞胎哥哥的夭折、以及對耶穌無望的愛而封閉感情。身為馬達加斯加荒野中的浪遊者和修道者的耶穌，過著和大自然一樣無悲無喜的生活，對海安和眾人皆無情。海安與耶穌，一個代表文明世界的頹廢，一個代表原始世界的枯寂，都是無情而冷漠的。如果說海安和耶穌的無情，是為了能在文明和原始社會中超脫人類一切有形無形的束縛，做個自由的人，那麼這種無情的自由顯然不敵愛的力量——馬蒂為了救耶穌而中槍身亡，這種捨身救人的大愛不但使馬蒂達到了自我實現的最高層次，也使耶穌看見了顏色，是血的顏色也是愛的顏色。他帶著馬蒂的骨灰回台灣找海安，看見海安為他毀容，又流下感動的淚，從槁木死灰的無情世界返回了人間。其實這種激烈而煽情的橋段，不過是想說明愛雖然是一種負擔，卻是人世間最可貴的情感，人因為有愛可以依傍，便能夠無悔地付出，豐富自己和他人的生命。海安毀容後不知所蹤，是毀滅也是重生，他終於「不像」耶穌，釋放和昇華了對耶穌的愛。馬蒂、海安與耶穌三人互相牽絆，

最後都得到愛的救贖[55]。

（二）紀蘭、辛先生與阿鍾

　　《地底三萬呎》的人物，已經沒有明顯的自我追尋的過程，他們在偶然事件中偏離了人生的軌道，發展出不同的命運，人的自主性似乎被事件的偶然性所操控[56]，有人因此沉淪，但仍然有悟道的契機：有著風光過去的人如帽人，在後半生過著完全相反的低下生活，卻獲得解脫；有著難堪過去的人如紀蘭、辛先生與阿鍾，則想盡辦法要隱藏或遺忘過去，使得現行的人生蒙上逃避和墮落的陰影。紀蘭從小對哥哥辛先生充滿依賴和崇拜，也對辛先生的中學同學阿鍾十分親暱，三人在大學出遊的一次迷路夜宿時發生了群交關係，又因為好玩，辛先生和阿鍾以電腦程式入侵政府資料庫，間接

55　由於詮釋架構和觀察角度的不同，筆者分析馬蒂、海安與耶穌三人的關係及意義皆和其他評論者不同，例如王仲偉認為這三人逃不出自戀和執著的困局，走向納西色斯式的毀滅，筆者正好持完全相反的看法。王文見〈追求自由的殉道者：評朱少麟「傷心咖啡店之歌」〉，《文訊》雜誌，（1997.4）。

56　須文蔚認為《地底三萬呎》以非線性的、片斷的、不連續的以及不斷更換敘事者的方式說故事，猶如「塊莖」般在地層下糾結蔓延及相互聯繫，轉化了網路般的後現代社會結構；小說中看似個別獨立的事件，卻又與其他人發生關連，也說明了人類經驗的世界是多重、不連續、無盡頭的狀態，因此觸發筆者提出另一種看法：事件的偶然性（他人的影響）操控了人的自主性，人在其中是否還能掌握自己的命運？這和《傷心咖啡店之歌》、《燕子》所著重的自我追尋和自由選擇的主題正好相反，對生命中偶然性的凸顯又加深了後現代社會人們存在的荒謬感。須文見〈推介朱少麟的「地底三萬呎」〉，中時部落格，2005.8.28，

　　（http://122.147.50.92/winway/archive/2005/08/28/13101.html）

影響某地發生百餘人死傷的瓦斯廠大爆炸。紀蘭自願頂罪入獄，出獄後變成一個行爲不檢的蕩婦，令辛先生頭痛；阿鍾則難以面對一切，選擇離開。辛先生平步青雲，在政府單位工作，成爲河城的管理者，同時也變成一個喜怒難測和自我隱藏的人。三人這種無厘頭和彼此牽纏的荒謬人生，呈現的是青春期青年的無聊、叛逆、孤獨、盲亂的性躁動、以及渴望愛又不知如何處理愛的複雜心理，連帶影響了成年後的命運——紀蘭爲愛頂罪，後來的蕩婦行徑也只不過是尋愛不可得的自棄表現，阿鍾則根本逃避愛；辛先生的愛是隱藏的，經由不斷自省，他終於了悟愛的真義，因此以過來人的同理心，想對兩個自我厭棄的孤獨少年伸出援手，不料卻被拋下山崖，但他選擇了原諒，至此辛先生也得到愛的救贖，從難堪的過去和黑暗的自我中脫縛。

　　以上我們看到，愛的救贖使小說中的人物從孤獨封閉的狀態中走出，爲別人付出的同時也實現了自我存在的價值。不論是擺脫身分與自我放逐的馬蒂，還是頹廢唯美的紈絝子海安、原始自然的修道者耶穌、追求舞蹈美境的阿芳、高深莫測的辛先生，他們以不同的方式超離現實的規範，但自我完成的根本寄託仍是愛，也呼應了朱少麟小說所透露的，雖然生命終將歸於虛無，愛仍然是人世間互補遺缺、互相了解、消弭疏離的無可取代的力量。

六、世紀末的存在之思：愛與美的追尋／身體與性別的解放

　　　　飽食終日不是我們的錯，至少我不這麼想，生在這種逸樂的

> 時代也不是我們的錯，……我覺得我們活在一個沒法使力的
> 世代裡，過得是豐美又單一的生活，大家的經驗都一樣，滿
> 腹理想但是沒有時間，滿懷叛逆但是缺乏戰場，……[57]

這是阿芳反駁舞團前輩的一段話，也代表後現代社會的年輕人的心聲。九〇年代的台灣已進入後現代社會，資本主義使社會分工更加細緻專業，商業化導向的功利價值觀創造了最富裕的經濟和最貧乏的心靈，個體被整合進一個龐大的社會生產機器之中，被工作和金錢的價值所決定。看似多元的社會，卻因資本主義的科層體制和集體庸俗化，使個體喪失了選擇的自由，也喪失了自我的存在。因此朱少麟的小說重新以存在主義拯救自我，她所提出的抵抗集體化的方式是「追求藝術」和「擺脫身分」，透過這兩種超離現實的模式去完成自我的追尋，並且塑造了唯美的紈絝子形象，作為一種藝術象徵與現實社會的庸俗相對抗，最後以愛的救贖為實現自我的最高層次，由此打造的「世紀末的存在之思」，是一個寄望於愛與美的理想國度，藉著愛與美，可以消除人與人之間的疏離與孤獨，恢復自我存在的尊嚴與價值。

　　然而朱少麟勾勒出的理想國度，常常帶有超現實的夢幻色彩，馬蒂擺脫身分所進行的自我追尋，是一場傳奇式的放逐與悟道之旅；阿芳追求藝術以逃離常人的生活，在卓教授引導下去接近的是有如天啓式的舞蹈美境；海安的絕美脫俗與不必工作的條件，是來自於他優渥家境的供養；河城中沒有身分的人物，多數有著離奇詭

57　見《燕子》，頁110。

張荒誕不經的遭遇……，這些逸出現實規範的邊緣人物，充滿了傳奇、神奇與離奇，已經從邊緣人物變成了神話人物。這也就是為什麼朱少麟的小說會被認為是寓言或神話，存在主義到了世紀末的台灣，變成了有如神話般的愛與美的理想國之追尋。

朱少麟的超現實神話，令我們想起七等生著名的存在主義小說〈我愛黑眼珠〉，一場虛幻奇異的都市大洪水，使男主角李龍第擺脫身分、完成了世俗價值的批判及自我存在的確立[58]。七等生和朱少麟都將存在主義的自我，寄託於虛幻的空間，作為叛逃日常生活的手段，並藉此質疑現實世界中的常規。不過兩人所塑造的人物形象卻有差異，李龍第善於思考，像是隱遁於都市中的哲人，充滿思想的力量，朱少麟的小說人物則迷惘憂傷，是追尋愛與美的夢想家，成就了感性唯美的都市傳奇與神話。

我們可發現，七等生小說人物的思想力量，使他成為抵抗現實世界的英雄，而朱少麟小說則缺乏這種英雄，取而代之的是唯美主義式的浪漫與激情幻想。她以美來顛覆世俗，航向愛與美的理想國度，這個國度同時也成為一個逃離世俗的太虛幻境，供人遐想和解憂。因此朱少麟雖然反思了資本主義制式生活的困境，卻又打造了新的都市夢境，無法直面困境的結果便是逃逸到夢幻國度去尋求寄

58　〈我愛黑眼珠〉發表於 1967 年，其中所挑戰的世俗道德觀念如婚姻關係和兩性解放，曾引起正反兩極的討論，收入林瑞明、陳萬益主編，《七等生集》，（台北：前衛，1993）。

託[59]。卡繆（Albert Camus,1913-1960）在〈薛西弗斯的神話〉曾提到，對抗無盡重複的荒謬命運就是持續不斷的戰鬥：

> 薛西弗斯就是荒謬的角色。……他必須拼命做一件毫無成就的事情。……今日的工人在一生中每天做相同的工作，這種命運也是同樣的荒謬。但是唯有偶爾當它成為一種意識的行為時，它才具有悲劇的性質。薛西弗斯是神祇的賤民，他沒有力量，但是他驕悍不馴。他完全明瞭他的悲慘境況，他從山頂下來的途中他就在思索他的境況。這種清楚的意識就能構成他苦刑的一部份因素，同時它使他達到勝利，輕蔑能克服任何命運[60]。

朱少麟的小說人物已經不是薛西弗斯，面對推石上山的苦刑，能夠以堅強的意志奮戰到底。相較於七等生和卡繆的抵抗英雄與戰鬥意志，朱少麟或許顯得軟弱逃避和不切實際，但若從世代／性別的差異來看，則朱少麟的小說又有不同的意義：在七等生和卡繆所處的二十世紀中葉，作家們相信主體的力量可以透過思想和意志來展現，以此抗拒政治極權或社會體制的壓迫；然而活在沒有戰爭、革

59　其實七等生的小說也追求愛、追求藝術形式的自我完成，某種程度上可說與朱少麟小說的關懷十分接近，但是七等生小說的人物與情節較為寫實，並具思想論述色彩，不像朱少麟那樣唯美夢幻，偏重感官愉悅。這也反映出兩個不同世代／性別的作家的根本差異性，相當有趣。

60　見卡繆，〈薛西弗斯的神話〉，收入陳鼓應編《存在主義》增訂本，頁328-329。

命、飢荒、平凡安逸得沒有故事的後現代，主體已被日復一日的平常生活所淹沒，被龐大的知識權力論述所主宰[61]，成為「一個沒法使力的世代」，與荒謬戰鬥的英雄已經不存在，後現代的自我不再擁有強大的思想力量去雄辯「我是什麼」，而是消極的從各種權力關係的夾縫中逃逸，以表態「我不是什麼」。因此用幻想、用神話逃離荒謬，就是後現代自我的一種表態。

此外，朱少麟小說對身體和感官的描寫，尤其是美形的身體、狂放的舞姿、視覺的官能愉悅和雙性情欲的刻劃暗示，也是異於前人的存在主義書寫之處，在此，朱少麟融入了十九世紀末唯美主義的作風，塑造了二十世紀末的唯美紈絝子形象，意在以美型男的身體之美和超凡言行顛覆世俗價值，特別是對於男同性戀情欲的點染、性侵與藝術境界的轉換改寫等等，將身體的美和藝術的美相結合，創造了一種女性化的含蓄、詩意與唯美的感官書寫，這種風格使朱少麟的存在主義搭上世紀末身體解放和性別解放的列車，從而呈現出和前人的存在主義不同的表現手法和反抗議題。

朱少麟追求美和身體感官的愉悅，以此作為存在的依憑，它是超越庸俗和單調重覆的日常性的手段，同時也挑戰了理性規範和功利世俗的標準，更是一種有別於男性的存在體驗的方式。對男性來說，要不斷的與外界對抗和戰鬥、要建立思想體系來鞏固與壯大自

---

61 這是傅柯（Michel Foucault,1926-1984）的看法，傅柯認為現代社會的特點，是主體（subject）被知識權力的論述（discourse）建構出來，臣服於（subject to）知識的政體（régime du savoir），見傅柯，〈主體與權力〉，收入 Hubert L. Dreyfus and Paul Rainbow 著，錢俊譯，《傅柯：超越結構主義與詮釋學》，（台北：桂冠，1992）。

我，以顯示存在感；但是對女性而言，如何抵抗和如何建構則不是關心的所在，她們更重視以非理性的感覺與身體感官之愉悅，作爲生命復甦的動力與來源[62]。朱少麟所打造的世紀末的存在之思，是愛與美的理想追尋，也是身體和性別解放的想望，存在主義因此獲得了不同的變貌，它從世代和性別的意義上向我們顯示，面對集體化的單一價值，還有許多不同的方式能讓我們開啓及反思生命存在的各種可能[63]。

七、結語

　　朱少麟小說對後現代社會的集體庸俗化和平均化現象所造成的自我喪失，以及缺乏愛與溝通的疏離、空虛與冷漠的困境，提出了存在主義式的解救之道。小說人物以「追求藝術」和「擺脫身分」作爲超越常人世界的手段，完成自我價值的追尋，並以愛的救贖作爲自我實現的最高層次。同時，朱少麟小說又結合了唯美主義，將美型男「唯美的紈绔子」形象注入顛覆世俗價值的意義，以身體之美反叛庸俗、以視覺感官的愉悅創造生活藝術，並挑戰性別界線，

62　需要特別說明的是，本文所區分的男性化思想論述與女性化的感官書寫，不在於性別差異的本質論，而較傾向「性別差異後天生成論」（nurture theory of gender differences），所謂性別特質乃是社會化或後天環境的產物，因此男性作家也可能採取女性化的感官書寫，女性作家也可能表現出男性化的思想雄辯。

63　不過朱少麟這種結合了唯美主義的存在主義，也隱藏了某種內在的矛盾，當美的追求成爲一種耽美和執迷時，便可能構成自由的障礙，這是朱少麟的存在與唯美的二重奏中，尚難解決的問題。

賦予雙性戀和男同性戀情欲的美感，因而突出了身體與性別解放的特質，造就朱少麟世紀末的存在之思與前人的存在主義的不同。

雖然朱少麟的小說人物缺乏卡繆的戰鬥英雄，或七等生的思想力量，而是逃逸到神話般的世界中，尋求愛與美的寄託，這或許有逃避現實的傾向，但是後現代自我的逃逸與幻想也是一種表態，未嘗不可視爲一種消極的抵抗策略。總之，朱少麟小說的存在之思帶有世紀末的特點，追求唯美的、身體的、視覺感官的愉悅，創造了一種女性化的含蓄、詩意與唯美的感官書寫，以身體和藝術之美抗拒平庸和理性的束縛，有別於前人以男性化的思想論述爲抵抗的武器，因此從世代與性別的意義上，爲存在主義開拓了新的表現空間。

論文原始出處

〈導論〉（首次發表）

〈流浪的中國人──台灣海外小說的離散書寫與身分認同的追
尋：以六〇到八〇年代為探討中心〉
原發表於《文學新鑰》第 6 期，2007 年 12 月，嘉義：南華大學文
學系。

〈家族之痛，國族之傷──論宋澤萊和舞鶴小說中「異鄉人」命運
的傳承與轉化〉
原為會議論文，原題〈南部地區作家作品中兩代異鄉人的命運及其
呈現：以宋澤萊、舞鶴、鍾文音為例〉發表於「2007 文學南台灣
學術研討會」，嘉義：中正大學台文所，2007 年 11 月 13 日。後
經刪節修改，以〈宋澤萊和舞鶴小說中「異鄉人」命運的傳承與轉
化〉為題，發表於《台灣文學研究學報》第 9 期，2009 年 10 月，
台南：國立台灣文學館。

〈文明的創傷與超越──戰後台灣心理小說中的情欲與自我建構〉
原為會議論文，發表於「台灣文學的心靈圖像學術研討會」，嘉義：

南華大學文學系，2009 年 6 月 13 日。後經審查修改，發表於《東
華中文學報》第 5 期，2012 年 12 月，花蓮：東華大學中國語文學
系。
（按：本文為 97 年度國科會計畫「戰後台灣心理小說中規訓與自
由的衝突：一個書寫類型和歷史比較的分析」之研究成果，計畫編
號 NSC 97-2410-H-343-020）

〈現代人的病理解剖室——論李喬的短篇心理小說《人的極限》和
《恍惚的世界》〉
原為會議論文，原題〈現代人的精神病理室：論李喬的短篇心理小
說〉發表於「第一屆台日文學與城鄉意象研討會」，南華大學環境
與藝術研究所、南華大學中日思想研究中心合辦，2007 年 9 月 30
日。後經審查修改，以〈現代人的病理解剖室：論李喬的短篇心理
小說《人的極限》和《恍惚的世界》〉發表於《中國現代文學》第
17 期，2010 年 6 月，台北：中國現代文學學會。

〈自我困境與抵抗異化——現代主義在新世代小說中的呈現〉
原發表於《東華漢學》第 10 期，2009 年 12 月，花蓮：東華大學
中國語文學系。
（按：本文為 96 年度國科會計畫「現代主義在九〇年代之後新世
代小說中的呈現」之研究成果，計畫編號 NSC 96-2411-H-343-011）

〈世紀末的存在之思——論朱少麟的小說創作〉
原為會議論文，發表於第五屆「嘉義研究」學術研討會，嘉義：嘉

義大學台灣文化研究中心，2009 年 10 月 30 日。後經審查修改，發表於《嘉義研究》第 1 期（創刊號），2010 年 3 月，嘉義：嘉義大學台灣文化研究中心。

參考書目

一、小說著作

七等生，《思慕微微》，台北：台灣商務印書館，1997。

白先勇，《紐約客》，台北：爾雅出版社，2007。

白先勇，《寂寞的十七歲》，台北：允晨文化公司，1989、2003。

伊格言，《甕中人》，台北：印刻出版公司，2003。

成英姝，《公主徹夜未眠》，台北：聯合文學出版社，1994。

朱少麟，《地底三萬呎》，台北：九歌出版社，2005。

朱少麟，《傷心咖啡店之歌》，台北：九歌出版社，2000。

朱少麟，《燕子》，台北：九歌出版社，2007。

宋澤萊，《紅樓舊事》，台北：聯經出版公司，1983。

宋澤萊，《惡靈》，台北：遠景出版事業公司，1979。

宋澤萊，《等待燈籠花開時》，台北：前衛出版社，1988。

宋澤萊，《黃巢殺人八百萬》，台北：東大圖書公司，1980。

李昂，《花季》，台北：洪範書店，1994。

李昂，《愛情試驗》，台北：洪範書店，1982。

李喬，《人的極限》，彰化：現代潮出版社，1969。

李喬，《李喬短篇小說精選集》，台北：聯經出版公司，2000。

李喬，《恍惚的世界》，高雄：三信出版社，1974。

於梨華，《又見棕櫚又見棕櫚》，台北：皇冠文化出版公司，1981。

林瑞明、陳萬益主編，《七等生集》，台北：前衛出版社，1993。

保眞，《邢家大少》，台北：九歌出版社，1984。

施叔青，《那些不毛的日子》，台北：洪範書店，1988。

施叔青，《約伯的末裔》，台北：仙人掌出版社，1969。

袁哲生，《寂寞的遊戲》，台北：聯合文學出版社，1999。

袁哲生，《靜止在樹上的羊》，台北：觀音山出版社，1995。

馬森，《夜遊》，台北：九歌出版社，2004。

張系國，《昨日之怒》，台北：洪範書店，1979。

張惠菁，《惡寒》，台北：聯經出版公司，1999。

陳映眞，《我的弟弟康雄》，台北：洪範書店，2001。

童偉格，《王考》，台北：印刻出版公司，2002。

童偉格，《無傷時代》，台北：印刻出版公司，2005。

黃國峻，《度外》，台北：聯合文學出版社，2000。

舞鶴，《鬼兒與阿妖》，台北：麥田出版社，2005。

舞鶴，《悲傷》，台北：麥田出版社，2001。

舞鶴，《亂迷》，台北：麥田出版社，2007。

舞鶴，《餘生》，台北：麥田出版社，2002。

歐陽子，《歐陽子集》，台北：前衛出版社，1997。

賴香吟，《散步到他方》，台北：聯合文學出版社，1996。

駱以軍，《降生十二星座》，台北：印刻出版公司，2005。

叢甦，《中國人》，台北：時報文化出版公司，1978。

叢甦，《想飛》，台北：聯經出版公司，1987。

聶華苓，《一朵小白花》，台北：水牛出版社，1993。

聶華苓，《桑青與桃紅》，台北：漢藝色研文化事業公司，1988。

蘇偉貞，《沉默之島》，台北：時報文化出版公司，1994。

蘇偉貞，《熱的滅絕》，台北：洪範書店，1992。

二、專書

中國論壇編輯委員會主編，《台灣地區社會變遷與文化發展》，台北：聯經出版公司：1985。

王德威，《眾聲喧嘩以後：點評當代中文小說》，台北：麥田出版社，2001。

卡瓦諾（Cavanaugh, John C.）著，徐俊冕譯，《成人心理學：發展與老化》，台北：五南圖書公司，1997。

卡林內斯庫（Matei Calinescu）著，顧愛彬等譯，《現代性的五副面孔：現代主義、先鋒派、頹廢、媚俗藝術、後現代主義》，北京：商務印書館，2004。

史蒂文‧貝斯特（Steven Best ＆ Douglas Kellner）著，朱元鴻等譯，《後現代理論：批判的質疑》，台北：巨流圖書公司，2005。

布希亞（Jean Baudrillard）著，車槿山譯，《象徵交換與死亡》，南京：譯林出版社，2006。

白先勇，《第六隻手指》，台北：爾雅出版社，1995。

伊哈布哈山（Ihab Hassan）著，劉象愚譯，《後現代的轉向：後現代理論與文化論文集》，台北：時報文化出版公司，1993。

休伯特‧德雷福斯（Hubert L. Dreyfus and Paul Rabinow）著，錢俊譯，《傅柯：超越結構主義與詮釋學》，台北：桂冠圖書公司，1992。

安田一郎著，黃式鴻譯，《精神分析入門》，台北：東方出版社，1968。

成大台文系編印，《跨領域的台灣文學研究學術研討會論文集》，台南：國立台灣文學館出版，2006。

朱蒂斯‧赫曼（Judith Lewis Herman）著，楊大和譯，《創傷與復原》，台北：時報文化出版公司，1995。

米德頓（DeWight R.Middleton）著，趙文琦譯，《異國情色大不同》，台北：書林出版公司，2005。

佛洛伊德（Freud, Sigmund）等著，蘇燕譯，《變態心理學》，台北：水牛出版社，1986。

佛洛伊德（Freud, Sigmund）著，汪鳳炎、郭本禹等譯，《精神分析新論》，
　　台北：知書房出版社，2000。

佛洛伊德（Freud, Sigmund）著，高秋陽譯《日常生活的精神病理學》，台北：
　　華成圖書出版公司，2003。

佛洛伊德（Freud, Sigmund）著，葉頌壽譯《精神分析引論・新論》，台北：
　　志文出版社，1994。

佛洛伊德（Freud, Sigmund）著，賴添進譯，《文明及其不滿》，台北：南方

佛洛姆（Erich Fromm）著，孟祥森譯，《人類破壞性的剖析》上下冊，台北：
　　水牛出版社，2010。

佛洛姆（Erich Fromm）著，孟祥森譯，《愛的藝術》，台北：志文出版社，
　　1990。

呂正惠，《戰後台灣文學經驗》，台北：新地文學出版社，1995。

李欣倫，《戰後台灣疾病書寫研究》，台北：大安出版社，2004。

李喬，《小說入門》，台北：時報文化出版公司，1990。

李喬，《李喬短篇小說全集・資料彙編》，苗栗：苗栗縣立文化中心，2000。

李喬，《重逢──夢裡的人》，台北：印刻出版公司，2005。

李楠明，《價值主體性：主體性研究的新視域》，北京：社會科學文獻出版社，
　　2005。

李瑞騰主編，《林海音及其同輩女作家學術研討會論文集》，台南：文化保存
　　籌備處，2003。

李奭學，《書話台灣：1997-2003 文學印象》，台北：九歌出版社，2004。

沙特（Jean-Paul Sartre）著，陳宣良等譯，《存在與虛無》，台北：左岸文化
　　事業公司，2006。

周小儀，《唯美主義與消費文化》，北京：北京大學出版社，2002。

周憲主編，《文化現代性與美學問題》，北京：中國人民大學出版社，2005。

孟樊，《後現代的認同政治》，台北：揚智文化事業公司，2001。

彼得畢爾格（Peter Bürger）著，陳良梅、夏清譯，《主體的退隱》，南京：南京大學出版社，2005。

彼德‧布魯克（Peter Brooker）著，王志弘等譯，《文化理論詞彙》第二版，台北：巨流圖書公司，2003。

東華大學中文系主編，《多向的蛻變：第三屆全國大專學生文學獎得獎作品專輯》，台北：行政院文建會，2000。

林水福主編，《林燿德與新世代作家文學論》，台北：文建會，1997。

林鎮山，《離散‧家國‧敘述：當代台灣小說論述》，台北：前衛出版社，2006。

邱貴芬，《後殖民及其外》，台北：麥田出版社，2003。

哈定（Jennifer Harding）著，林秀麗譯，《性與身體的解構》，台北：韋伯文化國際出版公司，2000。

哈維（David Harvey）著，閻嘉譯，《後現代的狀況》，北京：商務印書館，2004。

姚榮松、鄭瑞明主編，《李喬的文學與文化論述：第五屆台灣文化國際學術研討會論文集》，國立台灣師範大學台灣文化及語言文學研究所、長榮大學台灣研究所出版，2007。

施淑，《兩岸文學論集》，台北：新地文學出版社，1997。

柯慶明，《台灣現代文學的視野》，台北：麥田出版社，2006。

柳書琴等主編，《後殖民的東亞在地化思考：台灣文學場域》，台南：國家台灣文學館，2006。

范銘如，《文學地理：台灣小說的空間閱讀》，台北：麥田出版社，2008。

范銘如，《衆裡尋她：台灣女性小說縱論》，台北：麥田出版社，2002。

范銘如，《像一盒巧克力：當代文學文化評論》，台北：印刻出版公司，2005。

孫周興選編，《海德格爾選集》，上海：三聯書店，1996。

席勒（Friedrich Schiller）著，馮至、范大燦譯，《審美教育書簡》，台北：淑馨出版社，1999。

海德格（Martin Heidegger）著，王慶節、陳嘉映譯，《存在與時間》，台北：
　　桂冠圖書公司，1994。

郝譽翔，《情欲世紀末：當代台灣女性小說論》，台北：聯合文學出版社，2002。

馬庫色（Herbert Marcuse）著，羅麗英譯，《愛欲與文明》，台北：南方叢書
　　出版社，1988。

高宣揚，《後現代論》，台北：五南圖書公司，2006。

寇斯提羅（Timothy W. Costello and Joseph T. Costello）著，趙居蓮譯，《變態
　　心理學》，台北：桂冠圖書公司，1995。

張恆豪編，《認識七等生》，苗栗：苗栗縣立文化中心，1993。

張素貞，《細讀現代小說》，台北：東大圖書公司，1986。

張國清，《中心與邊緣：後現代主義思潮概論》，北京：中國社會科學出版社，
　　1998。

張誦聖，《文學場域的變遷：當代台灣小說論》，台北：聯合文學出版社，2001。

張懷久、蔣慰慧，《追尋心靈的秘密：現代心理小說論稿》，上海：學林出版
　　社，2002。

梅·弗里德曼（Friedman, Melvin J.）著，申麗平等譯，《意識流：文學手法
　　研究》，上海：華東師範大學出版社，1992。

梅家玲，《性別還是家國？五○與八、九○年代台灣小說論》，台北：麥田出
　　版社，2004。

莫達爾（Albert Mordell）著，鄭秋水譯，《心理分析與文學》，台北：遠流
　　出版事業公司，1990。

許素蘭，《認識李喬》，苗栗：苗栗縣立文化中心，1993。

郭湛，《主體性哲學：人的存在及其意義》（修訂版），北京：中國人民大學
　　出版社，2011。

陳芳明，《台灣新文學史》上冊，台北：聯經出版公司，2011。

陳芳明，《孤夜獨書》，台北：麥田出版社，2005。

陳芳明，《現代主義及其不滿》，台北：聯經出版公司，2013。

陳建忠，《走向激進之愛：宋澤萊小說研究》，台中：晨星出版社，2007。

陳建忠等著，《台灣小說史論》，台北：麥田出版社，2007。

陳義芝編，《八十二年短篇小說選》，台北：爾雅出版社，1994。

陳義芝編，《台灣現代小說史綜論》，台北：聯經出版公司，1998。

陳鼓應編，《存在主義》增訂本，台北：台灣商務印書館，2003。

陳學明等編，《列斐伏爾、赫勒論日常生活》，昆明：雲南人民出版社，1998。

傅柯（Michel Foucault）著，佘碧平譯，《性經驗史》，上海：上海人民出版社，2000。

勞思光，《存在主義哲學新編》，香港：香港中文大學出版社，1998。

彭瑞金，《台灣新文學運動 40 年》，高雄：春暉出版社，2004。

黃凡、林燿德編，《新世代小說大系》，台北：希代出版社，1989。

黃正鵠編著，《精神分析基本理論》，高雄：復文圖書公司，1984。

黃柏源，《帕洛瑪》，台北：木馬文化事業公司，2004。

黃瑞祺，《現代與後現代》第二版，台北：巨流圖書公司，2001。

黃錦樹，《謊言或真理的技藝：當代中文小說論集》，台北：麥田出版社，2003。

葉石濤，《台灣文學史綱》，高雄：文學界雜誌社，1993。

詹明信（Fredric Jameson）著，吳美真譯，《後現代主義或晚期資本主義的文化邏輯》，台北：時報文化出版公司，1995。

詹明信（Fredric Jameson）著，唐小兵譯，《後現代主義與文化理論》，台北：合志文化事業公司，1994。

雷諾‧博格（Ronald Bogue）著，李育霖譯，《德勒茲論文學》，台北：麥田出版社，2006。

廖玉蕙，《打開作家的瓶中稿——再訪捕蝶人》，台北：九歌出版社，2004。

齊巴多（Philip, G.Zimbardo）著，游恆山編譯《心理學》，台北：五南圖書公司，1989。

劉亮雅，《後現代與後殖民：解嚴以來台灣小說專論》，台北：麥田出版社，2006。

劉象愚等主編，《從現代主義到後現代主義》，北京：高等教育出版社，2002。

歐德威（Kathryn Woodward）等著，林文琪譯，《身體認同：同一與差異》，
　　台北：韋伯文化國際出版公司，2004。

歐德威（Kathryn Woodward）等著，林文琪譯，《認同與差異》，台北：韋伯
　　文化國際出版公司，2006。

蔡雅薰，《從留學生到移民：台灣旅美作家之小說析論 1960-1999》，台北：
　　萬卷樓圖書公司，2001。

鄭樹森，《小說地圖》，台北：印刻出版公司，2007。

霍克海默、阿多諾（Max Horkheimer & Theodor W.Adorno）著，林宏濤譯，
　　《啓蒙的辨證》，台北：商周出版社，2008。

謝肇禎，《群慾亂舞：舞鶴小說中的性政治》，台北：麥田出版社，2003。
　　叢書出版社，1988。

簡政珍，《放逐詩學：台灣放逐文學初探》，台北：聯合文學出版社，2003。

羅青，《什麼是後現代主義》，台北：台灣學生書局，1997。

羅思瑪莉・佟恩（Rosemarie Tong）著，刁筱華譯，《女性主義思潮》，台北：
　　時報文化出版公司，1996。

羅洛梅（Rollo May）著，郭本禹、方紅譯，《人的自我尋求》，北京：中國
　　人民大學出版社，2008。

羅洛梅（Rollo May）著，蔡伸章譯，《愛與意志》，台北：志文出版社，1985。

羅素（Bertrand Russell）著，何保中等譯，《西方的智慧》，台北：業強出版
　　社，1986。

羅貴祥，《德勒茲》，台北：東大圖書公司，1997。

蘇珊桑塔格（Susan Sontag）著，刁筱華譯，《疾病的隱喻》，台北：大田出
　　版公司，2008。

Borchert, Donald M. ed. *Encyclopedia of Philosophy.* vol.3. New York and London:
　　Thomson Gale, 2006（1967）.

Clark, Arthur J, *Defense Mechanisms in the Counseling Process*. London: Sage Publications, 1998.

Craig, Edward ed. *Routledge Encyclopedia of Philosophy*. vol.3. New York and London: Routledge, 1998.

Fowlie,Wallace. *Dionysus in Paris: a Guide to Contemporary French Theater*, New York: Meridian Books, 1960.

Hall,Stuart. *Identity: Community, Culture,Difference*, ed by Jonathan Rutherford, London: Lawrence & wishart,1990.

Kristeva,Julia. *Strangers to Ourselves,* trans. Leon Roudiez, New York and London: Harvester Wheatsheaf, 1991.

Kurks, Sonia. *Situation and Human Existence*. London: Unwin Hyman. 1990.

Levinson, D.J, *The Seasons of a Man's Life*, NewYork: Knopf, 1978.

Mautner, Thomas . *A Dictionary of Philosophy*. Oxford: Blackwell, 1996.

Showater Jr, English. *The Stranger: Humanity and the Absurd,* Boston: G. K. Hall & Co., 1989.

三、期刊論文

安恩（Ien Ang）作，施以明譯，〈不會說中國話：論散居族裔之身分認同與後現代之種族性〉，《中外文學》第 21 卷第 7 期，1992。

方祖燊，〈前衛運動、現代主義與後現代主義〉，《中國現代文學理論》，1998.9.12。

王仲偉，〈追求自由的殉道者：評朱少麟「傷心咖啡店之歌」〉，《文訊》，1997.4。

王仲偉，〈奢侈的散步者：評賴香吟《散步到他方》〉，《文訊》，1997.5。

朱少麟，〈一切都是因爲導航系統吧：記「燕子」的書寫緣起〉，《文訊》，1999.10。

朱崇儀，〈性別與書寫的關連：談陰性書寫〉，《文史學報》第 30 期，2000.6。

宋澤萊，〈略談所謂「宋澤萊現代主義時期作品」兼談我對七〇年代前期的文
　　壇印象〉，《印刻文學生活誌》第 33 期，2006.5。

沈清松，〈從現代到後現代〉，《哲學雜誌》第四期，1993.4。

邱貴芬，〈「在地性」的生成：從台灣現代派小說談「根」與「路徑」的辯證〉，
　　《中外文學》第 34 卷第 10 期，2006.3。

柯鈞齡，〈「傷心咖啡店之歌」中的英雄養成歷程〉，《國文天地》24 卷 10
　　期，2009.3。

孫梓評，〈她寫了一顆深水炸彈：專訪朱少麟〉，《自由時報》副刊，2005.7.29。

徐國能，〈孤獨自語或浪跡天涯：新世代散文觀察〉，《文訊》，2004.12。

袁瓊瓊，〈「燕子」：追尋自我的現代寓言〉，《聯合報》讀書人版，1999.3.8。

郝譽翔，〈論一九八〇年前後台灣新生代文學的發展〉，《中外文學》，2000.4。

張大春，〈首獎留白〉，《聯合文學》226 期，2003.8。

張誦聖，〈台灣現代主義小說及本土抗爭〉，《台灣文學評論》，2003.7。

郭強生，〈美在藝術蔓延時：談「燕子」的耽美情懷〉，《中央日報》22 版，
　　1999.8.30。

陳映眞，〈現代主義底再開發：演出「等待果陀」底隨想〉，《文學季刊》第
　　三期，1967。

陳國偉，〈時針劃過生命的荒原：袁哲生與黃國峻的小說〉，《台灣文學館通
　　訊》，2004.6。

馮品佳，〈鄉關何處？《桑青與桃紅》中的離散想像與跨國移徙〉，《中外文
　　學》第 34 卷第 4 期，2005.9。

黃儀冠，〈鄉關何處：論「桑青與桃紅」的陰性書寫與離散文化〉，《政大中
　　文學報》，2004.6。

廖淑芳，〈一則關於夢與超越的現代寓言：閱讀袁哲生「送行」〉，《水筆仔》，
　　1998.6。

劉亮雅，〈女性主體、荒謬困境與女性書寫：成英姝的「公主徹夜未眠」〉，

《中國現代文學理論》，1998.6。

劉紀蕙，〈壓抑與復返：精神分析論述與現代主義的關聯〉，《現代中文文學學報》，2001.1。

蕭義玲，〈女性情欲之自主與人格之實現：論蘇偉貞小說中的女性意識〉，《文學台灣》26 期，1998 夏季號。

蕭義玲，〈面向存在之思：從七等生小說論愛慾、自然與個體化歷程〉，《中正大學中文學術年刊》第 10 期，2007.12。

蕭義玲，〈觀看與身分認同：七等生小說的「局外人」形象塑造及其意義〉，《成大中文學報》第 22 期，2008.10。

賴素鈴，〈朱少麟的燕子是‘對付憂傷的藝術’〉，《民生報》，1999.3.25。

應鳳凰，〈十五年來台灣現代主義文學的再評價〉，《文學台灣》21 期，1997 冬季號。

羅夏美，〈成英姝「公主徹夜未眠」的寫作技巧探討〉，《台灣文學評論》第 2 卷第 2 期，2002.4。

四、網路資料

須文蔚，〈推介朱少麟的「地底三萬呎」〉，中時部落格，2005.8.28。

國家圖書館出版品預行編目資料

個人主體性的追尋：現代主義與台灣當代小說

侯作珍著.－ 初版.－ 臺北市：臺灣學生，2014.08
面；公分

ISBN 978-957-15-1633-2 (平裝)

1. 臺灣小說 2. 現代主義 3. 文學評論

863.27   103013684

個人主體性的追尋：現代主義與台灣當代小說

著 作 者：侯　　　　作　　　　珍
出 版 者：臺 灣 學 生 書 局 有 限 公 司
發 行 人：楊　　　　雲　　　　龍
發 行 所：臺 灣 學 生 書 局 有 限 公 司
　　　　　臺北市和平東路一段七十五巷十一號
　　　　　郵 政 劃 撥 帳 號 ： 0 0 0 2 4 6 6 8
　　　　　電　話　：（ 0 2) 2 3 9 2 8 1 8 5
　　　　　傳　眞　：（ 0 2) 2 3 9 2 8 1 0 5
　　　　　E-mail : student.book@msa.hinet.net
　　　　　http : //www.studentbook.com.tw

本 書 局 登
記 證 字 號：行政院新聞局局版北市業字第玖捌壹號

印 刷 所：長 欣 印 刷 企 業 社
　　　　　新北市中和區中正路九八八巷十七號
　　　　　電　話　：（ 0 2) 2 2 2 6 8 8 5 3

定價：新臺幣三二○元

西 元 二 ○ 一 四 年 八 月 初 版